SUBLIMACIÓN

Papel certificado por el Forest Stewardship Council®

MIXTO
Papel procedente de fuentes responsables
FSC® C117695

Penguin Random House Grupo Editorial

Primera edición: mayo de 2021

Printed in Spain – Impreso en España

ISBN: 978-84-666-6964-1
Depósito legal: B-2.742-2021

Compuesto en Llibresimes

Impreso en Black Print CPI Ibérica
Sant Andreu de la Barca (Barcelona)

BS 6 9 6 4 1

SUBLIMACIÓN

CLARA PEÑALVER

Escucha la banda sonora completa de *Sublimación*, compuesta por Fedec Wired Arts, en las principales plataformas de música en streaming.

Para mi hija Leo, esa preciosa pequeñaja
que ha puesto patas arriba mi vida y
me ha robado para siempre el corazón

Nunca un llanto abrió con tanta dulzura las puertas del más allá.
Consulte sin compromiso nuestro servicio de plañideras.
BCF, especialistas en descanso eterno.

Ring, ring...

Ring, ring...

Ring, ring...

¿Hay algo más molesto que un teléfono que no para de sonar?

Ring, ring...

Ring, ring...

Sí. Saber que quien debe atender la llamada está ocupada hablando por una línea personal.

—¿Y sabes lo que le dije? ¿Lo sabes?

Ring, ring...

—Pues le dije que estaba harta de sus manías y que no pensaba aguantarle ni una más.

Ring, ring...

—¡No! ¿Estás loca?

Ring, ring...

Ring, ring...

Silencio.

Ufff... Y alivio.

El maldito timbre ha dejado de sonar por fin, cosa que no parece haber afectado en absoluto a la parlanchina operadora, que sigue a lo suyo.

—¿Y sabes lo que le dije? ¿Lo sabes?

Pero el descanso es pasajero.

Ring, ring...

Ring, ring...

El teléfono vuelve a las andadas y la mujer, una frondosa cabeza pelirroja al otro lado del mostrador principal, resopla disgustada.

Ring, ring...

—Ay, mamá... Qué harta estoy de esto. Espera, tengo una llamada.

Y ¡premio! ¡Menos mal que ha decidido hacer su trabajo!

—BCF, dígame.

La aguda voz de la recepcionista, el sonido de las puertas automáticas que se abren y cierran ante el más mínimo movimiento, el zumbido del ascensor a escasos metros de donde nos encontramos y los estúpidos anuncios que se repiten en bucle en las enormes pantallas que hay a ambos lados del mostrador tratan de despistarnos. Pero nosotros nos alejamos del torrente de estímulos para... «¿Ha perdido a un ser querido y desea mantener vivo su recuerdo para siempre?» Ejem... He dicho que nosotros nos alejamos para... «Dele el adiós que se merece.» Pero ¿qué...? «BCF, especialistas en descanso eterno.»

Eh, tú. Sí, tú. Ven, acércate. No te quedes ahí, tengo una historia para ti. Una de las piezas del mastodóntico negocio de la muerte está a punto de saltar y, créeme, sé de lo que hablo, las consecuencias van a ser descomunales.

¿Ves a ese chaval? Ése que no para quieto en su asiento y que mira a su alrededor, nervioso, incómodo ante todo lo que le rodea, esperando a que alguien lo atienda. Él, un cadáver andante cuya muerte presenciarás dentro de poco, va a ser el detonante del escándalo. Se llama León y está aquí por...

—Perdona, ¿se sabe algo de mi hermana?

Exacto. Está aquí por su hermana. Ha llegado justo a tiempo. O eso cree él. La mujer a la que ha parado para preguntar —todo en ella es largo: cuello, torso, brazos, piernas, tacones...— muestra una sonrisa helada y cortante antes de responder.

—Ya le he dicho hace un rato que tiene que esperar. Lo siento.

El chico ni siquiera sabe cómo reaccionar. Éste no es su medio. Es un paria aquí, un don nadie sin derecho a que lo atiendan con respeto. Un simple desecho.

—Pero...

La mujer no le da tiempo a rechistar y se aleja dejando atrás el contundente toc toc, toc toc, toc toc de sus zapatos.

Alguien sube el volumen de una de las pantallas. Ya no hay ni rastro de anuncios. En el centro de la imagen, tras un robusto atril de mármol blanco, un viejo orgulloso y estirado pronuncia un discurso ante la atenta mirada de decenas de periodistas. A su espalda, otros dos hombres, sentados en sendos sillones, aguardan su turno. La voz del viejo es grave y temblorosa:

«Hoy es un día importante para el BCF...»

Sí, señor, debe de serlo. ¿Por qué, si no, iba a salir el viejo carcamal de su guarida para plantarse frente a decenas de periodistas y casi un centenar de invitados? Hace años que la única forma de ver al jefe del Ejecutivo central es en soporíferos discursos emitidos en diferido. Así, mostrándose tan firme y seguro de sí mismo, tan encantado de conocerse, tan locuaz, podría engañar casi a cualquiera con sus palabras.

«Aún se me hiela la sangre cuando recuerdo las calles atestadas de cadáveres y los gritos de desesperación de una sociedad al borde del colapso...»

Sin embargo, hazme caso, no es más que un vejestorio anclado al pasado. Se mantiene en el poder porque se le da especialmente bien alimentar el miedo y remover toda la mierda que nos ha traído hasta aquí. Mucha gente quiere verlo muerto. O al menos ésta es la idea que lo obsesiona desde hace más de veinte años. Lleva veintidós en el poder, y piensa morir de viejo donde está. ¿Cómo lo llaman? Ah, sí, dictadura plebiscitaria. Según él, fue elegido —una y otra vez, una y otra vez— por la mayoría de la ciudadanía. Y está en lo cierto, teniendo en cuenta que sólo el treinta por ciento de la población goza del derecho de voto. Su máxima aspiración es que su hijo o su nieto lo sucedan. Si su ego le permitiera dar credibilidad a la realidad que lo rodea, entendería que la política del miedo tiene fecha de caducidad. Cuando el hambre y la muerte se apoderan de la sociedad, apenas queda hueco para el temor.

¿Qué? Ah, sí, perdona. Llevas razón, tiendo a dispersarme. Pero, entiéndeme, hace demasiados años que esta narradora a tiempo parcial es testigo atemporal y omnipresente de tamaño despropósito. Siempre he sido positiva. Poniéndome algo intensa, podría decir que mi gasolina es la esperanza. El problema es que los días pasan, las semanas se acumulan, los meses vuelan... ¡y así ya llevo un buen puñado de años teniendo que aguantar a ese mequetrefe experto en ocultar flancos vulnerables y consagrado a la apariencia! Últimamente sólo veo muerte y mediocridad, y eso cansa. Sobre todo la mediocridad. La muerte me resulta mucho más cercana.

En fin...

Bien. ¿Por dónde íbamos? Sí, ya. El chico...

León, que desde hace más de dos horas acumula en las entrañas la energía de un volcán a punto de estallar, se arranca con la mugrienta manga del jersey el escozor de las lágrimas, aprieta los puños hasta clavarse las uñas en las palmas y clava la mirada en una de las pantallas.

«Me enorgullece poder decir que en este casi medio siglo, el BCF ha dejado de ser un lugar dedicado únicamente a la muerte para convertirse en el centro neurálgico de la vida de nuestra sociedad.»

El chico está agotado. Y muy cabreado. ¿Cómo no

estarlo cuando...? Con todo, si toca esperar, esperará. Aunque la cosa no va exactamente como había imaginado —llegar, dar el nombre de su hermana, pagar y decir adiós para siempre—, León sigue albergando la esperanza de que, por primera vez, un marcado pueda conseguir algo tan inimaginable para alguien de su casta como lo que él está a punto de lograr.

Pero no adelantemos acontecimientos. Ya habrá tiempo de darle voz a León, de pegarnos a sus talones y bucear en la rabiosa energía de sus pensamientos. Ahora, si te parece bien, vamos a dar una vuelta por el BCF.

No te inquietes. Pese a que en este lugar hay rincones en los que ningún ser vivo en su sano juicio querría estar —pronto podrás comprobarlo—, este sitio lúgubre y asfixiante en el que nos encontramos no es uno de ellos. ¿Recuerdas el acto que se emitía en las pantallas de la recepción? Pues bien, el acto ha terminado y nosotros aguardamos en esta estrechez, tras el telón, bajo los focos apagados y rodeados de cables, a que dos de sus protagonistas aparezcan. Me refiero a los dos hombres que había sentados detrás del presidente.

Llegarán en tres, dos, uno...

Ahí tienes al primero. El joven alto que va vestido como un pincel es Dante Hermo. Que no te engañen su aspecto ni su pose; aunque parece un estirado, no es un mal tipo. Sólo es un pringado más que aún no sabe que está en el bando equivocado.

Y ese otro que acaba de salir del escenario es Gotardo Gasset, su jefe. Exjefe, para ser exactos. Sobre él tengo poco que decirte por ahora, salvo que no me da muy buena espina. A ti tampoco debería dártela, es demasiado bueno haciendo que parezca que todo va como la seda, y esto siempre es sospechoso, ¿no crees?

—¿Te encuentras bien?

El joven reacciona de un modo extraño al leve toque que ha recibido en el antebrazo, como si no hubiera notado que alguien iba tras él, como si sus oídos hubieran tardado demasiado en reaccionar a la voz. Gotardo observa a Dante y no retira la mirada, esa mirada grave e inquisitiva tan propia de él, hasta que obtiene una respuesta.

—Sí, estoy bien.

Pero no lo está, y se le nota. Para disimular mira atrás, al auditorio. El presidente ya se ha marchado. Fiel a su costumbre, desapareció en cuanto comenzaron las críticas de la prensa y las preguntas incómodas. A lo lejos, los asistentes abandonan en orden sus asientos y se marchan. Avanzan como hormigas, en fila india, siguiendo las indicaciones de los encargados de la seguridad de la sala.

—No le des más vueltas, ha ido perfectamente.

Gotardo le ofrece una sonrisa franca y le da unas palmadas en el hombro. Nunca se había mostrado tan cercano. Sin embargo, Dante no está de acuerdo con él, no puede estarlo porque en el escenario nada ha salido bien.

—Bueno, tendrás trabajo...

—Eh... Sí. Ahora iba hacia tu despacho.

—No, hombre, no. *Tu* despacho. Ahora todo esto depende de ti.

Las palabras de Gotardo hacen que Dante sea más consciente de que en el acto en que lo han presentado como el nuevo gerente del Banco Central de Finados, uno de los puestos más importantes de la nación, no ha estado a la altura.

—Sí, perdona. Mi despacho —dice, paladeando todavía el amargo sabor de la derrota. Se queda en silencio unos segundos antes de continuar—. Sólo espero hacer honor a tu legado.

—Te las arreglarás, tranquilo. Aprendiste del mejor.

Gotardo no bromea. Está convencido de que sin él, el BCF y sus delegaciones no serían nada. Y puede que tenga razón, a la vista de lo que se le viene encima al nuevo gerente. Pero no nos adelantemos, esta escena es importante.

—¿Cuántos años han sido, chaval?

—¿Aquí, contigo? Seis. Casi siete.

—¿Y tienes...?

—Treinta y seis.

—Vaya... Acabas de convertirte en el más joven en ocupar este puesto. Enhorabuena, has batido mi récord.

Un silencio espeso, típico de las conversaciones que no fluyen, se extiende entre ambos. Gotardo está irreconocible, hasta parece un poco incómodo. Míralo, es como si se debatiera entre marcharse ya o...

—¿Tomamos algo esta noche? A modo de despedida.

¿Ves la cara de Dante? La propuesta le ha pillado por sorpresa. Jamás ha compartido nada con ese hombre que no sea un café en un rato de descanso. Y siempre aquí, en esta fortaleza flotante de acero y cristal. La curiosidad le pide que acepte, pero no puede hacerlo.

—Lo siento... Debería ir directo a casa.

—Es verdad, perdona. ¿Cómo está?

La negación del joven, un gesto apenas perceptible, señala el principio del fin de la conversación. Gotardo nunca ha sido de ahondar en la esfera emocional del ser humano, así que, fiel a su naturaleza, evita el tema.

—A veces sólo nos queda cruzar los dedos y esperar, ¿eh? Bueno, yo me marcho. Greta quiere llevarme a no sé qué sitio para celebrar que soy un hombre jubilado.

Gotardo se decide a enfilar hacia la salida.

—Oye, Gott... Se te va a echar en falta por aquí —dice Dante, con la sensación de que algo se queda en el aire.

—Lo sé, hijo, lo sé.

No bromea, lo cree de verdad. Sin duda este Gotardo es todo carácter. Lo curioso es que en lugar de desaparecer en la penumbra dejando atrás el contundente efecto de su respuesta, se queda ahí plantado y, sin volver siquiera la cara, añade:

—Chaval, a partir de ahora vas a ver y oír muchas cosas. Si quieres que te vaya bien por aquí, más te vale aprender rápido cuándo abrir la boca y cuándo sellarla como una tumba.

Vaya, vaya... ¿Qué ha sido eso? ¿Una advertencia o el consejo de un amigo?

Blublublublublú...

Blublublublublú...

Y ahí está de nuevo: un teléfono que suena cuando no debe. Dante mira en su ordenador de pulsera quién es. No tiene tiempo ni de plantearse rechazar la llamada para continuar con la conversación. Le hubiera gustado preguntarle a Gotardo a qué se refiere, qué tipo de cosas va a ver y oír, por qué deberá aprender a... ¿A callar? Se supone que ahora es el Gran Jefe. ¿Por qué debería callar? Cuando levanta la vista de la pequeña esfera holográfica, Gotardo ya camina hacia la salida, así que decide responder.

—Dime.

Una voz de mujer pronuncia palabras ininteligibles al otro lado de la línea.

Mientras escucha, Dante observa a su exjefe alejarse. Gasta las mismas canas que el día que lo conoció, pero se palpa en él el peso de los años y la responsabilidad. La lentitud y casi torpeza de sus movimientos, los profundos surcos de su rostro, la creciente opacidad de su mirada... Los olvidos y los largos silencios tras tomar consciencia de los olvidos. Sin embargo, sigue habiendo algo en él, una especie de rugido interior, como una llama que no lo abandona ni un instante.

—Sí, ya voy para allá. Tardo cinco minutos, no más.

Dante corta la conexión y echa a andar él también hacia la salida, esquivando cables y demás obstáculos. Llega tarde a una reunión un tanto extraña. Para cuando desemboca en los jardines centrales del recinto, la advertencia de Gotardo ha pasado a un segundo plano. Ahora piensa en el acto de presentación y se enfada consigo mismo una vez más. ¿Cómo ha podido ser tan torpe?

Si lo piensa, no se ha enfrentado a esto en buena forma. Para empezar, no ha estado tan nervioso como esperaba. Antes de subir al escenario ha compartido unos minutos de charla con el mismísimo presidente de la nación y para él ha sido igual que hablar con una persona cualquiera en la cola de un supermercado. El mayor grado de excitación que ha experimentado ha sido al despertar, y no por nerviosismo, sino porque se ha quedado dormido y ha temido llegar tarde el día más importante de su carrera. Salvo en ese momento, ha actuado como un autómata. Afeitarse, meterse en la ducha, vestirse, peinarse, salir de casa, saludar al chófer y refugiarse en el asiento trasero del Tesla de la empresa. Luego, llegar al BCF, conocer al presidente, escuchar los discursos de Gotardo y del jefe del Estado, ponerse ante el púlpito a merced del público y la prensa, pronunciar su discurso, cagarla como un novato ante cámaras y periodistas... Y todo ello envuelto en una extraña y molesta sensación de pasividad. ¿Dónde se escondía la adrenalina que necesitaba para estar al pie del cañón?

Debe de ser por culpa del cansancio que arrastra desde hace semanas. Ya son demasiadas las noches sin dormir. Y las escasas horas en que logra conciliar el sueño sólo le sirven para acumular ansiedad.

—Enhorabuena, Dante.

La voz lo sobresalta, iba tan metido en sus pensamientos que no se ha dado cuenta de que alguien se acercaba.

—Gracias, Enzo. ¿Todo bien?

Enzo Vela es el ingeniero jefe del BCF. Su padre diseñó y construyó casi todos los sublimadores de las instalaciones. Él se encarga de que funcionen como un reloj.

—Sí, todo bien. Voy a echar un ojo en la sala tres, parece que la cápsula hace un ruido extraño —responde el ingeniero, un tipo de aspecto huidizo e introvertido, que disfruta más con la compañía de sus máquinas que con el calor humano.

—Ya me contarás.

Se dicen adiós con la cabeza y Dante regresa a sus cavilaciones, pero la concentración dura poco. Alguien exclama a lo lejos:

—¡Qué bien te sienta el traje de jefe, Hermo!

Dante se pregunta quién es. Aunque le suena su cara, no recuerda su nombre; cree que trabaja en administración. Como respuesta, saluda con la mano algo avergonzado y acelera el paso para salir cuanto antes de los jardines. Es la hora del descanso y todo el mundo está fuera respirando aire fresco. Él apenas es capaz de apreciar, al menos hoy, que estos jardines son un vergel en medio del laberinto de hormigón y polución en que se ha convertido la capital. Está demasiado ensimismado.

De vuelta a sus preocupaciones, concluye que sí, que su metedura de pata ha debido de ser por el cansancio. Está tan agotado... Piensa en Mel y en los últimos meses a su lado, cuidando de ella por las noches, despertando sobresaltado a cada rato e incapaz de volver a quedarse dormido hasta haberla escuchado respirar. La maldita alemia se la está robando poco a poco y la idea de perderla, de tener que vivir sin ella...

Un llanto exagerado interrumpe de nuevo sus reflexiones.

—¡No! ¡Así no! ¡Eso no es nada realista! —se queja una voz de mujer.

—¿Cómo que no es realista? ¡Pues claro que lo es! —replica otra.

Ah, las plañideras. Siempre llorando en cualquier rincón. Siempre dando rienda suelta a sus «Aaayyy», a sus «Era taaannn bueeenooo», a sus «No te olvidaremos jamáaas». Al verlas, Dante aligera cuanto puede el paso, suplicando en silencio que Dolores no lo vea. ¡Qué más quisiera él!

—¡Mira! Ahí va Dante. Que sea él quien lo juzgue. ¡Dante! ¡Espera, Dante!

Es pasmosa la rapidez con la que la señora, una bolita con la cara sonrosada y las piernas demasiado metidas en carnes y pegadas entre sí para moverse cada una por su cuenta, se pone a la par del gerente.

—Dante, menos mal que apareces. Gloria y yo tenemos un pequeño desacuerdo. Sabes que llevo años dejándome la garganta aquí, que tengo más experiencia que cualquiera de esas sopranos de pacotilla que ahora quieren robarnos el trabajo y...

—Dolores, perdona, pero...

—Y va Gloria y me dice que mi último llanto, ¡al que he dedicado semanas!..., pues va Gloria y me dice que no es realista. ¿Te lo puedes creer?

La plañidera se pone a llorar. Empieza con suavidad. Luego el sonido se eleva y acaba siendo tan agudo que Dante no puede evitar arrugar el gesto.

—Dolores, disculpa...

Pero Dolores no escucha. Llora más y más, y, aunque parezca increíble, la potencia de su llanto sigue creciendo imparable.

—Dolores...

La señora continúa, todo en ella es exagerado sentimiento. Hasta que...

—¡Dolores!

La voz de Dante la asusta y el llanto se interrumpe con un estridente gritito de espanto, fruto de un repentino espasmo pulmonar. Su reacción es tan exagerada —cara roja como un tomate, ojos inyectados en sangre, labios plegados en lo que parece una desagradable mueca de dolor— que el gerente teme por un instante que la plañidera esté sufriendo un infarto.

—Ejem... Dolores, disculpa, no quería ser tan brusco. Es que llego tarde a una reunión y no me puedo entretener.

La plañidera solloza ahora bajito y moquea.

—Si te parece, me paso luego por vuestra sala de ensayo y me lloras cuanto quieras.

Ella asiente, aún presa de la pena y la angustia. Por

supuesto, Dante intentará a toda costa sortear esa visita. No podría soportar una sesión más de llanto descontrolado. Además, si algo ha aprendido estos años es a mantener las distancias con las plañideras. Salvo excepciones, son caprichosas y traicioneras. Renata, su asistente personal, se refiere a ellas como las niñas malcriadas del BCF.

Entretanto, la otra plañidera, tan flaca y espasmódica como un nervio, ha llegado hasta donde están.

—¡Dante! Hola, Dante. Ahora que te han ascendido... Por cierto, enhorabuena y esas cosas... Ahora que te han ascendido, ¿crees que sería posible que el BCF contratase a plañideros? Ya sabes que mi sobrino se muere de ganas de...

Dante la corta sin miramientos.

—Perdona, Gloria, llego muy tarde a una reunión. ¿Por qué no haces una solicitud formal en administración y vemos lo que se puede hacer?

Incansables, las dos señoras avanzan junto a Dante como dos diminutos satélites hasta la entrada de las instalaciones. Él, agobiado, al borde de perder la templanza, se apresura a meterse en la franja de identificación biométrica.

—Como siempre, un placer, señoras —dice, exhausto.

A continuación se cuela en el interior antes de que la puerta blindada termine de abrirse y se adentra de lleno en lo que aquí todo el mundo llama el camino del muerto.

Sígueme, no te despistes ahora.

A nuestra izquierda, la zona de recepción de cadáveres. A nuestra derecha, un largo pasillo que conecta las entrañas del BCF con los accesos a los sublimadores de los distintos velatorios. También por ahí se llega al famoso Jardín de la Memoria, un mosaico interactivo de agua, luz, vegetación e imágenes en 3D que pronto tendremos el placer de visitar.

Dante avanza imparable, nervioso e irritado. Adiós a la pasividad en la que estaba inmerso. ¿Por qué no se habrá encontrado con las molestas señoras de buena mañana? Al menos, así lo habrían sacado a tiempo del sopor, habrían puesto alerta todos sus malditos sentidos, y puede que de esa forma no hubiera hecho tanto el ridículo.

Dante saluda con la cabeza a varios técnicos y deja atrás las salas de almacenamiento temporal, tanatoestética y disección, así como los accesos al Neurobanco y a la

Unidad de Inteligencia Artificial. Si te fijas, se nota perfectamente dónde acaba el camino del muerto y dónde empieza la zona de administración. Es como un gradiente de temperatura entre el área de los difuntos, de un frío seco y casi cortante, y la zona de los vivos, de la más luminosa calidez. Y, justo en medio, marcando el límite físico entre ambas, las compuertas del enorme ascensor que conecta la parte, digamos, limpia o estética del BCF con sus cloacas, a veinte metros bajo tierra.

Todavía a lo suyo, Dante repasa lo ocurrido sobre el escenario. Bajando un poco el nivel de autoexigencia, piensa que las cosas no han ido tan mal *durante* el discurso. Ha hablado con bastante seguridad, sin hacer apenas caso a la pantalla en la que rotaba el texto que había escrito para la ocasión. Al empezar ha dado las gracias al presidente por acompañarlos y a Gotardo por su impecable desempeño y por haberlo acogido e instruido en el oficio. Tal y como se esperaba de él, ha desgranado las ventajas de la sublimación, así como los beneficios para el alma que brinda el BCF a quienes han perdido a un ser querido. Además, no ha olvidado mencionar ni una sola de las líneas de investigación que han llevado al Banco Central de Finados a ser un referente mundial en biotecnología y medicina. Es más, incluso ha aprovechado para anunciar varios de los proyectos que no tardarán en dar frutos.

«Gracias a Unidad de Inteligencia Artificial *post mortem*, muy pronto será posible mantener conversaciones con nuestros seres queridos, acudir a ellos cuando necesitemos apoyo o pedirles su opinión sobre cualquier tema importante.»

Ha decidido obviar la información sobre cifras económicas. No ha creído necesario hablar de rentabilidad en un acto de estas características, pues los números sólo interesan a los accionistas.

Sí, la verdad es que, pese a no estar al cien por cien, hasta ese momento la cosa ha ido bien. Pero luego le ha llegado el turno a la prensa.

—Sí, ejem. Hola. Fermín Solo, para *El Informante Digital*. La semana pasada, su predecesor comentó en una rueda de prensa que el BCF estaba a punto de poner en marcha un sublimador colectivo con capacidad máxima para diez difuntos. ¿Qué objetivo se persigue con él? ¿Abaratar costes? ¿Reducir el impacto medioambiental? Gracias.

Dante sabía que le preguntarían por el sublimador colectivo, así que llevaba una batería de respuestas preparadas.

—Respondo en primer lugar a su última cuestión. No, el nuevo sublimador colectivo no tiene como fin abaratar costes. Una de las peticiones más comunes en el Banco Central de Finados en los últimos años ha sido la de poder sublimar a varios difuntos al mismo tiempo. Quizá esto les resulte un tanto extraño, pero se sorprenderían si supieran la cantidad de tragedias que sesgan la vida de todos o casi todos los miembros de una familia a la vez. Sin ir más lejos, la pasada semana un matrimonio y dos de sus hijos murieron en un desafortunado accidente de tráfico. Los cuatro fueron sublimados, pero de uno en uno. Como saben, una de las principales preocupaciones del BCF es cuidar de los que se quedan. Si el sublimador colectivo hubiese estado ya en funcionamiento, le habríamos ahorrado horas de sufrimiento al único hijo superviviente y a su abuela. La agonía de la despedida habría sido más llevadera. Tras cada sublimación, los tanques deben ser reacondicionados, algo que con el sublimador colectivo no habría sido necesario hacer.

Después, Dante ha respondido a la pregunta sobre el impacto ambiental recurriendo al soniquete de siempre: la sublimación es casi inocua para el medio ambiente, contamina infinitamente menos que una inhumación tradicional o que las antiguas cremaciones. Incluso ha dado cifras: esta vez sí eran necesarias.

—De modo que el único objetivo del sublimador colectivo es cuidar del bienestar de nuestros dolientes.

Y, como en el BCF nadie va a decirlo en voz alta jamás, esto lo añado yo: el verdadero fin del sublimador colectivo nada tiene que ver con el amor al doliente, sino más bien con el amor al dinero. Su propósito es aumentar la cuota de mercado abriendo las puertas de la sublimación a personas que antes no se la podían permitir. Para ilustrártelo, te pongo un ejemplo del pasado. Imagina que tienes un perrito al que adoras y que el perrito enferma, lo llevas al veterinario y el veterinario te dice que lo único que puedes hacer por él es darle el sueño eterno —me encanta esa expresión: «el sueño eterno»—. De modo que tu perro muere en la clínica y, tal y como la ley manda, el veterinario te dice que debes pagar por su incineración. Te ofrece dos opciones: solo o acompañado. Tú piensas primero con el corazón: solo, porque no quieres que la esencia de tu querido compañero acabe contaminada por la de otros bichejos que a ti no te importan nada. Sin embargo, como no te sobra la pasta, acabas dando paso a la razón: no puedes permitirte más que una incineración colectiva. Pues bien, traslada eso a una realidad en la que la Santa —y jodidamente inmortal— Iglesia Católica afirma que la única forma de liberar el alma y alcanzar la vida eterna es la sublimación. Pero en este caso, la sublimación no es ni obligatoria ni universal: únicamente tienen derecho a ella quienes pueden pagarla. ¿Y cuál es la alternativa? Entregar sí o sí el cadáver de tu ser más querido al BCF, dueño y señor del lucrativo negocio de la muerte, para que sus expertos determinen a qué línea de su red de depósitos biológicos debe ir. Como comprenderás, si eres creyente o mínimamente supersticioso, ésa no te parecerá una buena forma de llegar al más allá, por lo que, ante la elección entre donar el cuerpo a la ciencia o pagar una sublimación colectiva, sensiblemente más barata que la individual, lo más probable es que acabes escogiendo la segunda opción. Para muchos, lo más importante es dar una despedida digna. Para la empresa privada que gestiona el setenta por ciento del BCF, lo único que importa es que pagues.

Pero regresemos a Dante. Justo ahora rememora, rabioso, el momento en que todo se ha ido al garete. ¡Maldita periodista!

—Buenos días y enhorabuena por su nombramiento. Elia Melgar, de la Agencia EFE. Tengo dos preguntas para usted. En primer lugar, ¿qué puede decir sobre las sospechas de que la sublimación, lejos de ser una forma ecológica de hacer desaparecer a nuestros difuntos, en realidad ha aumentado la emisión de gases invernadero a la atmósfera? ¿Son ciertas las acusaciones que apuntan a que se está cometiendo un fraude en las lecturas de esas emisiones?

Dante se ha precipitado. Preparaba ya una respuesta contundente para la primera cuestión, un tanto incómoda pero fácil de zanjar, y la siguiente lo ha pillado por sorpresa.

—Y, en segundo lugar, son ya numerosos los jóvenes fallecidos en las últimas semanas cuyos cuerpos se han esfumado sin dejar rastro. ¿Tiene el BCF alguna respuesta oficial sobre la desaparición de cadáveres en los distintos bancos de la nación? ¿Va a hacer usted algo al respecto? ¿O es que el hecho de que todas esas personas pertenezcan a la casta de los marcados hace innecesaria la búsqueda de una respuesta para sus familias?

¿Cadáveres desaparecidos? Pero ¿a quién se le ha ocurrido semejante barbaridad? El gerente se pregunta qué tipo de fuentes maneja esta mujer. ¿Es que se le ha olvidado lo que significa el periodismo serio y riguroso? La segunda pregunta lo ha pillado tan desprevenido que cree que ha balbuceado. Sí, seguro que ha balbuceado porque, mientras trataba de contestar de forma coherente y terminante a la primera pregunta, la segunda martilleaba con fuerza en su cabeza. «¿Es eso cierto? Y si es cierto, ¿por qué yo no sabía nada?» Luego, incapaz de decir nada que no fueran excusas o sinsentidos, ha acabado acusando a la periodista de dedicarse a la prensa amarilla y ha respondido ambas preguntas al más puro estilo del presidente: tirando de una historieta del pasado.

—Como saben, hace algo más de medio siglo nuestro planeta avanzaba a la deriva hacia el peor de los finales. La superpoblación mundial, la contaminación y...

Sí, la ha pifiado bien. Ha respondido con un discurso evasivo y carente de sentido mientras la periodista le dedicaba una sonrisilla maliciosa, síntoma inequívoco de que sabía que había dado en el clavo.

Blublublublublú...

Blublublublublú...

Es Renata.

—Dime.

Palabras ininteligibles al otro lado.

—¿Cómo?

Palabras ininteligibles al otro lado.

Parece que la mañana de Dante acaba de empeorar.

Casi siento sus tripas desde aquí. Si sigue así, al pobre va a darle cagalera.

—Llama a la sala de estancia temporal y dile a Bruno que lo ponga todo patas arriba si es necesario, pero que lo encuentre. Lo digo muy en serio, Renata: que-lo-encuentre.

Un leve mareo se ha apoderado de él. ¿Qué coño está pasando? ¿Es una broma pesada? ¿Una inocentada para darle la bienvenida al nuevo gerente?

Al parecer, hay más.

—¿Y eso no puede esperar?

Dante escucha con impaciencia.

—Me reuniré con él mañana a primera hora.

Se ve que esto no es una opción.

—Está bien, pásame la llamada. Y dile a Bruno que se acerque a mi despacho en cuanto sepa algo.

Tras un par de segundos, Dante tiene un nuevo interlocutor.

—Buenos días, Ferran, qué alegría escucharte.

Palabras ininteligibles al otro lado.

—Sí, claro, dime.

Palabras ininteligibles al otro lado.

—¿Cómo? No lo entiendo. ¿Estás pasando por un aprieto? ¿Es que los precios del acuerdo son demasiado bajos?

Se oye una tos lejana. Luego más palabras que no logramos entender.

Cuando lo separan apenas diez metros de la entrada a

la recepción, Dante decide ir a su oficina dando un rodeo, así que coge el ascensor para subir a la primera planta.

—Ferran, en serio, si no me das más pistas, no puedo seguirte.

Dante aguarda un momento antes de que su interlocutor se anime a continuar.

—¿Cómo?

Y... ¡bingo! Dante acaba de encontrarse con su primera ocasión de aplicar el «más te vale aprender rápido cuándo abrir la boca y cuándo sellarla como una tumba». Aunque parece que el consejo de Gotardo aún no ha hecho mucha mella en él.

—¿De qué comisión me hablas? No, alto, alto. Espera dos minutos, prefiero hablar de esto en la privacidad de mi despacho.

Las puertas del ascensor se abren y Dante respira como si ahí dentro le hubiera faltado el aire. Se queda unos instantes observando a través de la cristalera la oscura decadencia de su ciudad.

—Esto tiene que ser una broma —se lamenta.

Mientras medita, tenemos tiempo para nosotros. ¿Has visto este sitio? Este largo túnel de vidrio es la cafetería. A veces vengo aquí y me siento en uno de los sillones de color aguamarina a observar. Y a escuchar. Es toda una suerte eso de poder fisgonear sin ser vista, ¿no crees?

Por ejemplo, el otro día me enteré de que Renata, la secretaria de Dante, tuvo un lío con el abogado del BCF. ¡Ah! Y no te lo pierdas, Bruno, el de la sala temporal, se dedica a hacer ilustraciones a carboncillo de los muertos que recibe. Los saca, los sienta —o los tumba—, y...

¿Lo oyes? Unos pasos que se alejan. Sigamos, que Dante se nos escapa.

Como verás, nos hemos desviado un poco. Este otro ascensor al fondo de la cafetería nos llevará de nuevo a la planta baja.

Pobre. Míralo, en cuestión de una hora se ha convertido en una triste sombra de sí mismo. Los hombros caídos, la barbilla gacha, la mirada perdida... Y eso que no sabe todavía que sus quebraderos de cabeza no han hecho más que empezar.

Cuando llegamos a la planta baja, las puertas del ascensor se abren y Dante se topa de golpe con Renata. Él da un respingo. Ella, en cambio, reacciona como si nada.

—Bruno pasará por tu despacho en cuanto sepa algo. ¿Has hablado ya con Ferran? —Como de costumbre, la asistente no tiene tiempo que perder.

—He de volver a llamarlo.

—Bien. ¿Y qué hacemos con el chaval? En la recepción se quejan del olor.

—¿Tan malo es?

—Como el de un perro sucio y mojado —responde ella con cara de asco—. Lo que me gustaría saber es de dónde ha sacado ese marcado tanto dinero. Quizá tendríamos que llamar a la Guardia para que lo averigüe.

—De eso nada. Ha pagado y nuestra obligación es darle el servicio.

La asistente asiente de mala gana y, fiel a su idiosincrasia, se marcha con la misma brusquedad con la que ha aparecido. Nosotros seguimos a Dante hasta su despacho, un espacio demasiado sobrio y anticuado para un joven como él. ¡Por favor!, si hasta el sistema de comunicación es más viejo que Matusalén.

—Mírtel.

«¿En qué puedo ayudarte?»

—Videollamada. Ferran Piedrahíta.

«Marcando.»

«Sin respuesta.»

—Vuelve a llamar.

«Marcando.»

«Transfiriendo imagen.»

¡Jesús! No, no es que la pantalla holográfica funcione mal. Esa mole que parece desparramarse sobre la mesa dirige la empresa de seguridad que protege estas instalaciones. Cualquiera diría que es el candidato perfecto para caer fulminado por un ictus o una arritmia, pero no morirá así. En un par de meses, una nuez de macadamia rancia firmará su óbito.

—Ferran, disculpa. Prefería tratar el tema en privado. Háblame de esa comisión, por favor. Necesito saber qué está pasando.

Entre toses cargadas de flema y respiraciones sofocadas, la mole sudorosa le cuenta a Dante una entrañable historia cargada de picaresca. Érase una vez un consejero delegado del Gobierno que decidió saltarse todo lo que decía la ley sobre concursos públicos y adjudicaciones para hacer una serie de llamadas prometiendo contratos a cambio de una pequeña mordida. Casi nada, un modesto cinco por ciento, por supuesto, pagado al contado y, para darle una absurda seriedad al tema, sujeto al incremento anual del IPC. Ferran recibió una de esas llamadas y, aún no sabe por qué, dijo que sí. Quizá no previó que la culpabilidad y el miedo a ser descubierto acabarían pesando mucho más que su ambición.

—Mi mujer no para de decirme que puedo meterme en un buen lío si sigo con esto y... —Una tos densa, flemática, interrumpe sus palabras—. La verdad, yo prefiero trabajar a mi manera, aunque gane menos.

De nuevo la tos, que sacude todo su cuerpo y proyecta sus lacrimosos ojos hacia fuera con cada golpe de pulmón.

Tras casi media hora de charla, Dante se despide y se desploma en su asiento. Pero no hay tregua para él, alguien llama a la puerta del despacho.

—¡Adelante!

Es Bruno, el responsable de la sala de estancia temporal, y no trae buena cara.

—¿Nada? —Dante se yergue, expectante.

—Nada, lo siento.

—¿Has comprobado el sistema de trazabilidad?

—Sí.

—¿Y?

—Ni rastro.

—Pues sigue buscando, por favor. No puede haberse esfumado sin más.

«¿O sí?», se plantea el gerente para sus adentros.

—Y, Bruno, hazme un favor. Cuando salgas, dile a Renata que haga pasar al chico.

De nuevo se reclina derrotado en el respaldo del asiento. No puede creer lo que está pasando. Ayer este sitio funcionaba como un reloj y hoy... Respira hondo, cierra los ojos y se masajea el tabique nasal en un vano intento de relajarse. Pero no tiene un minuto de calma, el chico llamará a la puerta en tres, dos, uno...

Toc, toc.

—Adelante.

La puerta se abre dando paso a un joven de aspecto desgarbado y con la cara salpicada de pecas. Tiene la pinta que cabría esperar de alguien salido de los suburbios. Y Renata estaba en lo cierto, el olor es insoportable. Dante contiene instintivamente la respiración al principio.

—Hola... Me han dicho que viniera aquí.

—Sí, pasa y siéntate. ¿Quieres tomar algo?

El chico niega con la cabeza. Míralo, el pobre parece agotado. Está viviendo las horas más duras de su vida, y lo que le espera no promete ser mucho mejor.

—Me llamo Dante Hermo, y tú eres...

—León.

—Sí, León.

Un silencio incómodo se extiende entre ambos. El chico calla porque no sabe qué decir ni cómo comportarse. El mutismo del gerente obedece a otro motivo: ¿qué hace él recibiendo personalmente a un marcado en su despacho?

—Antes de nada, quiero que sepas que siento mucho tu pérdida.

—¿Le ha ocurrido algo a mi hermana? Sé que el plazo para recuperarla ha pasado, pero le juro que yo he llegado a tiempo. Llevo horas esperando... Y he pagado. Pregúntele a la mujer de la otra oficina —se refiere al antro sin ventilación en el que hacen esperar a los sin casta—, ella... ella se lo dirá. Me han dado un papel... Mírelo, aquí lo tengo.

¡Jesús! Este chico está fatal. Casi siento pena por lo que está a punto de pasar.

—Creo que aquí sólo pone un número, pero se llama Río... Ella es lo único que tengo. Por favor, dígame que está bien, que aún puedo recuperarla.

Cuando León, extenuado, rompe a llorar, Dante desea estar a mil kilómetros de su despacho. No obstante, ahora el BCF es su responsabilidad y debe afrontar las contrariedades.

—Tengo que pedirte disculpas. El sublimador que habíamos adjudicado a tu hermana tiene una avería y va a ser imposible ponerlo en funcionamiento hasta mañana.

—Pero...

—Sólo serán unas horas más. Te prometo que mañana por la mañana estará todo preparado, yo me encargaré personalmente de que así sea. ¿Crees que podrás aguantar hasta mañana?

Dante no sabe mentir. ¡Por el amor de Dios!, si le sudan las manos y le tiembla el labio inferior. Aun así, el chico parece algo más tranquilo.

Cuando, minutos después, León abandona el despacho, Dante se levanta y camina hacia el sillón orejero que hay junto a la ventana, una de las muchas pertenencias de Gotardo que ha preferido conservar para no tener que perder el tiempo en asuntos secundarios. Mel es mucho más importante que la decoración de un despacho. Piensa en el chico. ¿Por qué no le ha dicho la verdad? ¿Por qué no le ha contado que el cadáver de su hermana no está? ¿Qué más da? ¿Quién va a creer que en el BCF los muertos desaparecen si esto se sabe de boca de un marcado?

Extenuado por la intensidad de su primera mañana como gerente del Banco Central de Finados, se sienta y mira a su alrededor, al inmenso despacho que ha heredado de su antiguo jefe. ¿De verdad era esto lo que quería? ¿Dirigir un sitio así? ¿Perder vida y energía en una fortaleza dedicada a la muerte? Ahora ya no está tan seguro.

Antes de caer dormido, las palabras de la periodista Elia Melgar se cuelan en su cabeza: «¿Tiene el BCF alguna respuesta oficial sobre la desaparición de cadáveres en los distintos bancos de la nación? ¿Va a hacer usted algo al respecto?».

Hoy se cumple un mes desde que nos instalaron en estos oscuros y asfixiantes sótanos. Allá arriba las máquinas trabajan sin descanso. He oído que planean ampliar la partida a seis cápsulas más. Mientras tanto, aquí seguimos nosotros, esperando a que alguien se decida a cumplir lo que nos prometieron para poder empezar a trabajar. Por ahora, sin los equipos ni el material adecuados, nuestro día a día se limita a diseñar sobre el papel una línea de investigación que hace semanas que debería haber arrancado. Si los tecnócratas de la planta superior fuesen listos, invertirían su dinero aquí abajo. La nueva tecnología a la que llaman sublimación no va a salvarnos de lo que se nos echa encima. Las consecuencias del accidente biológico no van a desaparecer evaporando a nuestros muertos. El mundo necesita con urgencia una solución, y esa solución sólo puede salir de un laboratorio.

Extracto del diario del doctor Noé Sabin

Sublimación

f. Acción y efecto de sublimar.

Sublimar

tr. Engrandecer, exaltar, elevar a un grado superior.

tr. Fís. Pasar directamente del estado sólido al de vapor.

tr. Reducir algo, especialmente un cadáver, a gas.

Sublimador

m. Dicho de una instalación o de un aparato destinado a sublimar.

«¿Cómo que no está?»

«Hacemos todo lo posible para encontrarla, pero...»

«¡¿Cómo que no está?!»

El grito desgarrado. El inesperado movimiento, como el de un felino que, agazapado tras la maleza, se abalanza hacia su presa. El impacto, aplastante y violento.

El grito. El inesperado movimiento. El impacto...

El grito. El inesperado movimiento. El impacto...

El grito. El inesperado movimiento. El impacto...

La escena se ha convertido en un bucle interminable dentro de la cabeza de Dante. Han sido apenas unas décimas de segundo, pero...

«¿Cómo que no está?»

«¡¿Cómo que no está?!»

Al descubrir que el cuerpo de su hermana había desaparecido, el chaval, rojo de ira y conteniendo las lágrimas, se ha levantado de su asiento con tal violencia que Dante ha creído que iba a golpearle.

Ha descubierto demasiado tarde, cuando ya se cubría el rostro con ambos brazos y ocultaba la cabeza entre los hombros, que sería la mesa de roble la que iba a sufrir la rabia del chico. La pantalla holográfica ha quedado destrozada y salpicada de sangre.

Dante, aún con el cuerpo vibrante por la impresión, le ha pedido unas horas más. Sólo unas horas. Y, todavía no sabe cómo, ha conseguido que acepte.

Un llanto estridente y ridículo estalla en algún lugar de la sala y saca al gerente de sus pensamientos justo a tiempo de ver a Renata acudir rauda y veloz a cerrarle el pico a Dolores. Para esta ceremonia de sublimación no se ha contratado el servicio de plañideras. Debe ser un ritual íntimo y discreto, según los expresos deseos de la familia. Aunque el modo en que se marchan de la sala tiene poco de discreto: Renata agarrada al regordete brazo de Dolores, tirando de ella hacia la salida, mientras la especialista en llanto sonríe a los asistentes y reivindica su trabajo entre susurros:

—¡Habrase visto! ¡Una despedida sin lágrimas!

Mientras mira a Dolores salir a regañadientes, Dante se dice a sí mismo que va a tener que hablar con ella. El servicio tradicional de plañideras está en declive y la llorona parece no querer aceptarlo. Es la tercera vez esta semana que se cuela con sus llantos en una ceremonia silenciosa.

Todos visten de blanco, hay pétalos de rosa alrededor de la cápsula y el ambiente reinante en la sala es tan aséptico y frío, tan rematadamente artificial, que nadie diría que se trata del acto de despedida de un difunto.

Las puertas se abren y entran un cura católico —estos meapilas siguen estando en todas partes— y dos celadores empujando una camilla. Sobre ella, el cuerpo de un nonagenario, ataviado de un blanco inmaculado, que más que muerto parece dormido. El cura sube al púlpito, una pieza inmensa tallada en un descomunal bloque de mármol blanco. Los celadores avanzan hasta el sublimador. Uno se encarga de despresurizar y abrir el portón de la cápsula y el otro empuja la bandeja superior de la camilla hacia el interior. Cierran y sellan la máquina cuando Enzo, el jefe de ingenieros, que hoy supervisa el proceso, se lo indica. Estamos en la sala tres, donde parece que el sublimador sigue escacharrado. Después de varios días dando problemas, están aprovechando una ceremonia para comprobar que todo marcha. Los asistentes observan en absoluto mutismo, como hipnotizados. O como si esto no fuera con ellos. ¡Ay! Lo que daría yo por ver una lagrimita.

¡Oye! ¿Se puede saber qué miras tú con esa cara de pasmo? No me digas que nunca has presenciado una sublimación. Pero ¿de qué planeta vienes? ¿No serás un marcado? En fin... ¡Qué demonios! Tendré que compartir contigo mi abultada sapiencia.

La ceremonia dará comienzo cuando el cura...

Domine Iesu Christe, Rex gloriae,
libera animas omnium fidelium defunctorum

de poenis inferni, et de profundo lacu.
Libera eas de ore leonis,
ne absorbeat eas tartarus,
ne cadant in obscurum.

Exacto. La ceremonia da comienzo cuando el cura empieza a parlotear en latín. En esta ocasión parece que ha escogido una adaptación del *Officium defunctorum*, de Tomás Luis de Victoria. Un gran tipo aquel sacerdote. Yo solía acudir, allá por el siglo XVII, al monasterio de las Descalzas Reales para escuchar sus composiciones. Aquello sí que eran despedidas a lo grande: todo de riguroso luto, con lágrimas y penas verdaderas, con cánticos capaces de elevar al cielo hasta al más vil de los mortales.

Ah, sí, disculpa. Creo que hoy me he levantado nostálgica.

Por si no lo has deducido ya, la máquina con aspecto de submarino es el sublimador y su funcionamiento se controla a través de la tableta que el jefe de ingenieros lleva en la mano. En esa pantalla de grafeno que acaba de desplegarse a nuestra derecha irán apareciendo las distintas fases del proceso. Sin datos escabrosos, claro. A ninguno de los asistentes le interesa saber las profundas modificaciones que está a punto de sufrir el cuerpo de su ser querido.

Libera me, Domine, de morte aeterna,
in die illa tremenda:

Quando caeli movendi sunt et terra,
dum veneris iudicare saeculum per ignem.

«Fase uno: despresurización.»

Esta primera fase es el verdadero secreto de la sublimación. Para convertir un cuerpo humano en gas, lo primero que hay que conseguir es que todos sus tejidos tengan la misma densidad. Para ello, bajan la presión del interior y, cuando el cuerpo está preparado, lo bañan en una sustancia —cuya formulación el BCF reserva en secreto— que sustituye los elementos más pesados y convierte el cuerpo en algo, digamos, más blando.

Tremens factus sum ego, et timeo,
dum discussio venerit, atque ventura ira.
Quando caeli movendi sunt et terra.
Dies illa, dies irae, calamitatis et miseriae,
dies magna et amara valde.
Dum veneris iudicare saeculum per ignem.

«Fase dos: criogenización.»

La siguiente etapa consiste en bajar la temperatura de forma drástica para congelar el cuerpo a una velocidad récord. Durante los tres minutos escasos que dura esta fase, el BCF ofrece múltiples posibilidades, desde la distribución de un cofre en el que los asistentes pueden ir depositando sus mejores deseos para el difunto y la familia hasta un sofisticado concierto de cuerda, pasando por la reproducción de imágenes y vídeos cargados de recuerdos en las enormes pantallas de grafeno que conforman las paredes. ¿Te lo imaginas? La sala entera convertida en un cine literalmente envolvente. En este caso, la familia ha optado por el silencio, lo cual se me antoja un soberano aburrimiento, ¿no crees? Por no decir que así se oye más el molesto ruidito que ha empezado a emitir la máquina. ¿Lo oyes? Es una especie de traqueteo extraño que, me temo, no va a gustar demasiado al jefe de ingenieros.

Requiem aeternam dona eis, Domine,
et lux perpetua luceat eis.
Libera me, Domine, de morte aeterna,
in die illa tremenda.

«Fase tres: sublimación.»

Y llegamos a la fase final, en la que la temperatura y la presión suben rápidamente provocando la evaporación del cuerpo. El gas humano que se desprende asciende por este tubo hacia la atmósfera. ¿Lo ves a través de la cúpula de vidrio? Aunque, ahora que lo pienso, ese color gris no es muy normal, debería ser más blanquecino, como vapor de agua.

Quando caeli movendi sunt et terra.
Dum veneris iudicare saeculum per ignem.
Kyrie eleison.

Christe eleison.
Kyrie eleison.

Tampoco es demasiado normal el modo en que ha empezado a vibrar el sublimador. Fíjate, hay quien parece haberlo notado y mira con cierta inquietud hacia la cúpula. Me temo que va a haber reclamaciones. Y Dante también, pues activa su ordenador personal y avisa a Renata para que acuda a la sala a hablar con los familiares. No quiere que lo molesten cuando esto acabe.

Sea como fuere, ¿a que es increíble la rapidez con la que ese cuerpo de ochenta kilos ha quedado reducido a unas bocanadas de gas? Por poco que me guste esta nueva muerte, he de reconocer que impresiona la primera vez que lo ves.

—Me parece que es una avería seria. Será preciso cambiar esa cápsula.

La voz de Enzo es grave, le apena perder una de sus preciadas máquinas. Dante lo mira aliviado por poder prestar atención a un problema que lo distraiga del cadáver desaparecido.

—Eso supondría una inversión considerable —dice el gerente.

Enzo asiente, pensativo.

Poco a poco, los asistentes comienzan a abandonar la sala. Sólo un pequeño grupo con cara de pocos amigos permanece junto al sublimador.

—Puedo volver a desmontarla, a ver si hay suerte y doy

con el fallo de una vez por todas —sugiere el ingeniero.

Justo cuando una señora se separa del grupo y se dirige hacia donde están Dante y Enzo, entra Renata y la intercepta con una de sus heladoras sonrisas.

—Sí, hazlo, por favor. Y cuéntame cuando sepas algo.

El gerente abandona la sala por la puerta que lleva hacia el camino del muerto. A cada paso que da se acrecienta en él la sensación de derrota que lo acompaña desde que a primera hora de la mañana tuvo que decirle al chico que su hermana había desaparecido. Aún tiene unas horas para localizarla, pero algo le dice que la búsqueda va a ser en vano. ¿Cómo es posible que se esfume un cuerpo sin dejar rastro? Se supone que el BCF cuenta con uno de los mejores sistemas de trazabilidad del mercado. El estómago se le revuelve cuando piensa en que le va a tocar volver a enfrentarse, inerme, a la ira descontrolada del joven marcado.

Lamento decirte que debo ausentarme por un tiempo indefinido. ¿Cuánto? Para ser sincera, no lo sé. Precisamente por eso he empleado la expresión «por un tiempo indefinido».

¿No pensarías que iba a permanecer pegada a ti de principio a fin? Pues ¿qué quieres que te diga? No va a poder ser. Aunque no te hayas dado cuenta, soy alguien importante. Soy lo que podríamos llamar una entidad con demasiadas responsabilidades como para andar inmiscuyéndome en asuntos de escasa relevancia. Así que déjalo ya. Por mucho que insistas, no voy a quedarme.

Eso sí, antes de irme y dejarte en compañía de un narrador, digamos, mucho más serio y fiel a la verdad, mucho más inclinado a relatar los acontecimientos sin emitir opiniones o juicios de valor, en definitiva, un narrador mucho, muchísimo menos carismático, seductor y chispeante que yo, déjame que te adelante algo que podrás comprobar muy pronto: la muerte ya no es lo que era.

A lo largo de esta historia te preguntarás una y mil veces adónde ha ido a parar el verdadero dolor de la pérdida, dónde están el olor de la podredumbre y sus gusanos, qué ha sido del «Polvo eres y en polvo te convertirás». Desde que el Gobierno tomó las riendas del negocio de la muerte, hace varias décadas, ya no hay término medio: cuando estiras la pata, o te descuartizan o te convierten en gas. Salvo excepciones, un cadáver no dura en su lecho de muerte más de diez minutos. En la Urbe Alba, dominio de los purasangres con pasta, los fallecidos son trasladados de inmediato, en exquisitas condiciones de conservación, casi directos a los sublimadores. Mientras tanto, en los suburbios, unos seres deleznables, los carroñeros, recorren sin descanso casas y edificios abandonados en busca de cuerpos sin dueño para llevarlos a los puntos de recogida del BCF. El valor de un cadáver es mayor cuanto más cercana sea la hora del óbito. Si está caliente, muchísimo mejor. A veces alcanzan el *rigor mortis* en las unidades refrigeradas, de camino hacia su destino final. Cuando el sistema está de suerte, llegan a las instalaciones blandos como marionetas. Estos últimos, si tienen buen aspecto, o buena genética, son los que más beneficios reportan.

El único lugar en el que aún parece haber cierto respeto por la pérdida es en los barrios obreros donde, aunque a veces cueste darse cuenta, la vida humana sigue conservando cierto valor. Allí es donde más se sufren las consecuencias de vivir en una sociedad como ésta, donde más se teme la marcha de un ser querido. Donde es posible encontrar ecos de un pasado que he empezado a añorar demasiado. Ante la imposibilidad de pagar una sublimación sin riesgo a quedar endeudado de por vida, todavía hay quienes tratan de impedir que sus hijos, madres, padres o abuelos acaben convertidos en objeto de estudio en un laboratorio. Ocultan sus muertos al sistema y se despiden de ellos recurriendo a crematorios clandestinos o camposantos ilegales, aun sabiendo que, si fuesen descubiertos, pasarían el resto de sus días a la sombra.

¡Vaya mundo de locos éste en el que nos ha tocado vivir! Antes me quejaba amargamente del modo en que los seres humanos trataban a la muerte: con distancia y rechazo, como si fuera esa mierda que sólo te atreves a tocar con un palo. Y ahora, ironías del destino, me quejo de todo lo contrario. La muerte es tan cercana, tan endiabladamente familiar que, en cuanto acontece, cae presa del olvido.

Pero esto es lo que hay, al menos por el momento. Algunos dicen que cuando las cosas van tan mal ya sólo pueden ir a mejor. En mi posición de madre de la experiencia no me queda otra que asegurar todo lo contrario. ¿Lo ves negro? ¿Lo ves muy muy negro? Pues prepárate porque esto no ha hecho más que empezar.

Y si no, que se lo pregunten al joven León.

—Uno, dos, tres, cuatro...

Una abuela con edad y aspecto de ser sólo madre inicia la cuenta apoyada en una puerta desvencijada. Mientras tanto, su nieto, un crío mugriento y tan delgado que su abultada cabeza parece sostenida por una colección de varillas articuladas, corre a esconderse entre risas tras unos contenedores. Su rostro, marcado por una enorme mancha purpúrea, es prueba inequívoca de que, como su abuela, es un sin casta. Aunque ¿quién no lo es en estas calles?

—Ocho, nueve... ¡y diez!

Al emprender la búsqueda, la abuela esquiva a un yonqui que delira —«¿La has visto? ¿Alguien la ha visto?»— y a un chico que avanza, ajeno a lo que le rodea, con la mano envuelta en un harapiento trozo de tela. El chico es León, que lleva varias horas vagando sin rumbo por los suburbios.

—¿La has visto? ¿Has visto mi alma? Hace rato que no la veo.

León no responde. Va tan abstraído que ni siquiera ha

sentido el ácido aliento del tipo en su cara. Sí ve al chico escondido detrás del contenedor, intentando acallar sus risas con la manita, y no puede evitar recordar a Río. «Hermanito, hermanito, ¿a que no me encuentras, hermanito?» Ellos también jugaban al escondite en estas calles. Las mismas calles en las que perdieron a lo más parecido a una madre que tuvieron jamás. Las mismas calles en las que se vieron obligados a crecer sin la protección de un adulto. Las mismas calles por las que León corrió mil veces tras haber robado algo para que Río y él, a veces sólo Río, pudieran comer.

—¡Te pillé!

El chiquillo estalla en tiernas carcajadas que poco a poco van quedando atrás.

León no tiene salida. Al acabar el día dejará de pertenecerse a sí mismo. Este fue el trato: su libertad, su voluntad a cambio de un implante monetario con el dinero necesario para sublimar a su hermana. El chico se levanta la manga derecha y localiza el medallón incrustado en su antebrazo. A pesar de las sustancias cicatrizantes y calmantes que desprende el aparato, la piel de alrededor aún le molesta. Una sensación a medio camino entre el dolor y el palpitante y angustioso recuerdo de la pérdida de Río.

Ahora el implante está vacío, y su hermana, lejos de flotar libre entre las nubes, sigue sin aparecer. En caso de que no consigan encontrarla, sus córneas darán luz a otros ojos, sus riñones filtrarán una sangre distinta, su corazón sustituirá a una masa de músculo que ya no sabe latir. Un final muy noble para una persona, si no fuera porque la nueva sociedad del bienestar sólo beneficia al treinta por ciento de la población, a los ciudadanos con derechos. Pero más allá de lo justo o injusto del sistema, León no puede soportar la idea de que su hermana menor, que rebosaba vida y sonrisas hace tan sólo un par de días, acabe rota y distribuida en pedazos grandes y pequeños entre cuerpos humanos, congeladores y botes de formol. Y como no puede soportar la idea, no piensa permitirlo. Aunque ya no sabe cómo. Ha hecho lo imposible, lo impensable para un marcado. Mucho, muchísimo más de lo que estaba en su mano. Ahora lo único que se le ocurre es esperar. Confiar ciegamente en ese hombre que le ha prometido remover cielo y tierra hasta dar con ella. No puede hacer más.

León se detiene. La mano le ha vuelto a sangrar en abundancia y la tela con que la cubre está empapada y ha empezado a gotear. Un poco mareado, se apoya en la fachada de un edificio en ruinas; las costras de pintura crujen al contacto con su espalda.

Su respiración emana dolor.

Desenrolla la tela con sumo cuidado y lloriquea al notar el tejido pegado a la piel. Teme hacerse más daño si sigue tirando.

«Mira que eres bruto. Haces las cosas sin pensar.»

La voz de Río se cuela en su cabeza. Su hermana tiene... tenía razón: siempre ha sido un bruto. Siempre ha descargado su exceso de energía, su ira, desdeñando las consecuencias. ¿Por qué ha tenido que golpear esa mesa? Lo que quiera que fuera esa placa que ha roto le ha destrozado la mano. Bueno, sí sabe por qué lo ha hecho. Lo ha hecho porque, de lo contrario, le habría reventado la cara a ese hombre, y es el único que puede devolverle a su hermana.

—Maldita sea —se queja.

Se envuelve de nuevo la mano con el mismo pedazo de tela ensangrentado, esta vez imprimiendo más fuerza en cada vuelta, con la esperanza de que en algún momento deje de sangrar, y, exhausto, reemprende la marcha. Sólo piensa en descansar, pero lleva casi tres días en vela y teme, si se duerme, no despertarse a tiempo de acudir a por su hermana. Así que el plan es seguir caminando sin parar hasta que llegue la hora.

—¡Leóoon!

El chico se vuelve tambaleante hacia la voz. Es Piloto, que viene corriendo, contento de verlo por estas calles. El niño, en algún punto entre los nueve y los trece años, llega en un instante hasta donde se encuentra León. Su piel es tan oscura que el blanco de sus ojos y de sus mellados dientes es como un faro en medio de la noche. Aunque su signo distintivo son esas gafas de aviador que lleva en la cabeza y que, según él, pertenecieron a su abuelo, según él también, comandante del ejército del aire que perdió la vida en una guerra de la que nadie ha oído hablar.

—¿Has visto a Río? Hace mucho que no sabemos de ella —pregunta el niño.

Claro, Río. Vienen buscándola a ella. ¿A quién si no?

Sin esperar una respuesta, y sin saberlo dando tiempo

a León a asimilar tan dolorosa pregunta, Piloto se vuelve como husmeando algo.

—¡Croqueta! ¡Espiga! ¡Venid, he encontrado a León!

En cuestión de segundos, dos críos más, uno bajito y regordete como una croqueta, el otro alto y flaco como una espiga, salen de su escondite y avanzan alegres hacia ellos. Ambos niños, huérfanos sin nombre, no se mueven a menos que Piloto anuncia vía libre. Si supiera leer y conociera la obra de James M. Barrie, León se habría dado cuenta de que los tres conforman una especie de versión barriobajera de Peter Pan y los niños perdidos.

—Bueno, ¿qué? ¿Sabes dónde está Río? La última vez que la vimos iba muy guapa... —insiste Piloto.

—Guapíiisima.

Croqueta, que acaba de llegar, se incorpora con naturalidad a la conversación. Espiga, en cambio, permanece como siempre en silencio.

—Nos dijo que iba a una fiesta de nomas —añade Piloto.

Nomas. No marcados, ciudadanos de primera con derechos.

Al oír eso, León siente un pellizco en el estómago. Río llevaba semanas tonteando con un noma y a él la idea no le gustaba nada. Todo lo que sabe sobre las relaciones entre nomas y marcados es que suelen acabar mal para la parte sin casta. Discutieron sobre el tema tantas veces en tan pocos días que León acabó temiendo que su hermana se largase con ese novio suyo, o con cualquier otro, y lo dejara solo.

—¡Hala! ¿Qué te ha pasado en la mano? Tiene mala pinta. —Croqueta se cubre la boca después de hacer la pregunta. Su cara denota genuina preocupación.

—No es nada, tranquilo.

León da un par de pasos y se acerca al cabecilla del grupo.

—Oye, Piloto. ¿Pudiste ver al noma con el que iba mi hermana?

El chico niega con la cabeza.

—Él se quedó dentro. La recogió en un dron de pasajeros. Fue bastante flipante. Uno de ésos en los suburbios... ¡Qué pasada! Pero, dime, ¿dónde está ella? —Parece que el chico acaba de responderse él solito la pregunta. Observa a León, su mano, su aspecto derrotado, su cara...—. Ya no está, ¿verdad?

León mueve la cabeza de lado a lado, sintiendo de nuevo el escozor de las lágrimas, siempre amenazantes. Piloto hace un puchero, que rápidamente borra con una de sus brillantes sonrisas, y agarra a León de la manga izquierda.

—Ven con nosotros. Ayer encontré un botiquín, a lo mejor puedo curarte, aunque sea un poco.

—¡Pues claro que puede! A mí me puso esta tirita —dice Croqueta, mostrando con orgullo el trozo de esparadrapo marrón que tiene en la rodilla.

León se lo piensa unos instantes y finalmente decide que puede ser buena idea pasar el tiempo que le queda con estos críos, así que, sin nada mejor que hacer, se deja arrastrar por ellos.

—¿De verdad te encuentras mejor?

Mientras la escucha, Dante sonríe. Sabe que Mel miente, y en el fondo lo agradece. No soporta verse obligado a pasar doce horas diarias alejado de ella. Sobre todo teniendo en cuenta que en cualquier momento podría... Mel es todo lo que tiene en la vida y la idea de perderla lo sobrepasa. También le hace sentir culpable. ¿De qué le sirve ser un Generación Cero si no puede ayudar a quien más quiere? Su sangre, inmune a cualquier enfermedad infecciosa conocida, sería pura ponzoña para ella.

—Sí, tranquila, no me olvido.

La voz al otro lado de la línea es un susurro ininteligible.

—No, sigue estropeada. Me han dicho que la sustituirán esta misma semana. Y sí, he encargado la mesa que te gustaba.

Dante habla de la pantalla holográfica. A Mel le gusta verle la cara cuando hablan, pero hoy no es buena idea, no quiere que note su preocupación, lo mucho que le afecta estar en el BCF mientras ella sufre en casa. Por eso, en lugar de llamarla a través del sistema de comunicación en 3D de cualquier otra sala, ha preferido limitarse a una llamada de audio desde el ordenador personal.

—Hoy llegaré algo tarde a casa. Tengo que solucionar un asunto importante, pero no te preocupes porque ya he encargado tus arándanos. También te llevo grosellas.

Una llamada entrante de Renata le indica que el tiempo dedicado a Mel ha terminado.

—Mi vida, debo atender una llamada. Te llamo de nuevo en cuanto pueda.

Corta la conexión con su mujer y responde.

—Dime. —Dante se incorpora al oír las palabras de su asistente—. ¿En qué dial? —Permanece unos segundos en silencio antes de volver a hablar—. No, di que esta semana no concedo entrevistas.

Siguiendo el consejo de Renata, Dante enciende la radio y sintoniza la frecuencia que le ha indicado. La voz le resulta familiar. Es esa periodista, Elia Melgar.

> Por el momento han sido imputados el responsable de ASEGUR, la empresa de seguridad que hasta hoy ha protegido las instalaciones a nivel nacional, y uno de los consejeros del BCF, quien presuntamente se habría lucrado de forma ilícita al otorgar la concesión amañando el concurso público.

No puede creer lo que oye. Ferran... ¿imputado? Esto no debía ocurrir. ¿Y de qué consejero están hablando? No tiene ningún sentido.

> Ahora sólo cabe preguntarse si esto se debe a la llegada de Dante Hermo a la gerencia del Banco Central de Finados o si por el contrario estamos ante una mano blanca dispuesta a poner algunas cosas en su sitio.

«¿Y qué se supone que debo hacer?», se plantea el gerente. Quizá tendría que haber llevado esto con más discreción. Puede que si hubiera preguntado antes a su gente de confianza en lugar de llamar directamente a Gotardo... Pero ¿tiene él gente de confianza aquí? Lamentablemente no. Aún no.

Alguien llama a la puerta y lo saca de sus cavilaciones.

—Adelante.

Es Bruno, de la sala de estancia temporal, y no trae cara de buenas noticias.

—La hemos cagado, pero bien —dice.

—¿Qué significa eso?

—Pues que ya sé dónde está la chica.

—¿Y?

—En el peor de los sitios. Un error imperdonable.

—¿Regeneración tisular? Bromeas, ¿verdad? Pero ¿cómo es posible que la hayáis mandado precisamente allí por error?

En el BCF todo el mundo la llama la sala de despiece.

Cualquier cadáver etiquetado con el código correspondiente a regeneración tisular permanece de una pieza menos de veinticuatro horas. Al llegar al departamento, una sofisticada máquina dirigida por inteligencia artificial se encarga de diseccionar, separar, almacenar y convertir en simples muestras y datos biológicos lo que hasta hacía poco era un ser con corteza cerebral y voluntad.

Dante mira su reloj. El chico llegará dentro de tres horas. ¿Y si no lo atiende? ¿Y si pide a Renata o a alguien de seguridad que lo despache? ¿Por qué tiene él que preocuparse por un simple marcado? Muchos ni siquiera los consideran seres humanos.

Y mientras se pierde en digresiones sin salida, obvia lo único que realmente importa: ¿cómo ha acabado el cuerpo de esa chica en la sala de despiece? ¿Están realmente allí sus restos?

—Halaaa.

Los tres niños quedan fascinados al ver el implante en el antebrazo de León. La mano por fin le ha dejado de sangrar. Una desinfección fullera y un torpe vendaje han sido suficientes para dar un respiro temporal a las heridas.

—Entonces ¿han sublimado a Río?

La cara de Croqueta es pura admiración.

—Todavía no. Ha habido un problema con su cuerpo. Están intentando encontrarlo.

Miren donde miren hay montañas de basura a su alrededor. Restos de plástico, latas vacías, platos y vasos rotos, botellas de vidrio, jeringuillas, fragmentos de papel de plata... Se encuentran en el interior de lo que en su día fue un restaurante de comida tradicional. En una de las paredes aún se intuye un viejo cartel en el que una señora con brazo de leñadora sostiene un plato con una tortilla de patatas de cinco centímetros de grosor. A León le rugen las tripas con sólo mirarlo. ¿A qué sabría esa enorme tortilla? Ya ni siquiera recuerda cuándo fue la última vez que se echó algo a la boca.

—¿Y cómo conseguiste que te dieran tanto dinero? —pregunta Piloto.

—Prefiero no hablar de eso.

—¿Fue la Yaya? —insiste Croqueta.

León niega con la cabeza. No, no fue la Yaya, aunque puede que ella no le hubiera pedido tanto a cambio. Y pensar que decidió no acudir a ella por miedo a las consecuencias. ¿Qué más le daba? Río ya estaba muerta, ya no podía poner sus garras sobre su hermana. En cambio, acudió sin pestañear a aquella mansión de ese barrio noma. Es casi ridículo: un puñado de dinero a cambio de renunciar a ti mismo. Puede que la Yaya se hubiera quedado con todas las horas de vida que le quedaran, pero no le habría robado la libertad, ¿verdad?

¿Verdad?

León sabe de primera mano que esa mujer no es de fiar. La Yaya nació en tiempos de pandemia y, contra todo pronóstico, sobrevivió estando sola en las calles. Tiene años suficientes para contar lo ocurrido, que es mucho, muchísimo más de lo que explican las fuentes oficiales. Es la reina de los suburbios. La madre, más bien, de los pobres desgraciados que viven en ellos. Tras haber perdido a sus cinco hijos en medio de esta miseria, se dedicó a dar cobijo a los huérfanos de la calle. Pero, al contrario de lo que pueda parecer, la Yaya no es ninguna santa. A cambio de techo y comida, los chavales de los suburbios se encargan de mantener su negocio. Trapicheos, cobros, palizas... Absolutamente todos los prostíbulos y fumaderos de esta parte de la ciudad le pertenecen. Nada ocurre en estas calles que ella no sepa o que no contamine con su veneno.

—Entonces ¿quién fue? ¿Quién te lo dio?

Piloto no se da por vencido y León cede al fin.

—Un inmaculado. Su sello está en el medallón.

No sabe por qué les cuenta a los críos todo esto. Puede que sea porque hasta ahora no ha podido hablar del tema con nadie. No ha tenido con quién desahogarse. Río siempre fue su confidente, y ahora que ella no está...

—¿Crees que la encontrarán?

Sólo Piloto continúa hablando. Croqueta y Espiga se han quedado con la mirada clavada en el implante.

—Eso espero. Si no...

—¿Era guapa tu hermana?

La voz intrusa parece haber salido de entre la basura. Los cuatro se ponen en guardia.

—¿Cómo? —pregunta León con el corazón latiendo a mil por hora de repente.

—Tu hermana, que si era guapa.

—Ufff... Ya ves. La más guapa del mundo —responde Croqueta sin pensar, y Piloto se apresura a hacerlo callar.

León se limita a mirar con atención al fondo del pasillo, al montón de latas, botellas y cartones del que proviene la voz.

—¿Por qué quieres saberlo? —dice.

Silencio como respuesta.

—¡Eh, tú! ¿Por qué quieres saberlo?

Esta vez se palpa la ansiedad en la voz del joven.

Croqueta y Espiga se encogen de miedo cuando la pila de basura empieza a moverse. De un modo sutil, apenas perceptible al principio, hasta que un abombamiento en la superficie provoca que latas y botellas salgan rodando, que los cartones se deslicen unos sobre otros.

—Croqueta, Espiga, ¡largo de aquí! —ordena Piloto.

Los críos responden ipso facto y salen corriendo. Atraviesan el agujero de la pared por el que entraron al edificio y desaparecen tan rápido como aparecieron.

—León, deberíamos irnos nosotros también.

—Espera, quiero saber qué pretende.

Primero emerge del montículo una mano huesuda y mugrienta, luego un brazo que lo aparta todo a su paso. Finalmente, un largo tronco y una cabeza.

—León, es un carroñero. Ya sabes que no son de fiar —lo advierte Piloto, que mira con insistencia hacia la salida.

Un tipo alto como un rascacielos y delgado como una lombriz termina de desplegarse frente a los ojos de ambos chicos. Una vez en pie, avanza con pasos torpes hacia ellos.

—León, tenemos que marcharnos.

—Vete tú. Yo voy enseguida.

Visiblemente inquieto, Piloto se levanta y mira por última vez al joven, que permanece sentado en uno de los bancos de piedra adosados a la pared. Luego, por unos instantes, centra su atención en el engendro que sigue caminando hacia ellos. Todo en él es gris: la ropa, el pelo, la piel, los ojos... Hasta su alma desprende un inquietante halo de decrepitud.

—Maldita sea —masculla.

Harto de insistir, Piloto se marcha en busca de los niños a quienes ha prometido proteger.

—Si tu hermana era guapa, no te molestes en regresar. Ya no estará allí —dice el carroñero. Su voz es densa y cavernosa.

—¿A qué te refieres?

León se levanta ante la inquietante proximidad del carroñero, pero no retrocede. Su necesidad de saber está aplacando su instinto de supervivencia.

—Pasé quince años de mi vida en aquel sitio, y, créeme, los buenos cuerpos duran poco allí dentro.

Ahora que lo tiene tan cerca, León ya no sabe si es el putrefacto olor del lugar el que impregna la piel del hombre o si, por el contrario, es el hedor del hombre el que contamina el espacio.

No se había dado cuenta hasta ahora de que lleva algo en la mano derecha. Lo oculta con su propio cuerpo.

—No sé a qué te refieres —dice el joven, inquieto.

—¡Ellos me hicieron esto! ¡Ellos me mataron y me tiraron aquí!

El desecho humano aprieta el puño izquierdo como si pretendiera pegarle a alguien.

—¿Qué hacen con los cuerpos? —pregunta León, que no piensa en otra cosa que en su hermana.

—¡Me mataron y me tiraron! Pero aquí sigo, ¡dispuesto a contar la verdad!

—¿Qué verdad? ¿Qué...? ¿Qué hacen con los cuerpos?

El torrente sanguíneo del chico recibe la primera gran oleada de adrenalina. Su cuerpo le pide que decida: prepárate para huir o para luchar.

—¿Quieres saberlo? *¿Quieres saberlo?*

El hombre, a escasos dos metros de León, se arranca la chaqueta y la harapienta camisa que arropan su cuerpo y deja al descubierto su torso, un intrincado mosaico de arrugas y cicatrices. Las incontables marcas, gruesas, aún rosáceas, cuentan la historia de un hombre que fue cosido a cuchilladas y sobrevivió de milagro. Su rostro, un amasijo de pelo, suciedad y babas, se transforma poco a poco en una mueca que León conoce demasiado bien, así que intenta retroceder, pero ya es tarde.

—¿Quieres saber qué hacen con los cuerpos? ¡Ven aquí conmigo! ¡Yo te lo diré!

El golpe, con una barra de hierro, lo noquea al instante.

Cuando vuelve en sí, León está boca abajo en el suelo, con los pantalones bajados, mientras el hombre intenta liberar su erección.

—Yo te lo cuento —dice el carroñero, jadeante—. Yo te cuento lo que hacen con los cuerpos. Yo te cuento lo que hacen con los muertos.

El joven emite un grito ahogado, patalea, intenta zafarse, pero el esmirriado engendro es pura fuerza comparado con sus agotadas energías. Mira con desesperación a su alrededor, agarra un ladrillo que encuentra a su alcance y trata de aporrearlo, entonces el ataque se vuelve en su contra. El engendro detiene el impacto y le da a León con fuerza. Lo último que siente el chico antes de perder de nuevo el conocimiento es la impaciente y angustiosa dureza abriéndose paso entre sus nalgas.

El ruido y los temblores empiezan a ser insoportables. Parece que hace una eternidad que las excavadoras se pusieron en marcha y, aunque todos sabemos que es por el bien de la investigación, la crispación comienza a extenderse entre todos los miembros del equipo. Nos falta concentración, algo que no nos viene nada bien teniendo en cuenta que de la noche a la mañana nos hemos hallado inmersos en una carrera contrarreloj.

Mientras tanto, doce sublimadores funcionan veinticuatro horas al día, siete días a la semana. Desde que la emergencia sanitaria obligó a clausurar los cementerios y a limitar al máximo el funcionamiento de los crematorios, ahí arriba no dan abasto. Y la cosa no va mucho mejor en el resto de las ciudades del país. Los cadáveres se acumulan. Me han dicho que incluso han tenido que habilitar morgues improvisadas. Decenas de edificios aislados bajo estrictos controles sanitarios y custodiados por la unidad de emergencias del ejército, a la espera de saber qué hacer con los cuerpos.

Ya lo advertí, pero hicieron caso omiso a mis palabras y ahora, ironías del destino, esta oleada incontenible de muerte ha acabado siendo la mayor de nuestras suertes. Al fin han tenido que aceptar que sin la ciencia jamás saldremos de ésta. Poco a poco el material de laboratorio y los equipos que nos prometieron empiezan a llegar. Y, como ya no vivimos en un mundo en el que resulte aceptable excavar gigantescas fosas comunes e ir alternando en ellas capas de cadáveres con capas de cal viva, el Gobierno ha acabado escuchando mi propuesta y optando por una solución más discreta. En unas semanas, los sótanos del BCF se convertirán en el mayor biobanco de Europa. Centenares de metros cuadrados destinados a almacenar en cámaras frigoríficas los restos de las víctimas del accidente biológico. Nadie, salvo nosotros y un puñado de políticos, lo sabrá. Y más nos vale que el secreto no salga jamás de estos sótanos. La población ya está lo suficientemente crispada como para descubrir que, lejos de descansar en paz, los cuerpos de sus seres queridos están siendo requisados en aras de la ciencia.

Extracto del diario personal del doctor Noé Sabin

«Ven.»

León no sabe desde cuándo la persigue. Lo hace sin descanso, guiado por el eco, que a ratos parece cercano y a ratos se pierde entre las grietas y recovecos de las ruinas por las que deambula.

«Ven a por mí.»

Ella lo necesita, pero no logra encontrarla.

Cuando la voz, apenas un susurro, se confunde con su respiración entrecortada, León, ansioso, desesperado, se detiene, apresa el aire en los pulmones y escucha con atención. Tan sólo el trajín de ratas y cucarachas en la basura se atreve a rasgar el silencio.

Un corazón bombea con fuerza en algún punto entre su pecho y sus oídos.

«Hermano. Por aquí, hermano. ¿Por qué no me encuentras?»

León echa a correr, temeroso de volver a perder el rastro, buscando con impaciencia alguna huella que evidencie el paso de Río: una tímida pisada, la cortina de sus cabellos escurriéndose en una esquina, el aroma a cítricos del perfume que robó para ella, y que su hermana siempre guardó como si de un tesoro se tratara.

Río llevaba ese perfume cuando...

Corre por callejones desiertos, atraviesa casas en ruinas cuyos moradores permanecen ocultos, esquiva chabolas que parpadean por las juguetonas llamas de velas y candiles. Y cuando algo en su interior le dice que ha llegado, que la encontrará al volver la esquina, el joven se detiene.

Ya ha estado aquí. Ya ha vivido esto. Ya ha sentido estas palpitaciones, este golpeteo en el pecho, este miedo desgarrador a no llegar a tiempo.

Le tiemblan las manos. Le tiembla todo el cuerpo mientras siente que de nuevo le toca morir un poco por dentro. Sabe que si ahora dobla esa esquina la encontrará desmadejada en el suelo, con el cruel gesto de sorpresa —muerte inesperada, muerte traicionera— que no logra arrancar de su memoria.

—Río, no lo hagas —suplica León.

Habla sin pensar y, tras pronunciar estas palabras, algo le atraviesa el cuerpo e ilumina por un instante cuanto le rodea. El suelo sobre el que reposan sus pies y todo lo que tiene cerca empieza a vibrar en una suerte de interferencias. Y cuando quiere darse cuenta, ya no pisa el mismo firme. Ya no siente la insoportable presencia de la muerte tras la esquina. Embargado por una extraña sensación de alivio, se pone otra vez en movimiento y, al desembocar en el siguiente callejón, ahí está ella. Río. Viva. Caminando a toda prisa sin volver la vista atrás.

Huye de algo.

No.

Huye de él.

Sí... Huye de él.

Está harta de que la siga —«¡Me tienes harta, hermano!»—, de que siempre controle qué hace y dónde se mete —«¡Vuelve a casa, León! ¡Déjame en paz!»—.

—¡Hermana, para, hermana!

Pero Río avanza sin freno por los callejones oponiendo la espalda como si fuera una barrera infranqueable. León, en cambio, siente que los pies le pesan cada vez más, que a su paso arrastra cascotes y restos de basura, que se funde irremediablemente en el cemento mientras una espesa lluvia, que no alcanza a ver, empapa su cabello y su ropa y le nubla la vista.

—¡Río! ¡Detente, te lo suplico!

Sin embargo, es él quien deja de avanzar. Un golpe seco y doloroso lo ha obligado a detenerse. El dolor, húmedo y punzante, lo lleva a palparse la nuca. Nada, no siente nada. Tampoco parece haber nada a su alrededor. Baja la vista al suelo y de repente todo parece cubierto por una densa niebla. Sus sentidos se ahogan en esa espesa lluvia que no es capaz de ver.

—¡Mirad! ¡Se ha movido!

—¡Sí! ¡Se ha movido!

Y sin dar un solo paso, quieto como está, empieza a notar algo extraño, una especie de fuerza transparente que tira de él y lo arrastra en contra de su voluntad. Se mira los tobillos. No ve nada en ellos, pero siente como si unos grilletes invisibles los apresaran.

Trata de dar un paso hacia delante, pero la fuerza lo atrae en sentido opuesto.

«¿Quieres saberlo?»

—¿Qué?

Maldita sea, ¿de dónde vienen estas voces?

«¿Quieres saber qué hacen con los cuerpos?»

—Déjame... Tengo que encontrar a Río.

Habla León a la oscuridad.

«¿Quieres saberlo?»

—¡Que me dejes en paz!

Su grito es la respuesta a unas voces que sólo resuenan en su cabeza.

—¡Ahora, mis valientes!

¿Piloto? ¿Era la voz de Piloto? Sonaba más presente. Más real. León no logra entender nada. Un nuevo golpe en la nuca, y de pronto siente que le arde la espalda. Que sus brazos, aparentemente estirados junto al tronco, parecen rozarse sin control contra algo. Es entonces cuando todo se vuelve borroso y Río, que acababa de aparecer a escasos metros de León, se disuelve en un charco de lluvia invisible.

En cuanto el chaval por fin abre los ojos, un cielo tenebroso y una lluvia densa y furiosa le dan la bienvenida.

Eso y docenas de proyectiles que sobrevuelan su cabeza y su cuerpo.

—¡Jodidos malnacidos!

Los pies de León caen al suelo, liberados de pronto de los grilletes de carne y hueso que los aprisionaban.

—¡Sin piedad!

Esta voz... Ya no le cabe duda. Esta voz es la de Piloto.

El joven, que poco a poco reconstruye lo ocurrido —él, inconsciente, tendido boca arriba en el suelo, siendo arrastrado por el mismo carroñero que..., por la basura humana que...—, se gira sobre sí mismo y se apoya en un costado. A su alrededor todo está empapado. Sólo ve a través de un ojo, le arden los pulmones y la nuca le late de dolor, supone que por los golpes recibidos mientras tiraban de él por los tobillos. Está desnudo de cintura para abajo y siente un dolor desgarrador en...

—¡Levanta de una vez! —grita Piloto desde alguna parte.

—¡Sal de ahí, León! —insiste Croqueta.

El maltrecho joven, aún de costado, se pliega sobre sí mismo y agarra con dificultad la cinturilla de los pantalones. Tira de la tela empapada y se contorsiona hasta cubrirse por completo las caderas.

—¡Voy a mataros a todos!

El grito colérico del carroñero desplaza la atención de León: de su padecimiento al causante de éste.

«¿Quieres saber qué hacen con los cuerpos?»

La voz reverbera incansable en su cabeza, se revuelve

de forma angustiosa en su pecho y acaba prendiendo una llama que se propaga rápidamente por las venas del joven y despierta en él un incontrolable furor asesino.

León intuye un objeto a escasos metros de donde se encuentra. Comienza a arrastrarse por el suelo justo cuando la oscura mole que es el carroñero se abalanza hacia un montón de basura en sentido opuesto. El maltrecho cuerpo del joven avanza, lento pero imparable, salvando charcos, restos inmundos y piedras, alimentado por el recuerdo del nauseabundo olor de su atacante, de aquel peso sobre su propio cuerpo y de la nítida imagen de Río, muerta en un callejón cercano.

«¿Quieres saber qué hacen con los muertos?»

Cuando por fin tiene a su alcance lo que ha ido a buscar, estira el brazo y rodea con la mano izquierda una gruesa barra de hierro —la misma que antes usó el carroñero para golpearlo— que utiliza como apoyo para levantarse. Un grito a su espalda lo guía.

—¡Espiga!

—¡Déjalo! ¡Deja en paz a mi hermano!

Cuando logra enfocar la vista, León localiza al carroñero, que se aferra al cuello de Espiga y mantiene su larguirucho cuerpo a medio metro del suelo. El chico patalea nervioso mientras tres... no, cuatro... no, cinco chavales más salen de sus escondites a voz en grito y se arrojan contra la mole con la vana pretensión de liberar a su compañero. Uno tras otro vuelan por los aires y aterrizan con sonoros impactos en el suelo encharcado. Sólo Espiga permanece, casi sin energía, balanceándose en el aire. Apenas patalea ya cuando León, cegado por un impulso salvaje y violento, se lanza contra el carroñero y lo golpea en el cráneo con toda la rabia de sus entrañas.

Al impacto le sigue una pausa, puede que provocada por la sorpresa compartida por quien ha asestado el golpe y quien lo ha recibido. El primero en caer al suelo es Espiga, que se retuerce en un desesperado intento de volver a abrir la tráquea y llenar los pulmones. Le sigue el carroñero, que se desploma a cámara lenta en medio de un aliento que huele a muerte —muerte inesperada, muerte traicionera—. Y cuando parece que todo ha acabado, León vuelve a elevar la barra metálica y vomita a trancazos sobre el cuerpo inerte el dolor y el sufrimiento acumulados. Uno, dos, tres, cuatro, cinco, seis, siete... Y mientras aporrea, una pregunta se repite sin cesar dentro de su cabeza: ¿qué es lo que hacen en el BCF con los muertos?

Cuando el charco en el que se hunde el cráneo del carroñero se torna en un lodazal grumoso y espeso, León se detiene exhausto, deja caer al suelo la barra de hierro y busca con su único ojo sano a Piloto, que hasta ahora asistía atónito a tamaño acto de violencia.

—Llévame a ver a la Yaya, tengo que hablar con ella.

Y justo entonces, en ese preciso instante, junto a un cadáver aún caliente y un puñado de críos como testigos, el joven firma con decisión el fin de su existencia.

Aaah... La Muerte. ¿Qué harían los vivos sin ella?

Ochenta y seis mil millones de neuronas, cada una de ellas con quince mil conexiones. En total, una red conformada por un millón y medio de kilómetros de fibras nerviosas. Todo ello en un único cerebro.

El Neurobanco es uno de los tres departamentos estrella del BCF, por detrás de la mimada Unidad de Inteligencia Artificial y del todopoderoso Departamento de Investigación y Recreación Genética. Y es precisamente este tercer puesto en el orden de importancia —y de inversión— del Neurobanco lo que ha motivado la visita de Dante. Está aquí por una lucha de egos de la que todavía no sabe si saldrá intacto. Se avecina tormenta, y el gerente sospecha que va a ser mucho más violenta que la que azotó la ciudad la noche anterior.

—Pase.

Dante gira el pomo y empuja la puerta de madera —juraría que la única puerta de madera de todo el BCF—. Al encontrarse con la atmósfera del despacho tiene la impresión de estar a punto de viajar al pasado. El contraste es absoluto, de la luminosidad del amplio laboratorio que hay a su espalda a la penumbra del claustrofóbico espacio que lo aguarda. Del escenario casi futurista en el que científicos de riguroso blanco manipulan objetos y tecnología que parecen del siglo próximo a la anacrónica estancia con mobiliario del siglo XVIII. Le resulta asfixiante la oscuridad de la madera de castaño en librerías, asientos y escritorio, y muy perturbadores los objetos expuestos, instrumental médico de tiempos en los que te perforaban el cráneo con la más tonta de las excusas. Justo enfrente de la entrada distingue una vitrina repleta de trépanos, punzones, espátulas y demás herramientas especializadas en agujerear calaveras y perforar cerebros. Dante intuye que la ubicación escogida para semejante colección no fue fruto de la casualidad. Al doctor le gusta impresionar. Puede que incluso intimidar.

—Pase, no se quede ahí. Y cierre la puerta al entrar.

El mismo Tedros Girava parece sacado de otra época. Mocasines desgastados pero impolutos, pantalones de pana y una antigua bata de laboratorio salpicada de la más variada gama de colorantes y disolventes. El hombre desplaza su cuerpo, largo, magro y algo encorvado por los años, por la estancia con parsimonia, mientras extrae cosas de los bolsillos de la bata y las deja aquí y allá. Sin duda él también acaba de llegar.

—¿Le apetece una infusión? ¿O es más de café, como su predecesor?

—Un café estará bien.

Café. Sí, café. Lo necesita. De nuevo no ha podido descansar. Mel ha pasado una mala noche y él temía que dejara de respirar si cerraba los ojos.

El doctor Girava asiente y se acerca a la puerta, donde cuelga la bata en un perchero de la misma época que todo lo que le rodea. Lleva una gruesa camisa de franela debajo, una prenda difícil de encontrar hoy en día.

—Siéntese, por favor. Voy a por el café, aún debe de estar caliente.

Dante se acomoda, o al menos lo intenta, en un sillón que parece desinflarse con el peso de su cuerpo: tanto los muebles como el acolchado tienen pinta de haber cedido hace tiempo. Tras buscar la postura durante unos segundos, acaba desistiendo, irritado por el sonido que el cuero hace al contacto con sus pantalones y por los crujidos de la madera. El doctor Girava regresa enseguida con dos tazas humeantes. Coloca una frente a Dante y permanece con la otra en la mano mientas rodea la mesa y se sienta enfrente. Su sillón no hace el más mínimo ruido cuando se sienta, lo acoge en un confortable abrazo, lo que aumenta la incomodidad del gerente.

—Ha entrado usted en la gerencia con mano dura.

—¿A qué se refiere?

La actitud del doctor no tiene nada que ver con lo que recordaba de él. La última vez que coincidieron fue en la cena de Navidad de hace dos años. El hombre iba solo. A Dante lo acompañaba Mel, cuando todavía podía ir a fiestas y reír y bailar y abrazarlo y besarlo en cualquier momento sin importar quién anduviera cerca. Los tres pasaron un rato agradable, hablando de ciencia y tocando por encima el nuevo proyecto con el que el doctor estaba harto ilusionado. Cuando las burbujas del champán lo sumieron en un intenso estado de relajación, incluso les insistió en que empezaran a tutearlo. Ahora, en cambio, es áspero y distante, como una cobra a la espera de atacar.

—Lleva dos días en su puesto y ya ha denunciado un caso de corrupción. El primero, que yo recuerde, y estoy en esta casa desde hace mucho tiempo, quizá más del que debiera.

—Bueno, no es así como tenían que haber salido las cosas.

El proyecto del que el doctor Girava hablaba con entusiasmo aquella noche es el motivo de esta visita. Y, al parecer, la razón del denso recelo con que lo recibe.

—No quiero que me malinterprete. Creo que en esta casa es necesario hacer muchos cambios... Tirar mucha, muchísima basura. Pero debe ser más listo, de lo contrario, durará poco en este puesto.

De nuevo una advertencia. ¿Es porque sabe que Dante viene a apretarle las tuercas o un consejo desinteresado?

—Y bien, ¿por qué no va al grano, señor Hermo? Estoy seguro de que no ha venido a hablar conmigo del tiempo.

—No. No he venido a hablar con usted del tiempo. Necesito que extraiga el mapa neuronal del señor Condado.

Un breve silencio se extiende entre ambos.

—Ese material se extrajo hace más de un año.

—Algo ha dañado los archivos. Se ha perdido casi todo lo que había en la cuenta del cliente.

El doctor Girava hace rotar la base de su sillón y se levanta. Saca un pañuelo de tela del bolsillo del pantalón, se quita las también anacrónicas gafas y limpia con detenimiento los cristales. Se lo toma con calma. Frota un cristal, lo mira al trasluz, vuelve a frotar y luego inicia el mismo procedimiento con el otro.

—Señor Hermo, hace mucho que dejé atrás mis labores de recuperación, lo mío son, vuelven a serlo, los cerebros enfermos, por poco que me entusiasme la idea. Además, seguro que está al tanto de que hay un equipo muy competente en el Neurobanco que se encarga de esta tarea.

—Me temo que no es tan fácil. Lo necesitamos en menos de una semana, y sólo usted puede resolverlo en ese tiempo.

Girava sabe que dependen de él. Hace tres días recibió una petición oficial de la Unidad de Inteligencia Artificial en la que se detallaba lo ocurrido con la base de datos del cliente en cuestión y la necesidad urgente de los servicios del doctor. Como respuesta, un simple y escueto «NO» escrito en mayúsculas.

—Ese cerebro dejó de ser responsabilidad mía cuando me arrebataron el proyecto Anima, señor Hermo.

Dante se topa antes de lo que había esperado con la

condición de príncipe destronado de Tedros Girava. Pese a estar en horas bajas, el doctor es un grande en el campo de la neurociencia. Con la llegada de los ordenadores cuánticos, mucho más rápidos y potentes que sus predecesores, Girava decidió centrar todos sus esfuerzos en el mapeado de cerebros reconectados, con resultados sorprendentes. Sus avances allanaron el camino de muchos investigadores volcados en la implantación de la terapia génica para un sinfín de enfermedades. Con todo, no fue ése su mayor logro. Se hizo mundialmente famoso por ser el primero en extraer imágenes y conversaciones de cerebros inertes, algo que elevó al BCF a la categoría de referente mundial en el negocio de la muerte. Partiendo de trabajos previos con cerebros vivos y aprovechando las casi infinitas posibilidades del Neurobanco, con más de un millón de cerebros conservados y decenas de donaciones diarias de material cerebral en perfecto estado, Girava logró lo imposible. Lo que había iniciado como un proyecto para ofrecer a las autoridades imágenes de los últimos segundos de vida de víctimas de delitos violentos acabó convirtiéndose en la mayor fuente de ingresos del Banco. Desde aquel momento, quienes podían pagarlo se llevaban a casa lo último que había visto y dicho su familiar antes de fallecer, siempre y cuando fueran imágenes y palabras de su agrado. El mayor negocio, no obstante, llegó de otro sector: las grandes aseguradoras y mutuas compraron la tecnología para usarla como apoyo en batallas legales con decesos de por medio. Lo único que hacía falta era conservar y recolectar los encéfalos intactos a tiempo. La primera vez que esta tecnología fue empleada con éxito supuso que una viuda y sus tres hijos se quedaran sin cobrar el seguro de vida del marido y padre, a quien en un principio las autoridades consideraron asesinado en un robo que salió mal. Las últimas imágenes extraídas del difunto demostraron que la supuesta víctima, ahogada por las deudas, había pagado por su propio asesinato con el único objetivo de evitar la ruina a su familia. Desde entonces, todas las pólizas de vida de casi cualquier compañía recogen entre sus numerosas cláusulas la obligatoriedad por parte del beneficiario de dar acceso a sus últimos registros de vida como garantía de buena fe en caso de muerte eventual. Algo que ha tenido como consecuencia un leve repunte de los casos de fallecimiento fortuito provocado por daño cerebral grave.

—Como director del Neurobanco no tengo inconveniente en ceder una de las salas de recuperación a Ícaro. Quizá así pueda demostrar que vale para algo más que para robarles el trabajo a los demás —dice Girava, volviendo a ponerse las gafas.

Años después de tan importante avance, ya en compañía de su pupilo Ícaro Manes, experto en inteligencia artificial, el doctor Girava presentó lo que consideraba la gran obra de su vida: aseguraba ser capaz de prolongar la existencia humana más allá de la muerte basándose en la premisa de que el mapa neuronal de una persona —lo que en su día Sebastian Seung llamó el conectoma— alberga los pensamientos, los sentimientos, las experiencias..., en definitiva, la personalidad del ser humano. Fue así como nació el proyecto Anima, una genialidad que está a punto de volver a situar al BCF en un lugar privilegiado, y del que el doctor Girava fue expulsado hará poco más de un año aduciendo problemas de competencia.

Según la versión del doctor, su pupilo lo traicionó para liderar la investigación. De algún modo se las ingenió para desplazar al veterano científico y devolverlo a su antiguo puesto en el Neurobanco, relegándolo a líneas de investigación que, también según el propio doctor, ya no están a su altura.

—Me temo que eso ya se ha intentado sin resultados satisfactorios. El material que teníamos fue extraído en vida, tal y como manda el protocolo. Parece ser que a causa del estado en el que se encuentra el cliente hay áreas difíciles de extraer. Todo indica que el señor Condado tiene una psique difícil de mapear.

—No hay psiques difíciles de mapear, señor Hermo, sólo científicos mediocres. Y dígame, ¿cómo lo ha intentado exactamente?

—El doctor Manes solicitó la instalación de una sala de recuperación en su unidad —responde Dante, intuyendo que lo que acaba de decir se convertirá en un escollo más.

—Ya veo... Y por supuesto la dirección del BCF no tuvo inconveniente en derrochar sus recursos en algo que ya existe. Y, *por supuesto*, ha sido cuestión de tiempo que la dirección del BCF, y sus inversionistas, descubra que fue un auténtico error. Ícaro no mapearía ni el cerebro de un mosquito.

Girava se sienta de nuevo sin apartar la mirada de los ojos del gerente. Inclina el torso hacia delante y apoya los codos en la mesa. Está disfrutando.

—Y dígame, ¿ni siquiera uno de sus acólitos ha sido capaz?

Dante niega con la cabeza, para satisfacción de su interlocutor. Sabe que si no hace algo de inmediato va a echar por tierra una oportunidad única para el BCF y, por ende, para él como nuevo gerente.

El señor Condado, que por el momento permanece conectado a una máquina a la espera de la extracción del material, fue la única persona con suficiente ego y dinero como para apoyar el proyecto Anima cuando apenas era un documento lleno de promesas. Financió gran parte de las investigaciones con el único requisito de ser el primer ser humano en pasar a la posteridad digital tras su muerte. Su óbito se mantiene en secreto hasta que todo esté listo, pero la familia se impacienta y ha puesto una fecha límite. Su ceremonia de sublimación, acto al que él deberá asistir, está prevista para dentro de una semana, pero por el momento la cosa pinta mal. Hasta ahora sólo cuentan con un puñado de secuencias de imágenes de recuerdos y sueños, extraídas mientras el señor Condado aún seguía con vida, y una base de datos obtenida a partir de un sinfín de test de personalidad y psicotécnicos, correos electrónicos, llamadas telefónicas, redes sociales, presencia en la prensa y demás huellas digitales. El problema es que falta lo más importante: el alma, el aliento, el espíritu del muerto que aspira a existir eternamente. Sin su mapa neuronal completo, la inteligencia artificial que tomará el control del difunto sólo tendrá acceso a información pura y dura. Se parecerá a Condado, pero no *será* Condado.

Van muy mal de tiempo. Tan mal que si Dante no logra que el doctor Girava atienda su petición, el proyecto Anima fracasará estrepitosamente y, con él, el BCF y el mismo gerente. Así que debe conseguir como sea que en una semana Condado se transforme en un holograma capaz de comunicarse con sus seres queridos, dar consejos y regañinas de padre y mimos de abuelo y dirigir sus empresas como si no hubiera pasado a mejor vida. Necesita que Girava extraiga el alma de ese hombre cueste lo que cueste.

—Si lo hace, le deberé un favor. Puede pedirme casi lo que quiera —dice Dante, intuyendo de algún modo que va a arrepentirse de sus palabras.

—No me gusta este casi.

—No voy a despedir al doctor Manes. Tampoco voy a apartarlo del proyecto Anima. Pero sí puedo solicitar al consejo un reajuste de las partidas presupuestarias en favor del Neurobanco. Del mismo modo que estaré abierto a escuchar cualquier propuesta referente a nuevos proyectos.

Ambos permanecen en silencio. Girava da un sorbo al

café y levanta sus pobladas cejas plegando el acordeón de su frente, como si acabara de caer en algo importante.

—¿Cómo está su esposa? —La pregunta pilla a Dante por sorpresa—. Tengo entendido que padece alemia y que está en fase terminal. Es una enfermedad extremadamente rara que, por desgracia, ha sido poco investigada. Daría lo que fuera por tener en el Neurobanco alguna muestra de calidad.

Dante nota una repentina opresión en el pecho. ¿Lo ha entendido bien? ¿Acaba de pedirle este hombre el cerebro de Mel? ¿Lo hace para provocarlo? ¿Puede alguien ser tan rastrero que se atreva a hacer algo así? Una oleada de dignidad y profundo rechazo le recorre la sangre.

—Doctor Girava, creo que no le he entendido bien.

Blublublublublú...

Blublublublublú...

Una llamada. Justo ahora.

Dante casi agradece la interrupción. No es nada fácil que pierda los papeles, lo único que puede hacerlo saltar es que ataquen lo que más quiere en esta vida. Y esto es justo lo que acaba de pasar.

Aparentando toda la calma del mundo, comprueba que es Renata y responde.

—Dime.

Palabras ininteligibles al otro lado.

—Hazlo pasar a mi despacho.

Dante presta atención a medias mientras le mantiene la gélida mirada al doctor.

—No, no importa que no tenga cita. Voy para allá enseguida.

Cuando cuelga el teléfono, constata en la cara de Girava que éste ha disfrutado de lo lindo de la visita de su joven jefe.

—Tengo que marcharme, pero antes necesito saber si lo hará —dice, imprimiendo el mayor grado de seriedad que puede a sus palabras.

—Deje que me lo piense. Y recuerde que si acepto, me deberá un favor.

—Créame, no lo olvidaré.

Dante abandona la penumbra del despacho sin despedirse. Cuando cierra la puerta a su espalda, una acuciante necesidad de golpear algo se apodera de él. De pronto duda de la versión semioficial que circula por los pasillos del Banco. Ya no está tan seguro de que el doctor Girava haya sido tratado injustamente. Incluso empieza a sospechar que la evidente falta de escrúpulos que acaba de mostrar ante él ha podido llevarlo a aprovecharse durante años de los méritos de otros. Los datos no engañan: Girava es el investigador del BCF con quien todos los novatos quieren trabajar, pero también es el que más fuga de cerebros padece. ¿Quién va a querer estar cerca de alguien capaz de pedir el encéfalo de una mujer que lucha con uñas y dientes por pasar un día más entre los vivos?

—Maldita serpiente —masculla.

En apenas medio minuto deja atrás el Neurobanco y sale al pasillo principal. Renata acude a su encuentro.

—¿Lo has hecho pasar a mi despacho? —pregunta el gerente, intentando pensar en otra cosa.

—Por supuesto. No podía dejarlo en la sala de espera en el estado en que se encuentra. ¡Jesús! Si está hecho un Cristo.

Pero Dante aún está tan fuera de sí que responde sin pensar.

—Bien...

—Lo que no entiendo es por qué tienes que atenderlo tú. Esto es cosa de la otra ala. Como mucho, y dado que pagó por nuestros servicios, que a saber de dónde sacó ese marcado el dinero..., como mucho le correspondería encargarse a uno de nuestros administrativos.

—No te preocupes, Renata, me encargo yo.

De nuevo, Dante responde en modo automático. Girava sigue adherido a su córtex prefrontal y su asistente, intuyendo que no puede hacer nada más por espabilar a su jefe, acelera el paso para regresar a la oficina.

—Renata, espera.

Cuando la mujer se vuelve, nota que le ha cambiado la cara. Del desconcierto y la impotencia ha pasado a una firme determinación.

—Renata, acércate.

Sorprendida, regresa a su lado. Parece algo incómoda cuando Dante estrecha todavía más la distancia que los separa.

—Tranquila, es que no quiero que nadie se entere de esto. Necesito que te ocupes personalmente de un asunto.

Pide a un técnico que revise a fondo la sala de recuperación de la Unidad de Inteligencia Artificial. Y cuando digo a fondo quiero decir que no me importa si tiene que desmantelarla por completo para volver a montarla. Intenta ponerlo en manos del mejor; si puede ser, un especialista de fuera del Banco.

—¿Y para qué quieres que haga algo así?

—Un pálpito, sólo eso. Dile que busque señales de sabotaje. Cualquier cosa sospechosa.

Renata asiente y, cuando pretende marcharse, Dante la sujeta del codo y la acerca de nuevo a él.

—Dante, por Dios, van a pensar que estamos liados —se queja ella.

—No importa. Tengo que encargarte otra tarea. Busca a un hacker, uno bueno, a ser posible también de fuera del BCF.

—¿Para qué?

—Quiero que entre en los archivos de Tedros Girava e intente localizar algo.

—¿Sabes el riesgo que correremos si doy acceso a nuestros sistemas a un hacker?

Dante sopesa las palabras de su asistente. Tiene razón, no es buena idea.

—Está bien, olvídalo. Yo me ocupo.

Por un instante, el gerente se cuestiona la lealtad de Renata, pero barre la duda de su cabeza de inmediato. Llevan trabajando juntos cinco años y hasta la fecha nada le ha hecho sospechar de la lealtad de esta mujer. Es cierto que su aspecto seco y distante coincide a la perfección con el modo en que actúa y piensa, sin embargo, son incontables las ocasiones en las que ha demostrado, a su manera, eso sí, que lo respeta. Por eso, cuando fue llamado a ocupar el puesto para el que se ha estado preparando todos estos años, exigió que ella lo acompañara. Sólo con ella ha compartido los secretos del BCF que él, como su máximo representante y garante, está obligado a proteger.

—¿Es grave?

La pregunta lo saca de sus cavilaciones.

—Si se cumplen mis temores, sí, muy grave.

—¿Tiene que ver con el proyecto Anima?

Dante asiente.

Renata responde con el mismo gesto y, ahora sí, se aleja. Añade algo más cuando la distancia que los separa aún es corta:

—Haré que trabaje en horario de noche, cuando las instalaciones estén vacías.

Esto es justo lo que Dante quería oír. No, Renata jamás lo traicionaría.

Y zanjado el tema por el momento, el gerente se encamina hacia el siguiente marrón del día: la visita del marcado.

Dante no tiene ni idea de los pesares que el chico tuvo que soportar ayer. Estuvo esperándolo hasta tarde, incluso llegó a pensar que podía haberle pasado algo, pues no creía posible que, después de tantos esfuerzos, de pronto hubiera decidido abandonar a su hermana. Pero nada sabe de la agresión que sufrió ni de que en menos de veinticuatro horas León se haya convertido en un asesino.

El hecho es que, cuantas más vueltas le da al tema, más le intriga, no puede remediarlo. Comprende la opinión de Renata: por muy grave que sea lo que haya ocurrido con el cuerpo de la joven, el gerente del BCF no tendría por qué resolver personalmente un asunto como éste. Sin embargo, a su asistente le falta información.

Dante se aparta a un lado del pasillo y sacude la muñeca izquierda para activar su ordenador de pulsera. A menudo le preguntan por qué sigue llevando una antigualla como ésa en lugar de un implante computacional. La razón es sencilla: si llevara el ordenador en el cuerpo, jamás podría desconectar; ahora, en cambio, le basta con desabrochar la correa y dejarlo atrás.

—Mírtel, abre el expediente G0K-75468.

«De acuerdo.»

Mírtel obedece y la ficha de la marcada desaparecida emerge de inmediato.

—Amplía la imagen del sujeto.

Jamás la vio con vida, lo único que puede contemplar de la chica son las fotografías tridimensionales que tomaron en la sala de admisión del BCF. Con la ayuda del índice y el pulgar, hace girar el holograma, ampliando y alejando cuando lo necesita. Se detiene en un primer plano del rostro. La chica era hermosa, muy hermosa, pero no es esto lo que llama la atención del gerente. Lo que le intriga es un detalle del examen forense que la convierte en un auténtico mirlo blanco: si era una marcada, si pertenecía a los sin casta, ¿dónde estaban sus huellas genéticas? ¿Por qué su piel, su cuerpo entero, estaba libre de manchas?

«Un dato reseñable es que no se aprecian en la sujeto las máculas características de su estirpe. Tampoco sus órganos internos presentan indicio alguno de infección, a lo que hay que añadir ausencia total de anticuerpos en sangre», escribió el especialista que realizó el análisis completo del cadáver. Lo que significa que la chica ni era una infectada, ni se había gestado en un útero con infección.

Dante sigue sin comprenderlo. ¿Cómo puede ser? ¿Es que las calles por fin empiezan a estar libres de las huellas del accidente biológico? ¿O es que a esa chica le había tocado criarse en un sitio que no le correspondía?

Y la cosa no acaba ahí. De hecho, toda esta intriga nació de otro motivo. Hubo un detonante, algo que llevó al gerente a interesarse por la ficha de... ¿Cómo se llamaba? Río, sí, la chica se llamaba Río. Sin eso jamás habría descubierto su peculiaridad. El mismo día que León acudió a pagar la sublimación de su hermana, alguien más preguntó por ella, un noma de muy buena familia.

Unos tacones se acercan y saberse acompañado en el amplio pasillo lleva a Dante a reconectar con el presente. Sacude de nuevo la muñeca para hacer desaparecer los archivos que flotaban sobre su ordenador de pulsera y reemprende la marcha.

—Buenos días, señor —lo saluda la recepcionista de las oficinas.

Si lo piensa, cree que nunca ha visto a esta mujer en silencio. Ya sea haciendo su trabajo o inmersa en llamadas personales, jamás cierra el pico.

—Buenos días —responde él.

Cuando los separan unos metros, ella continúa a lo suyo.

—No, chica, de eso ya me encargo yo. Ja, ja, ja, ja... ¿De verdad? Nooo... ¡Imposible!

Su conversación, cada vez más lejana, queda acallada

por las puertas correderas que se abren y cierran al paso de Dante. El gerente camina con determinación y, cuando llega a su despacho, se detiene junto a la entrada y respira hondo antes de situarse delante del identificador biométrico.

Al cruzar el umbral y ver a León, lo embarga la incómoda sensación de estar ante una persona completamente diferente.

No median palabra mientras Dante atraviesa la estancia y ocupa su asiento. Invita al chico a sentarse frente a él, al otro lado de la mesa, pero León permanece de pie en medio del despacho.

Se da cuenta enseguida de que no queda ni rastro en su cara de aquella mirada huidiza e insegura, de aquella desesperada impaciencia. Muy al contrario, León rebosa ahora una escalofriante templanza. Dante se pregunta qué le habrá pasado. Su aspecto es horrible. Parece que le hayan dado una buena paliza, aunque ya se le han curado las heridas. En la mano derecha, la misma con la que reventó la pantalla holográfica de su escritorio, lleva un vendaje bastante aceptable. Su ojo izquierdo es un bivalvo amoratado y brillante que apenas deja ver el globo ocular. Y tiene en la frente un par de heridas suturadas al estilo tradicional.

—León, ¿te encuentras bien? ¿Quieres que llame a un médico para que te mire estas heridas?

Y el olor... Lleva la misma ropa del otro día, pero hoy desprende un nauseabundo aroma a estercolero.

—No está.

El joven no pregunta, afirma. Y sin esperar respuesta, su gesto se ensombrece tanto que es fácil sentir los efluvios de la rabia a través de los poros de su piel.

Dante traga saliva y niega con la cabeza.

—No, no la hemos encontrado. Lo más probable es que la hayan mandado por error...

¿Cómo que lo más probable? ¿Por qué no se limita a darle al chico la versión oficial y punto? «Por increíble que parezca, tu hermana ha acabado en la sala de despiece, lo que significa que su cuerpo es irrecuperable.» ¿Tan difícil es?

El gerente vuelve a encogerse en su asiento ante el inesperado avance del chico, que en un abrir y cerrar de ojos se ha colocado al otro lado de la mesa.

—Devuélveme mi dinero.

Lo dice levantándose la manga izquierda y dejando al descubierto un implante monetario que nada tiene que ver con los que venden en el mercado. De oro, ostentoso y recargado, y con un sello en el centro que hace sospechar que pertenece a alguien de clase muy alta. Dante observa la joya dorada que, como una garrapata, se clava en la carne del antebrazo, hasta que el chico vuelve a cubrir el implante haciendo hincapié en su petición.

—Devuélvemelo. Es mío y lo quiero.

—Ejem... Sí, por supuesto. Mírtel, avisa a Renata, que venga a mi despacho —dice Dante sin poder dejar de pensar en ese llamativo implante.

«De acuerdo.»

León mira a su alrededor, no se da cuenta de que el gerente habla con su ordenador personal.

Segundos después, el identificador biométrico da acceso a la asistente, que no disimula su cara de asco al ver al chico.

—Renata, reembolsa a nuestro cliente el importe que abonó más un cinco por cierto por las molestias.

—¿No crees que es excesivo? —se queja ella.

—Hazlo, por favor.

Malhumorada, la mujer abandona la oficina para aparecer un momento después con un *contactless*. Va directa hacia el chico.

—Acerca el brazo —le ordena.

El joven obedece, levantándose de paso la manga del jersey. De nuevo, al descubierto la ostentosa joya. Enseguida, un bip indica que la transacción se ha realizado correctamente.

—Espero que uses un puñado de esos íberos para quitarte el pestazo de encima.

Acto seguido, Renata da media vuelta y desaparece.

Tras un instante de incómodo silencio, León camina también hacia la salida.

«Mírtel, abre la puerta.»

Antes de marcharse de la estancia, el joven se vuelve y lo mira con el rostro ensombrecido.

—Sé lo que hacéis en este sitio y no pienso rendirme hasta que todo el mundo se entere.

—¿Cómo? ¿A qué te refieres?

Dante tarda unos segundos en reaccionar. Cuando sale tras el chico para pedirle que vuelva al despacho, que le cuente qué es lo que sabe, no logra dar con él. León ha desaparecido y la próxima vez que se encuentren ya será demasiado tarde.

La naturaleza del agente biológico es lo que ha traído en jaque a la comunidad científica internacional desde que toda esta locura se desató. Ni siquiera en mis años de juventud, cuando fantaseaba con las atrocidades que un simple ser humano con imaginación podría llegar a fabricar en un laboratorio, mi mente fue capaz de dibujar un panorama semejante.

Sin embargo, hoy estoy en posición de afirmar que mi equipo por fin lo ha conseguido. Estructura, organización genómica, mutagénesis, estrategias de propagación y contagio, vías de desactivación de la alerta química, canales de acceso... Hemos llegado a conocer a esta aberración de la naturaleza lo suficiente como para afirmar que puedo dar con una cura. Lo único que me preocupa es que para conseguirlo voy a tener que saltarme los acuerdos internacionales en materia de ética genética. Necesitaremos utilizar la tecnología CRISPR para hacer mucho más que la mera sustitución de algunos genes. La idea es crear un tratamiento dual capaz de modificar genéticamente a quien lo porte. Si todo va bien y el Estado aprueba mi petición de experimentar sin restricciones, en pocos meses tendremos una cura tan camaleónica como el agente biológico al que deberá exterminar.

Extracto del diario personal del doctor Noé Sabin

Un golpe seco, de cráneo contra metal, arranca al conservador de sus quehaceres y lo obliga a levantarse.

—¡Ten mucho cuidado, imbécil! ¿Sabes cuánto me pagan por su mantenimiento?

Cuando está junto a la camilla, lo primero que hace es verificar si el impacto ha tenido consecuencias.

—Te lo he dicho mil veces. Trátala como si fuera una de tus hijas.

El operario mira con cara de bobalicón el cuerpo desnudo. ¿Cómo quiere que la trate como a una de sus hijas si él sólo ve un fiambre más? Luego aguarda en silencio, mientras el conservador examina cada centímetro de piel, prestando especial atención a las zonas más susceptibles de sufrir daños.

—¡Maldita sea! ¿Por qué coño tienen que morder? Ordenador. Notas. Arreglos para Piel de Porcelana: injerto cutáneo en el cuello. Reparación de seno derecho, incluyendo tatuado de areola. Uña rota en dedo anular izquierdo. Genitales... ¡Joder!

Indignado, el conservador se dirige a su mesa de trabajo en busca de instrumental. Al regresar flexiona las piernas del cadáver y le introduce un espéculo entre las ingles. Abre el hueco de la vagina, comprueba que a pesar de los daños el tejido aún es elástico y firme, e ilumina el interior con una linterna.

—¡Me cago en...!

De inmediato, movido por un dolor y una ternura incontrolables, abandona el instrumental y rodea la camilla. Aparta a un lado el cabello y se inclina abrazándose al cuerpo. La emoción es tan intensa que el operario, visiblemente asqueado, se vuelve para darle la espalda.

—No te preocupes, Piel de Porcelana, voy a quitarte este pestazo a babas y a dejarte como nueva. Siento que te hayan hecho esto. Hoy mismo pongo una queja para que no vuelva a ocurrir.

Después, como si nada, recupera la verticalidad y continúa a lo suyo.

—Ordenador. Notas. Objeto lacerante en la vagina. Necesitará una reconstrucción profunda.

Tras sus instrucciones, alarga unos segundos el examen del cuerpo, esta vez poniéndolo con cuidado boca abajo. Por suerte no hay más daños.

—Métela ya en la bañera y márchate.

El operario, que hasta ahora ha permanecido al margen, retoma su trabajo. Empuja la camilla unos metros, pone el freno para que no se deslice con el esfuerzo y sujeta el cadáver por las axilas para introducirlo en el tanque de preservación de tejidos. El líquido viscoso se deforma y expulsa a la superficie unas densas burbujas cuando Piel de Porcelana se hunde en él.

—Ahora lárgate.

El conservador no suele ser tan seco. La mayor parte del tiempo, en realidad, es un tipo bastante simpático, pero en este momento es el rencor el que habla y no él. No puede perdonarle a ese estúpido que haya golpeado en la cabeza a su chica favorita. ¿Es que no comprende que es una pieza única? Tan única como efímera. Por desgracia, en unas semanas no quedará de ella casi nada.

¿Ves ese dron de pasajeros que acaba de detenerse junto al casino? En su interior, dos jóvenes, chica y chico, no se deciden a salir. Antes del aterrizaje bebían champán y reían con ganas, ajenos a lo que les aguardaba. Ahora, en cambio, un espeso silencio los envuelve.

La primera en hablar es ella, que estruja la tela del vestido como buscando en ese gesto una pequeña dosis de valor.

—¿Estás nervioso?

Es evidente que ella sí lo está. Mucho. Se humedece y muerde los labios sin parar y desvía la vibrante mirada del rostro de su acompañante al infinito. El joven niega con la cabeza, y parece sincero. No está nervioso. Ya no. Para demostrarlo sonríe, un gesto breve pero cálido que no permea en la chica.

—A... Aún es temprano... ¿Por qué no damos un paseo? Podríamos... Podríamos ir a cenar. Cerca de aquí hay un restaurante de comida tradicional que...

—Nepal...

—O podemos tomar simplemente un refresco. ¡O un helado! Me dijiste que no habías probado el helado...

—Nepal, para. ¿Cómo puedes...? —El joven respira hondo, de nuevo la ansiedad anclada en su pecho—. Ella está allí. Lo sabes... La viste.

—Ya, pero...

—Nepal, me está esperando. Lleva demasiado tiempo esperándome. Así que no. No quiero cenar ni tomarme un helado. Necesito acabar con esto cuanto antes.

El joven baja del vehículo y espera fuera a la chica. Mientras tanto comprueba que no queda rastro de la copa de champán que se ha derramado encima hace unos minutos, cuando todo eran miradas de complicidad y risas. Se palpa también el bolsillo interior de la cazadora. El pequeño bote sigue ahí, sólo espera no tener que utilizarlo. Por un instante vuelve atrás, apenas unas horas. Anhela el aroma de la piel de Nepal, la frágil seguridad de su abrazo, la calidez de su boca... Ahora mismo querría olvidarse de todo y perderse en ella para siempre, pero el peso de la realidad lo aplasta enseguida. ¿Cómo va a perderse en ella si después de esta noche dejará de pertenecerse a sí mismo? «Doblemente esclavo», piensa. Y acto seguido una contundente certeza lo tranquiliza: una y mil veces lo habría hecho. Por ella, una y mil veces. Lo que significa que, por muy difícil que le resulte entender cómo ha logrado meterse él solito en algo tan gordo, todo esto era inevitable.

La chica sale del dron, que alza el vuelo de nuevo.

—León.

Sí. León, nuestro chico desamparado, nuestro triste y mugriento *desechito* humano, el que con su muerte va a provocar que se tambaleen los mismísimos cimientos de esta sociedad. El joven se vuelve hacia Nepal, que acaricia con ansiedad su cabello.

—Perdóname. No pretendía...

—Tranquila, no es nada. Los dos estamos un poco nerviosos.

La verdad es que desde que lo vi aparecer en el BCF, León no ha dejado de sorprenderme. En primer lugar, la hazaña de haber conseguido que un inmaculado le diera dinero para sublimar a su hermana. Vale que la condición era quedarse con su libertad, pero seamos sinceros: ¿cuántos sin casta puede tener bajo su yugo alguien tan poderoso con mucho menos esfuerzo? Sin duda, algo valioso vería en el chico. Y ahora, esto. En sólo una semana ha pasado de ser un marcado demacrado y maloliente a ser un apuesto joven enfundado en un carísimo y muy bien llevado traje de nanotex. Salvo el elegante parche en el ojo, a juego con la indumentaria, apenas le queda rastro de las heridas de aquella fatídica noche. Ni siquiera atisbo de residuo alguno de orgullo herido o rabia. Viéndolo ahí, junto al casino, en la zona de ocio noma más cara y de moda de la ciudad, a escasos cien metros del lujoso centro de parafilias en el que va a morir, nadie diría que ha salido de las purulentas entrañas de los suburbios.

—Estás preciosa —dice el joven.

—¿De verdad? ¿No lo dices por cumplir? Tendría que haberme puesto la gargantilla.

Ella, en cambio, es harina de otro costal. En efecto, está imponente con ese vestido, regalo de León. El azul eléctrico, sin duda, es su color. No obstante, hay dos importantes detalles que delatan su procedencia. Para empezar, el modo en que mira a su alrededor. No es la primera vez que está tan cerca de la Urbe Alba, ni será la última, pero sigue sintiéndose una extraña. Una intrusa. Aquí todo es excesivo para ella. Las invisibles capas de grafeno que envuelven los edificios y que, al caer la noche, pierden la transparencia diurna para convertirse en enormes pantallas que emiten sin parar noticias frescas y los mensajes que los *influencers* virtuales han ido acumulando en sus redes. Los hologramas que te asaltan a la puerta de cualquier establecimiento y tratan de convencerte de que entres a cenar, a beber, a bailar, a follar... La alta concentración de vehículos privados custodiados por sin casta que, en el mejor de los casos, lo máximo que recibirán a la llegada de los propietarios es el resto del alcohol de alguna copa y un puntapié. Los nomas purasangre, jóvenes y no tan jóvenes, que, completamente ajenos a la realidad imperante más allá de sus distritos, deambulan de aquí para allá con la única preocupación de decidir qué van a cenar, qué van a beber, adónde van a ir a bailar, con quién o con qué van a follar. El otro detalle, más difícil de obviar, es esa pequeña mancha purpúrea que tiene en el cuello y que ella trata de disimular con el cabello, que la delata como marcada. El resto de los estigmas, numerosos en su cuerpo, quedan ocultos bajo el vestido y los guantes que cubren sus antebrazos hasta la altura de los codos.

—¿Cómo voy a decirlo por cumplir? De verdad, vas muy bonita.

Nepal se sonroja y, una vez más, se arregla el pelo para cubrir con él la marca del cuello.

—¿Estás segura de que quieres venir conmigo?

—¿Por qué me lo preguntas? Estamos juntos en esto, ¿no?

León asiente, pero un contundente «no» retumba en el interior de su cabeza. Es cierto que la chica ha estado a su lado todo este tiempo, que lo ha ayudado a cambiar de aspecto y de mentalidad, que lo ha llevado hasta el último de los rincones de la ciudad en donde podría estar su hermana. Pero en realidad está solo. Completamente solo. Por mucho que le duela. Lo sabe desde que aceptó el trato con la Yaya. «Sigues siendo un iluso... Ya eres todo un hombre y aún no te has dado cuenta de que éste no es tu sitio. Tampoco era el de tu hermana. Ella sí que lo sabía», le dijo la madre de los suburbios antes de ofrecerle ayuda y protección por segunda vez en su vida, antes de contarle lo que quería a cambio. «Con esa piel... Con esa sangre tienes todas las fronteras abiertas. Necesito que las cruces para mí, que me digas lo que ocurre al otro lado, empezando por lo que hace Renzo Pecunia, ese insufrible inmaculado.» León sabía que no podía confiar en ella, pero no tenía otra salida. No después de saber dónde debía buscar a Río. Así que aceptó convertirse... Aceptó *ser* un noma. Ser *su* noma. «Con tu aspecto y mi dinero llegaré a todas partes», había concluido triunfante su nueva dueña.

Sí. León aceptó. Asumiendo las posibles consecuencias. Desde ese momento, a ojos del entorno de la madre, el chico se convirtió en el falso marcado.

—Nepal, mírame.

Ella obedece.

—No habría llegado hasta aquí sin ti, y no te imaginas lo mucho que te lo agradezco, pero esto es peligroso... Ya sabes que me buscan y que estoy a punto de hacer algo muy gordo. Así que quiero que me prometas que desaparecerás en cuanto pase a la zona oculta.

—Pero, León...

—Prométemelo.

Nepal permanece callada unos segundos. Sus ojos empiezan a brillar y su boca se tuerce en un puchero. Es consciente de que todo —*todo*— acabará esta noche. Y se siente culpable por ello.

—Te lo prometo —miente.

León sonríe, de nuevo un gesto leve, apenas un espejismo, y recoge con una caricia la lágrima que acaba de empezar a rodar por la mejilla de la chica.

—¿Vamos? —dice.

—Vamos —responde ella, asiéndose fuertemente a su mano.

Los dos echan a andar, perdiéndose en las calles plagadas de nomas ávidos de diversión y experiencias fuertes, hacia el Voluptaten, el antro de perversión en el que... ¿Qué? Sí, ya lo sé. Te preguntas cómo hemos llegado hasta este punto, hasta un León convertido en noma que se mueve como pez en el agua entre purasangres. Está bien, retrocedamos tres semanas, viajemos al instante en que el joven firmó su propia sentencia de muerte pidiendo visitar a la madre de los suburbios.

León tuvo que esperar casi toda la noche para reunirse con la Yaya. Tras el episodio con el carroñero, sintiendo aún fresco el peso de su muerte en las manos, siguió a Piloto y al resto de los niños durante lo que le pareció una caminata interminable. Su destino se encontraba en la frontera entre los suburbios y el Sector Obrero Nordeste, el único con conexión directa con la Urbe Alba, refugio de los ciudadanos de primera. Él sabía bien dónde estaban porque días atrás tuvo que cruzar uno de los pasos fronterizos que se vislumbraban a escasos cien metros para reunirse con Renzo Pecunia, el inmaculado cuyo implante monetario llevaba en el antebrazo.

Por fin había dejado de llover. Al detenerse, León sintió la ropa pegada a la piel y el dolor y la extenuación prendidos del alma.

—¿A que es impresionaaanteee?

La vocecita de Croqueta se propagó en el aire hasta que sus diminutos ojos terminaron de recorrer la envergadura del mastodóntico edificio. El Límite, una mole de hormigón autorreparable y vidrio con mucha historia, marcaba el final del trayecto. El edificio era feo como él solo, tanto que cuando se construyó los intelectuales del momento interpretaron su aspecto como una protesta ante el mundo que el ser humano creaba, y eso que todavía estaba todo por pasar. Lo más impactante era su peso visual: parecía una montaña en medio de la jungla. Un panelado pétreo recubría por entero su superficie, y lo único que rompía ese hermetismo era la amorfa banda de vidrio que lo envolvía y que recordaba a las irregulares capas de cristal de cuarzo que vetean las rocas metamórficas. Fue concebido a principios del siglo XXI como un macrocentro comercial, pero las circunstancias lo convirtieron en hospital de campaña cuando las consecuencias del accidente biológico alcanzaron su mayor gravedad. Después pasó a ser una más de las múltiples morgues de la ciudad. Y cuando todo acabó, El Límite fue abandonado por graves fallos estructurales, cosa que no extrañó a nadie, pues ¿qué cabía esperar de una obra del mismísimo Valaraba, famoso por sus puentes resbaladizos, por los estéticos revestimientos que se caían a trozos o por los elementos móviles carentes de movilidad, entre otras muchas pifias arquitectónicas criticadas hasta la saciedad por la prensa especializada? Cuando la madre de los suburbios lo okupó, seguían aguardando en sus sótanos cadáveres abandonados. Cientos de padres, madres, hijos o abuelos de alguien que hoy siguen siendo reclamados al Gobierno por familiares y políticos que defienden la aprobación de la Nueva Ley de Memoria Histórica, en un tiempo en que ni los vivos tienen derechos.

—¿Ella está aquí? —pregunta León.

—Aquí y en todas partes. Yo soy de los pocos que siempre saben dónde se encuentra.

Una frase de estas características debería haber ido acompañada de algún gesto de orgullo, sin embargo, la expresión de Piloto se acercaba más a la desgana, casi al rechazo. Quizá el chaval soportaba una responsabilidad mayor de la que podía o quería asumir. Y sabiendo el tipo de negocios en los que andaba metida la Yaya, no era de extrañar. León se preguntó cuáles serían sus atribuciones, qué cosas se habría visto obligado a hacer. Él siempre había procurado mantenerse alejado de la madre de los suburbios, no por suspicacia, sino porque ya tuvo tratos con ella en el pasado, cuando él apenas tenía doce años y Río diez. Por aquel entonces, Penélope, la mujer que se había hecho cargo de ellos desde que eran pequeños, llevaba desaparecida casi dos años y los dos luchaban como podían para sobrevivir en las calles. Un buen día, la Yaya se presentó en persona en el apestoso rincón en el que los hermanos habían pasado las últimas noches y les ofreció protección. «Conmigo estaréis a salvo», había dicho, extendiendo sus afiladas alas protectoras. A Río aquella señora no le dio buena espina. «Vámonos, hermano», dijo, pero León no hizo caso a la intuición de aquella pequeña e inteligente cabecita y aceptó. Pensando en ella, a pesar de su negativa: la niña llevaba semanas tosiendo sin parar y dormía sumida en sudorosos escalofríos. Los primeros días fueron increíbles: baños de agua caliente, ropa limpia y comida hasta reventar. Un médico atendió a Río, que con el tratamiento adecuado empezó a mejorar. Se sentían cuidados y mimados y adoraban las visitas de la Yaya, que aparecía de vez en cuando y les contaba historias fascinantes mientras acariciaba el largo cabello de Río y se deshacía en halagos mirando su carita de muñeca y su hermosa piel. Su piel nívea y libre de marcas.

Poco a poco, Río fue pasando cada vez menos tiempo con su hermano. Un grupo de chicas mayores la acicalaban durante horas, un modisto confeccionaba vestidos para ella y otras prendas iguales para sus muñecas. Y mientras la niña callejera se convertía en una pequeña princesa, León comenzó a salir a la calle para cumplir recados de la Yaya. Al principio eran cosas sencillas: se limitaba a entregar paquetes o cartas, lo que suponía volver a recorrer con libertad las decrépitas calles que consideraba suyas. Sin embargo, hacer de recadero sólo era la primera toma de contacto con el rico universo de la Yaya. Pronto tuvo que empezar a salir en grupo. Recorría con otros chicos los suburbios recaudando dinero a cambio de seguridad. Casi todo el mundo pagaba como podía, de lo contrario había consecuencias.

«Río, tenemos que irnos de aquí», le dijo a su hermana una noche, después de haber presenciado una paliza a un anciano que por segunda vez consecutiva no había podido hacer frente al tributo. El chico sentía pavor anticipando el momento en que le tocara dar sus primeros golpes, pero Río no quería marcharse y él no tuvo más remedio que entenderlo. ¿Cómo iba a arrancar a su hermana de la calidez de aquella habitación, de su mullida cama con aroma a rosas frescas, para hacerla dormir de nuevo encima de cartones o en el frío y húmedo suelo? ¿Cuánto durarían sus vestidos en esas calles? Suponiendo que pudieran llevárselos, estarían sucios en unas horas. O peor: tendrían que malvenderlos para poder alimentarse. Porque ¿cómo se vuelve a acostumbrar al hambre más absoluta un estómago que por fin ha descubierto lo que significa comer bien? Así que aceptó quedarse por ella. Y también por ella aceptó dar sus primeros golpes. Y provocar sus primeros incendios. Y por ella aguantó. Hasta que descubrió lo que había al otro lado de aquel falso espejo.

—León, ¿vamos?

La pregunta de Piloto y la rechoncha mano de Croqueta tirando de la suya sacaron al joven de sus pensamientos. Allí seguían todos, a las puertas de El Límite, el edificio más imponente de los suburbios, convertido por la Yaya en el núcleo de su más exquisita perversión.

Al entrar, un inmenso y frío hall les dio la bienvenida. A izquierda y derecha, sendos tramos de escaleras. En el centro, cinco ascensores, cuatro de ellos tapiados. La puerta del único operativo vigilada por un gigantón a juego con el edificio.

León, exhausto, dolorido, casi sin aliento, siguió a los

chicos hasta donde se encontraba el mamotreto de músculo, que permaneció impasible ante su presencia.

—Venimos a ver a la Yaya —anunció Piloto.

Tras dedicar una breve mirada al visitante desconocido, se dirigió al cabecilla de la comitiva.

—La Yaya no está disponible —dijo.

—Para él sí. Tú di que lo traigo —insistió Piloto.

—¿A quién?

Nuevo vistazo a León, esta vez con un poco más de interés.

—Dile eso mismo. Tú dile que lo traigo.

En lugar de reaccionar, el gigante se quedó absorto unos segundos. Luego habló al aire, mirando hacia una de las cámaras de vigilancia.

—Entendido —dijo. Entonces su atención regresó a Piloto—. Podéis marcharos, Nepal se encarga.

—Ni hablar, lo he traído yo. —Piloto dirigió una ojeada desafiante a la misma cámara hacia la que había hablado el guardián del ascensor.

—¡Eso! ¡Lo hemos traído nosotros! —se quejó Croqueta, envalentonado.

El resto de los niños, mudos, retraídos.

—Croqueta, cállate —ordenó Piloto.

—Sí, enano, cállate. Y tú ya te estás llevando de aquí a estos mocosos. Si ella dice que Nepal se encarga, es que Nepal se encarga.

El vozarrón, recargado de autoridad, retumbó en el pecho de Léon, que, castigado por el agotamiento, hasta ese momento no había logrado entender nada. Un instante después, Piloto, indignado, hizo un gesto con la cabeza y regresó a las calles con los demás antes de que León tuviera tiempo de darle las gracias. Por llevarlo hasta allí. Por salvarle la vida. Sí dedicó unos segundos a pensar en los tres críos nuevos que los habían acompañado. Nada sabía de ellos. Ni siquiera se había fijado en sus rostros. Mientras se alejaban tuvo la sensación de que junto a Piloto, Croqueta y Espiga caminaban tres sombras. ¿Eran reales esos niños o meras invenciones de su extenuada mente?

Después de eso, el joven permaneció junto al gigante unos minutos, sin plantearse la posibilidad de moverse ni un ápice. Al parecer, lo único prohibido en ese lugar era el ascensor, pues el gigante no prestaba la más mínima atención al chorreo constante de hombres que accedían al edificio y se dirigían hacia uno u otro flanco.

La espera en el helado y oscuro hall intensificó el latigazo de los golpes recibidos, la tirantez de las heridas, muchas aún sangrantes, y el doloroso palpitar del ojo derecho, que las yemas de sus dedos percibían frío y duro como una piedra. Estaba tan cansado... Le pesaba tanto el cuerpo... Unas motas blancas empezaron a nublarle la vista y su cuerpo, sin energía ya, acabó cediendo a la fuerza de la gravedad.

Cuando volvió en sí, lo primero que percibió fue la cómoda calidez que lo sostenía. Después, la blanca y agrietada superficie del techo. Estaba desnudo sobre una mullida cama, arropado por un rico perfume a jabón. Un incómodo roce en el párpado del ojo enfermo lo llevó a palparse: alguien lo había cubierto con un parche.

—¿Hola? —dijo.

No percibió movimiento o sonido alguno.

Tras asegurarse de que estaba solo, por fin se atrevió a moverse. Se incorporó con dificultad y examinó su cuerpo: heridas suturadas, mano derecha vendada y una extraña ausencia de malestar. Lo habían curado y medicado. ¿Y su ojo? ¿Seguiría ahí su ojo? Tiró de una de las esquinas del parche, angustiado por la idea de encontrar una cuenca vacía debajo. Un dolor punzante lo aguijoneó hasta la nuca mientras el adhesivo, empeñado en permanecer en su sitio, le aprisionaba la piel y le arrancaba sin piedad el vello de la ceja. Cuando logró retirarlo por completo, el dolor permaneció ahí, como un latido insoportable, un par de minutos más. Tras su estúpida hazaña, acercó los dedos índice y corazón y acarició la abultada superficie de sus párpados. El tacto le resultó oleoso y el olor, extraño, como si le hubieran cubierto el ojo con algún tipo de pomada. Tras recorrer la pronunciada curva del párpado, concluyó que el globo ocular seguía estando en su sitio.

A continuación examinó con visión bidimensional todo lo que le rodeaba: estaba en un pequeño apartamento con apenas dos metros de espacio entre ambientes: sala de estar, dormitorio, cocina. Algo hervía en una cacerola y el aroma que emanaba del guiso le licuó la boca. ¿Cuánto llevaba sin comer?

Estaba a punto de levantarse cuando la puerta se abrió y una chica apareció en el umbral. Apenas tuvo tiempo de examinarla, pues enseguida tiró del pomo y la puerta se cerró de nuevo. Si León hubiera estado al otro lado, habría visto a la chica apoyada en la delgada hoja de bioplástico tratando de reunir el valor que le hacía falta para entrar. Estaba claro que no esperaba encontrarlo despierto.

Para cuando la puerta volvió a abrirse, León había cubierto su desnudez con una pequeña manta que encontró a los pies de la cama. La chica permaneció un instante apoyada en el marco, con los brazos tras la espalda y el pecho inmerso en un marcado vaivén. Ambos mudos al principio. Ambos tratando de encontrar el aliento necesario para hablar. Fue ella quien rompió el silencio. Desde ese momento siempre sería ella quien hablara primero.

—¿Qué tal te encuentras? Te has quitado el parche —dijo sin poder disimular la aprensión que la imagen le había provocado.

León respondió ruborizándose, refugiando la mirada en su torso desnudo y tirando de la manta hacia arriba para cubrirse el pecho, dejando al aire los pies.

—Sí... Eso... Ha estado aquí el médico. Te ha curado las heridas y... y dice que habrá que esperar unos días para ver cómo evoluciona el ojo. Es... es posible que haya que...

—¿Me ha desnudado él?

La chica negó con la cabeza.

—Hera me ha ayudado a lavarte.

¿Hera? ¿Quién demonios sería Hera?

—Tengo que ir a... ¿Cuánto tiempo he estado dormido?

—Es más de medianoche.

León sintió un repentino ataque de angustia. No había sido buena idea ir hasta allí, lo esperaban en el BCF, pero no dijo nada al respecto.

—La Yaya... ¿Voy a poder verla? —preguntó, inquieto, temiendo que tampoco eso fuese posible ya.

Una hora más tarde, la chica y León abandonaron el apartamento y salieron a un estrecho pasillo flanqueado por puertas de color rojo.

—Siento no haber podido darte ropa limpia —dijo Nepal, que le llevaba la delantera—. Espero que al menos esté seca.

—No importa, ésta está bien.

Pero no lo estaba. Apestaba. A mugre. A sangre. A muerte.

El pasillo desembocó en un espacio desde el que, como las patas de una araña, nacían otros siete corredores, unos sumidos en la más absoluta oscuridad, otros alumbrados por leds que iban del color azul al fucsia. Como hormigas, numerosos hombres entraban y salían de los corredores alumbrados. Se oían timbres y puertas que se abrían. Preguntas breves. Respuestas aún más parcas. Puertas que se cerraban.

—Por aquí.

La voz de la chica, que ahora empujaba el portón del hueco de la escalera, lo arrancó de la atracción que ejercían los luminosos pasillos. Subió tras ella el primer tramo de peldaños, tratando de no tropezar en medio de la espesa penumbra, hasta que llegaron al siguiente rellano, a las siguientes ocho patas. De nuevo, hombres entrando y saliendo. Timbres sonando. Puertas abriéndose y cerrándose. Y golpeteos. Y gemidos. Y un llanto ahogado.

Otro tramo de escaleras y un nuevo rellano. Esta vez sólo cuatro pasillos resplandecían. En el umbral de los demás, carteles de negocios —masaje, peluquería, dentista, quiropráctico, curandero— que a esa hora permanecían cerrados. El único movimiento estaba en los pasillos alumbrados.

León abandonó la estela de Nepal y se adentró en uno de los corredores fucsia y azul siguiendo a un tipo. Se quedó tras él cuando llamó al timbre de una puerta. La puerta se abrió enseguida y una chica en ropa interior, mucho más joven que él, aguardó al otro lado. «¿Cuánto?», preguntó el tipo. «Quinientos», respondió la chica con una sugerente sonrisa. El tipo pasó a la siguiente puerta y la presencia de León quedó expuesta. La chica lo observó un instante. «Hueles mal, tendrás que ducharte.» Silencio a continuación. La chica cerró la puerta.

—León, por aquí —dijo Nepal, que lo esperaba en la entrada del pasillo.

Él obedeció, sin poder dejar de pensar en esa chica, tan sólo una cría, ofreciendo su cuerpo a cualquiera que llamara a su puerta. Pensó en Río, y en aquel falso espejo. En su hermanita, vestida de muñeca, en su dormitorio-escaparate, siendo observada por ojos furtivos. La niña oía ruidos, estaba convencida de que algún fantasma la acechaba, y la aterraba pensar que una noche el fantasma atravesaría las paredes para llevársela. Y no iba desencaminada. A León le costó descubrir el origen de los ruidos. Un día, aprovechando una atípica soledad en el edificio, examinó todas las habitaciones vacías hasta darse cuenta de que los espacios entre puertas no casaban con el tamaño de los interiores, mucho más pequeños de lo esperado. Necesitó unos días más para encontrar en un salón de reuniones el acceso secreto a una amplia colección de corredores que conducían a los baños, las salas de juego y las habitaciones de las *muñecas*. Cuando miró a través de uno de los cristales y descubrió que se trataba del espejo frente al cual Río se vestía, se peinaba, bailaba... No pudo soportarlo. ¿Cuánto tiempo permanecerían al otro lado del espejo los fantasmas? ¿Hasta cuándo protegerían esas paredes a su hermanita? Aquella misma noche, de madrugada, despertó a Río con cuidado para que no se asustara y la sacó de allí. Se la llevó con el peso en la conciencia de saber que estaba dejando atrás a muchas más niñas, pero por aquel entonces él sólo era un crío y apenas podía hacerse cargo de su propia hermana.

Uno de los hombres que subían las escaleras dio un traspiés y estuvo a punto de caerse. Parecía que iba borracho.

—Nepal, ¿qué están haciendo? —se atrevió a preguntar León.

Se refería a los visitantes que subían y bajaban las escaleras, que recorrían los pasillos. Ya sabía la respuesta, pero necesitaba oírla de su boca. Ella no se volvió al responder.

—Miran a las chicas. Entran si lo que ven les convence.

—¿Tú también?

—No, yo sólo vivo aquí.

—¿Y qué haces para ella?

Nepal guardó silencio unos segundos. Luego habló sin apenas levantar la voz.

—Es asunto mío, ¿no crees?

La respuesta dejó mudo a León. No le gustaba imaginar a Nepal haciendo eso, pero no podía evitarlo.

Nepal...

La había reconocido enseguida en el apartamento, por sus ojos rasgados, por su piel aceitunada, por su lacio cabello negro, por el modo en que se abrazaba el torso y se mordía el labio inferior cuando estaba nerviosa... Y por la marca en el cuello. La última vez que la vio era una niña, más pequeña que Río. Otra de las muñecas de la Yaya.

—¿Cuántos pisos quedan? —preguntó el joven.

Nepal no se molestó en responder.

—Vaya, vaya, mira por dónde, ha vuelto a casa el desaparecido. Dichosos los ojos, León.

Aquella voz aguardentosa... Aquella humareda a su alrededor... Un calambre le recorrió el espinazo a León al comprender que por fin estaba ante la madre de los suburbios.

Abordar el problema desde múltiples frentes ha empezado a dar sus frutos. Los resultados son prometedores. No sólo hemos logrado frenar a tiempo la enfermedad en sujetos ya infectados. La Terapia Quimera también ha demostrado actuar como vacuna, generando inmunizaciones superiores al noventa y siete por ciento frente a una amplia gama de mutaciones de virulencia variable. Y lo más sorprendente es cómo lo hemos conseguido. Desde hace décadas son ampliamente conocidas las catástrofes cromosómicas que, en breves lapsos de tiempo, producen graves alteraciones en el genoma capaces de desencadenar enfermedades de todo tipo. Nosotros hemos logrado utilizar este desconcertante fenómeno en nuestro favor. Gracias a la tecnología CRISPR hemos desarrollado la inmunidad mediante cromotripsis inducida en células madre. Un solo cambio cromosómico en una única célula es más que suficiente para desencadenar la resistencia al agente infeccioso.

Pero para poder cantar victoria, aún debemos resolver un pequeño escollo. La alteración cromosómica que propicia la inmunidad va asociada a una proteína que provoca la aparición de marcas de color púrpura en la piel de los sujetos sometidos al tratamiento experimental. Mi equipo está cerca de aislar y reparar el gen que lo provoca, por lo que es muy posible que pronto, muy pronto, la Terapia Quimera pueda salvar cientos de miles de vidas fuera de estos sótanos.

Extracto del diario personal del doctor Noé Sabin

—Bienvenidos al Voluptaten, donde haremos realidad vuestros deseos más inconfesables.

Una mujer esculpida a bisturí y embutida en un ceñidísimo vestido de color carmesí los aguarda. Desde los pómulos hasta los tobillos, todo en ella son frenéticas curvas. Detrás, un hombre gordo y mantecoso y otro bajito y esmirriado —como los míticos Laurel y Hardy, el Gordo y el Flaco, pero con pinta de matones— le cubren las espaldas y limitan la entrada al establecimiento. Aquí nadie osa saltarse el control de acceso. Sólo se permite el paso a nomas de sangre limpia y a sus juguetes sexuales, siempre y cuando estén bien educados.

La identificación no es obligatoria en un sitio como éste, donde el anonimato adquiere suma importancia. Lo único que exigen para entrar es un test de pureza. El joven, habituado ya a este tipo de establecimientos, extiende el brazo derecho y despeja su muñeca para facilitar el análisis. El procedimiento es muy rápido, la mujer utiliza un pequeño aparato ovalado para asaetear la piel y extraer una pequeña muestra de sangre. Un par de segundos después mira satisfecha a León. El juez electrónico ha dictado sentencia.

—Todo correcto, señor —anuncia la hedoné.

A continuación, solicita que Nepal haga lo mismo. La chica, avergonzada, le ofrece el brazo a la vez que se quita el largo guante que lo cubre. La mujer ni se molesta en usar el aparato. Ignora a la joven como quien esquiva una mierda en la calle y se dirige de nuevo a su verdadero cliente. Una extrema seriedad ensombrece ahora su rostro.

—¿Es suya?

—Sí, viene conmigo.

—¿Se hace responsable de las posibles consecuencias de su visita?

—Por supuesto.

—Bien. No podrá estar sola bajo ningún concepto. Si se separan, tendrá que permanecer escoltada en todo momento por uno de nuestros agentes de seguridad hasta su regreso. ¿Está de acuerdo?

—Estoy de acuerdo.

León trata de ocultar su indignación. No debe olvidar que esto forma parte del juego.

—Perfecto. Tendrá que abonar mil quinientos íberos por ella. Antes de entrar. Normas de la casa.

—De acuerdo.

La transacción es breve. El joven abre y cierra el puño izquierdo para activar su ordenador personal, la mujer acerca el *contactless* a su muñeca y una vibración indica al instante que la operación se ha realizado. Una décima de segundo después, el talante de la mujer muta de la severidad que lo constreñía a una afectuosa sonrisa. Incluso su tono es más relajado.

—Perfecto, caballero. Al entrar en la sala lo estará esperando una de nuestras hedonés de compañía —informa—. Ella le facilitará cualquier cosa que necesite. Y recuerde: si no encuentra lo que busca en nuestros menús, sólo tiene que pedirlo.

Acto seguido, el Gordo y el Flaco se apartan, las puertas se deslizan y una joven rubia con aspecto un tanto histriónico los recibe con los brazos muy abiertos y dando amagos de saltitos.

—¡Bienvenido al Voluptaten, donde haremos todos sus deseos realidad! —dice, centrando su atención en León, el cliente—. Me llamo Dama Dorada y estoy aquí para servirle en todo lo que necesite. Y cuando digo todo, es *todo*.

La chica lanza al aire un beso y un par de guiños que, lejos de resultar seductores, rayan en lo ridículo ante la impasible mirada de los recién llegados. León traga saliva: nada le molesta más que el modo en que ignoran sistemáticamente la presencia de Nepal cuando la identifican como una marcada. Ha ocurrido así desde que empezaron la búsqueda de Río por los centros de parafilias de la ciudad. En todos y cada uno de ellos la entrada de marcados está prohibida. No verás uno en sus salas, a menos que haya salido de un catálogo. Si supieran que hasta hace tres semanas él vagabundeaba por las mismas calles en las que ella se crio... Le avergüenza recordar la cantidad de veces que contemplaba desde el tejado de algún ruinoso edificio las luces de las zonas nomas soñando con llevar allí algún día a su hermanita, fantaseando con una vida mejor lejos de los suburbios. ¡Qué equivocado estaba! Apenas ha pasado tres semanas entre esta gente, dilapidando dinero —el de Renzo Pecunia, el inmaculado que ahora es su dueño y que lo busca para saldar cuentas, y el de la Yaya—, haciendo las mismas cosas que hacen los nomas, relacionándose con esos cabezas huecas, y ya añora las sucias calles que son su verdadero hogar. Esa gente no sabe nada de la realidad. Nada de cómo funciona el mundo más allá de sus narices. Nada sobre las personas que mueren cada día de hambre, de enfermedad o de angustia a menos de un kilómetro de donde ellos disfrutan de sus vidas perfectas.

Nepal tira de la manga de la chaqueta de León para hacerlo reaccionar. El joven, que ni siquiera era consciente de que caminaban tras la hedoné, trata de recomponer su actitud. Hasta ahora no han logrado ver nada del interior del local, avanzan por un largo pasillo tapizado con terciopelo rojo e iluminado tenuemente por dos hileras de luces de posición. A ambos lados van dejando atrás puertas negras. Finalmente llegan a una amplia sala con servicio de bar. Una chica vestida de bailarina se balancea de lado a lado sentada en un columpio mientras cuatro jóvenes más, de sexo indeterminado, bailan al ritmo de la música electrónica que suena de fondo. El ambiente es tan elegante que León olvida por un momento que están en un centro de parafilias.

—¿Le parece bien este sitio? —sugiere la hedoné.

León asiente y los tres se acomodan en un rincón alejado de la barra y del ruido.

—¿Y bien? ¿Qué desea experimentar hoy? Como sabe, tenemos un amplísimo catálogo a su disposición. Aunque quizá la pregunta más importante sea: ¿en solitario o... ejem... con *ella*? Si está pensando en compartir la velada con su juguete, creo que le encantará nuestra sala caliente: cuerdas, correas, látigos, pinzas, punzones... ¡Tenemos hasta una dama de hierro!

—No, yo estaba pensando en...

—Sí, claro, algo más excitante, más intenso, ¿verdad?

La verborreica hedoné no espera a tener respuesta. En su lugar, despliega ante ellos un amplio muestrario y desliza el dedo en el aire para hacer rotar los hologramas.

—En ese caso podríamos añadir a la sala uno o varios de los varones de nuestro menú. Los de cinco aspas son especialmente violentos... ¡Ya me entiende!

Un nuevo guiño. El entusiasmo de su voz es casi insoportable.

—No, no es...

—Mmm... Ya veo. Quiere algo más impactante. Podemos colocar al varón o varones que elija donde usted quiera. ¿Qué tal en la sala de exhibicionistas? Nuestros cubos transparentes, totalmente equipados, hacen las delicias de los más exigentes mirones. Las violaciones en grupo son uno de los momentos más esperados.

—Bueno, verás...

—¿Y una experiencia intergeneracional? Nuestra oferta de viejos es la más amplia de la región.

—Verás, es que...

Ganas de abofetearla, eso tiene León a estas alturas. ¿Por qué no se calla de una maldita vez y lo deja hablar?

—Octogenarios, nonagenarios y... Espere. ¡Sí! Estamos de suerte. Hoy puedo ofrecerle hasta un abuelo de más de cien años. Pero es caro, ¿eh? Los centenarios requieren muchos cuidados y no siempre están disponibles.

—¡Cállate de una puta vez!

La hedoné emite un gemido de sorpresa. León se inclina hacia delante, alarga la mano para agarrar el ridículo corbatín de color fucsia que envuelve el cuello de la hedoné y tira de ella hasta tenerla a un palmo de su cara. Sabe que no van a llamarle la atención, cualquier cosa que haga en el Voluptaten acabará en una factura.

—No quiero ninguna de esas mierdas. Llama a Dama Roja, ella me atendió la última vez.

Muerto su entusiasmo, ahora la chica escucha con atención.

—No... no está... Sofía tiene el día libre, pero si me dice lo que quiere, yo... —balbucea.

Seguro de que ha conseguido hacer que lo atienda, la suelta y vuelve a ponerse cómodo.

—Lo que quiero es pasar al otro lado —dice con seguridad.

—No le entiendo, caballero.

—Claro que me entiendes. Quiero pasar un par de horas con Piel de Porcelana.

Casi se atraganta al decirlo, al revivir el impacto que sufrió al encontrar a su hermana en el catálogo para necrófilos. La hedoné reacciona cuando oye ese nombre y su gesto cambia por completo. Asiente, se levanta y desaparece. Unos minutos después, regresa en compañía de una señora entrada en años a la que parecen haberle estampado una plantilla de maquillaje pensada para otra cara. La mujer sólo lo mira a él.

—Quince mil íberos. Tu mascota se queda fuera.

Hablemos de mí. Porque ¿qué mejor protagonista para esta historia que una servidora? Después de todo, fui yo quien plantó la semilla de esta desgracia. Estoy aquí desde el principio de los tiempos, y aquí seguiré hasta que el último ser humano emprenda el camino del no retorno.

Me llaman la muda, la enlutada, la fría, la tiznada, la hora de la hora. Me llaman la huesuda, la pálida, la impía, la cruel, la democrática. Hay incluso quienes no me nombran por miedo a mi visita. Y quienes, equivocadamente, se refieren a mí como el ángel de la muerte. ¿Yo? ¿Ángel de la muerte? ¡Sólo me faltaba eso! No. Yo no acompaño a las almas de los difuntos al más allá para que sean juzgadas. Demasiada burocracia, ¿no te parece? Además, mi trabajo ya requiere la suficiente atención como para tener que andar de un lado —el de los vivos— para otro —el de los que la han espichado—. ¿Sabes lo que supondría hacer eso con una media de ciento setenta y cinco mil defunciones diarias? ¡Quita, quita! Yo prefiero mi guadaña. Y dar por zanjadas mis obligaciones cuando el vivo yace muerto. Lo que significa que lo que ocurre al otro lado me importa un bledo. Así que, por favor, ahórrame tus preguntas trascendentes y tus crisis de fe. Si quisiera hablar del reino de los cielos y del de los condenados, escribiría un ensayo.

Bien... ¿Por dónde íbamos? Ah, sí. Te decía que soy la Parca, o San La Muerte, como prefieras llamarme, y que hoy, como acontecimiento excepcional, voy a dejar a un lado mi omnipresencia y a retrasar miles de muertes para ofrecerte, en vivo y en directo, una pérdida inolvidable. Uno de esos óbitos tan escasos como especiales que me ayudan a recordar que en el fondo adoro mi trabajo. Nuestro futuro cadáver, por supuesto, ignora que ando tras sus pasos. Aunque el chico no es tonto, y seguro que mi visita no lo pilla por sorpresa.

Ahí viene.

«Al fondo del pasillo», le han dicho, y lo han dejado solo, sin saber qué debe hacer para encontrarla. No le han entregado ninguna llave. Tampoco han nombrado un número de habitación. Cuando se planta en la enorme sala blanca y comprueba que no hay puertas ni más pasillos a los que dirigirse, mira atrás por si hubiera pasado por alto el camino que busca.

Nada. No ve nada.

Avanza con cautela hasta el centro de la amplia sala y observa a su alrededor. Si hubiera estado antes en un museo o en una galería de arte, León se habría dado cuenta de que este sitio pretende emular una exposición. En las paredes, alumbrados por focos de luz cálida, hay diez placas doradas, cada una labrada con un nombre: Bella Durmiente, Príncipe Encantado, Ricitos de Oro, Mujer Barbuda, Hombre Elefante... Deduciendo que la única opción son esas placas, León se acerca a ellas y recorre el perímetro de la sala, deteniéndose unos segundos frente a cada una de ellas. La frustración crece irremediablemente en él. ¿Cómo va a saber qué placa elegir si no es capaz de interpretar esos signos? ¿Y qué puede hacer? No contempla la posibilidad de ir en busca de ayuda, pues es consciente de que nadie va a entender que un noma de su clase no sepa leer. Impaciente, continúa recorriendo el perímetro de la sala, hasta que un clic lo sobresalta. Sin saberlo, se ha quedado plantado frente a la placa adecuada y el lector biométrico ha detectado su presencia. Un tumulto se despierta en su interior. Es su corazón, que late con fuerza, que le golpea el pecho y le forma un estruendoso escándalo en las sienes y el cuello. También su respiración se ha hecho breve y contenida, y la boca se le ha secado como una lombriz en el desierto. León acaricia con dedos trémulos la superficie de la placa. «Piel de Porcelana», piensa. Y acierta. El contacto desencadena algún tipo de mecanismo, pues en la pared aparece un surco rectangular de unos dos metros de alto por uno de ancho. En unos segundos, el bloque sobresale unos centímetros y luego, como movido por una fuerza invisible, se desliza hacia la derecha.

«Bienvenido, caballero. Ha contratado ciento veinte minutos en compañía de Piel de Porcelana. Le rogamos que, transcurrido ese tiempo, abandone la estancia. Mientras tanto, siéntase libre con ella. Y disfrute. En nombre de todo el personal de Voluptaten, aprovecho para agradecerle la confianza depositada en nuestros servicios y le deseo una estancia de lo más placentera.»

Cuando la locución llega a su fin, León tiene que hacer un esfuerzo inhumano para poner sus músculos en movimiento. Como en aquella pesadilla en la que se negaba a volver la esquina por miedo a encontrarla muerta, sólo que en esta ocasión está bien despierto y lo que aguarda en la habitación es mucho más triste y grotesco. Tanto que, al verla, el joven cree por un momento que no podrá soportarlo.

Por si mi opinión cuenta, te diré que Río está preciosa con esas largas trenzas negras y ese vestidito, convenientemente escaso de tela en según qué zonas. Mira, lleva calcetines bordados a mano y, para rematar, unos brillantísimos zapatos de charol. Es indiscutible que han hecho un gran trabajo con ella. Aunque quizá se hayan excedido con las pestañas postizas y el colorete. Estos adornos no eran necesarios: incluso muerta, la chica es una auténtica muñeca. ¿Y qué hay del dormitorio? ¡Es tan cuqui! Mira esos ositos de peluche de tamaño natural. Y la mesita con el servicio de té, yo diría que de porcelana. ¡Si hasta han puesto una cama con dosel! ¡Aaah! Y la música. Tchaikovsky... ¡Qué bien le sienta Tchaikovsky a esta escena!

Claro que, por la cara que acaba de poner León, él no opina lo mismo que yo. Contempla el espacio incrédulo, sin entender qué mente humana es capaz de hacer algo así, qué clase de depravados pueden encontrar placer en... esto. Sólo ha mirado a Río de reojo. El chico siente el corazón desnudo y a punto de estallar de pena. Y de rabia. Avanza lentamente hacia la cama y arranca la sábana de seda que la cubre, provocando una lluvia de pomposos cojines que quedan desperdigados por el suelo y sobre la alfombra de pelo. Luego, sintiendo que muere un poco por dentro a cada paso que da, se dirige hacia el sillón en el que han acomodado a su hermana. Cuando está junto a ella, cubre su cuerpo con la sábana y acaricia con la palma de la mano su fría cara. A continuación, retira con cuidado las exageradas pestañas negras y le frota con el puño de la chaqueta las mejillas hasta hacer desaparecer por completo el maquillaje. También elimina el denso brillo carmesí que tapiza sus labios. Cuando se parece un poco más a la Río que él recordaba, despliega sus párpados para cubrir las esferas de cristal que ahora ocupan el lugar de sus preciosos y vibrantes ojos. La congoja le estrangula la garganta cuando se inclina para besarla en la mejilla. «Ésta ya no es Río», dice una voz dentro de su cabeza que lo único que pretende es aliviar el desgarro que siente. Pero sí que es ella, porque cuando la mira, León sólo ve su sonrisa, los saltos de entusiasmo que daba cuando aún era una cría siempre que León regresaba junto a ella con algo de comida, o el modo en que escrutaba su propio reflejo en aquel fragmento de espejo y le preguntaba con inocencia por qué ellos no tenían marcas en el cuerpo como los demás.

—¡Maldita Piel de Porcelana! —susurra el joven.

Y es entonces cuando se derrumba, deshaciéndose en el llanto pueril que llevaba semanas conteniendo. Llora amargamente en busca de un desahogo que sabe que no va a encontrar, aun siendo consciente de que la cuenta atrás avanza imparable. Tendría que haber aguantado un poco más. Su obligación ahora es concentrarse en averiguar cómo va a sacar a Río de este horrible sitio, y en cambio permanece ahí, abrazado a ella, tan absorto en su desconsuelo, en su sufrimiento, que no oye el clic que precede a la apertura de la puerta. Tampoco hace caso a la locución de bienvenida que la estancia da a Renzo Pecunia, legítimo propietario de la muñeca, dueño también del joven que llora sobre ella.

—No ha sido fácil encontrarte, chico.

Tampoco reacciona León a la voz del inmaculado, ni a los contundentes pasos que se oyen a su espalda. Permanece encaramado al cadáver. En este momento, nada en el mundo lograría arrancarlo de la pena por su hermana, salvo...

—León, lo siento.

Salvo esa voz. Al oírla, el joven levanta la cara del regazo de Río y se vuelve. ¿Nepal? ¿Seguro que es ella? La chica, aprisionada bajo el brazo del inmaculado, solloza en silencio, sin atreverse a mirar a los ojos a quien acaba de traicionar. También en la habitación, dos de los matones de Renzo.

—¿Qué pasa, chico? ¿Es que no vas a decir nada? ¿De verdad creías que podías esconderte de mí? Ya te advertí que tengo ojos hasta en el infierno. El truco está en saber qué ofrecer a cambio de la información que deseas obtener. ¿No es cierto, Nepal?

Renzo aprieta el vientre de la chica y la empuja con fuerza fuera de la habitación. Nepal cae de espaldas, cubriéndose el abdomen con los brazos, y permanece unos segundos acurrucada en el suelo antes de levantarse con esfuerzo y desaparecer. León la observa en silencio. No siente nada al verla caer: ni rabia, ni pena, ni resentimiento. No la culpa por su traición, pues entiende bien sus motivos. Después de todo, él no dudó en venderse hasta en dos ocasiones para encontrar a su hermana.

—Bueno, chico. Creo que ha llegado el momento de que nos sentemos a hablar.

El joven, que continúa en cuclillas junto a Río, mira de nuevo su cuerpo inerte, frío como un témpano de hielo, consciente de lo que le espera si no hace algo para evitarlo. Piensa en el bote que guarda en el bolsillo interior de la chaqueta y, por primera vez, siente mi aliento en su nuca. Sabe bien qué le ocurrirá si usa ese espray. Y lo acepta. A continuación acaricia la mejilla de su hermana pequeña y se levanta lentamente, sin pronunciar palabra, mientras busca con la mano derecha el frasco.

—Lamento mucho todo esto. No es nada personal —explica Renzo, que empieza a impacientarse ante la actitud del chico—. Compré la inocencia de tu hermana hace muchos muchos años, y yo siempre consigo lo que quiero. Sobre todo si ya he pagado por ello.

León, ahora en pie, se vuelve y mira a la cara a Renzo, su legítimo dueño. El largo cabello recogido en un moño tenso, la tez angulosa, broncínea. Las cejas, depiladas al máximo, apenas una línea sobre los ojos perfilados en negro. Y la perilla, una delgada trenza que cae en línea recta hasta su pecho. Cuando lo conoció, León se sintió sobrecogido por su aspecto. Ahora, en cambio, sólo ve dinero y muchas, muchísimas horas de cuidados estéticos.

—Tengo grandes planes para ti, chico. —Antes de continuar, Renzo dirige una fugaz mirada a Río—. Ah, sí, es verdad. Quizá esto te resulte un poco violento. Si quieres, podemos sentarnos a hablar en otro sitio.

El joven permanece en silencio. Respira hondo, se vuelve un instante hacia su hermana y dice: «Perdóname». Acto seguido, su atención regresa al inmaculado y, sin apartar los ojos de sus facciones, tiende el brazo hacia el rostro de Río y acciona el pulverizador.

Lo primero que capta Renzo es como un siseo. Después, el olor del gel de ácido.

—Pero ¿qué coño...? —exclama; no entiende qué está ocurriendo ante él.

Finalmente el crepitar de la descomposición.

—¡No!

El inmaculado reacciona antes de que sus matones hayan notado que algo va mal. Horrorizado, aparta de un violento manotazo a León y se abalanza hacia su objeto más preciado. Intenta retirar el gel de ácido con la sábana, pero descubre enseguida que es imposible. Hasta la tela se ha descompuesto al tocarlo. Así que grita. De ira. Y de sorpresa. Y, completamente fuera de sí, comienza a golpear todo cuanto hay a su alrededor. Destripa los gigantescos peluches, arrasa con la mesita de té, arranca las telas de la cama con dosel, desgarra a tirones los cojines de seda y, cuando ya no queda nada por destruir, se detiene. Una lluvia de plumas lo envuelve mientras intenta recobrar el control.

Segundos después, su respiración recupera la calma y su aspecto vuelve a ser el de un hombre en estado zen. La rabia, la frustración y la violencia que hasta hace nada parecían imposibles de contener han quedado ahogadas, recluidas en su interior.

Ni siquiera se molesta en volver a mirar a León. Renzo acaricia con el índice y el pulgar la trenza de su perilla y camina decidido hacia la salida. Justo antes de que la puerta se cierre a su espalda, dicta sentencia:

—Que no salga con vida de aquí.

El lugar es oscuro, su atmósfera, densa y opresiva, más de lo que recordaba, y el pestazo a desesperación impregna todas y cada una de sus mugrientas superficies. Elia procura no apoyar las manos para guiarse al avanzar, tiene la sensación de que si toca algo en este lugar, la memoria de este momento, de esta búsqueda sin sentido, acabará aún más contaminada de lo que ya está. A lo lejos distingue un bulto que con la cercanía se revela como el cuerpo acurrucado de un ser humano. Un pobre diablo que no ha sido capaz de aguantar hasta estar en un rincón más seguro para chutarse. El hombre balbucea algo cuando la periodista eleva y extiende una pierna para no pisarlo.

«¿Qué coño hago yo aquí?», se pregunta, pero su mente no la obsequia con una buena respuesta.

Antes Bego evitaba este tipo de sitios. Solía referirse a ellos como el refugio de las almas acabadas, de quienes, solos y abandonados, acudían a chutarse en grupo con la esperanza de encontrar su minuto de paz al abrigo de un famélico calor humano. Los conocía bien, los había recorrido con ahínco para poder escribir sobre ellos, pero los aborrecía, como aborrecía a la gente que se guarecía en esta clase de lugares con tanta fuerza que... Que sólo podía haber un motivo: en el fondo Bego sabía que si seguía así, si no ponía remedio a su problema, se vería obligada a buscar amparo allí. Lo que Elia no termina de comprender es cómo, teniéndolo todo, su final ha sido éste. Porque es el final al menos para ambas, para el intenso vínculo que las unía desde los años de universidad, para el profundo e incondicional amor que las mantenía atadas.

Sus pasos la llevan a una estancia todavía más oscura y lúgubre que la anterior. Huele a orina y a vómito. A putrefacción. Y en medio de los efluvios, decenas de bultos en el suelo, apoyados en las paredes o abrazados los unos a los otros. Lamentos apagados, quejidos ahogados... Elia respira hondo y ruega por no encontrar aquí a Bego. Por un instante siente el impulso de marcharse. Si no la ve, si regresa a casa y espera a que aparezca uno de estos días, esquelética y culpable, quizá sea capaz de alimentarla una vez más, de retenerla cautiva en la que ya se ha convertido en la habitación de los horrores, hasta que cesen los gritos y las amenazas... Si hace eso quizá pueda, de nuevo por última vez, darle otra oportunidad. Pero cuando su cuerpo hace el amago de volverse, Elia lo retiene, aprieta con fuerza la linterna, la enciende y recorre con la cruda angustia de quien sabe lo que va a encontrar todos y cada uno de esos rostros.

Una humareda se eleva a escasos centímetros de ella y se cubre la nariz y la boca con el antebrazo en un acto reflejo. No soporta el aroma de la morte. Odia ese jodido veneno, odia lo que ha hecho con Bego... Lo que le ha hecho a ella. A las vidas de ambas. Enseguida nota que, al protegerse del humo, el haz de luz de la linterna ha ido a parar al rincón adecuado. Al otro lado de la estancia intuye unas formas que le son demasiado familiares y, un instante después, oye el inconfundible sonido de su respiración, esos suspiros de alivio suavemente tintados por el timbre de su voz. Elia da unos pasos hacia ella e ilumina el cuerpo que yace en el suelo. Los zapatos rojos de cordones, los vaqueros grandes y desgastados, el jersey a rayas naranjas y rojas que compraron para las dos y, cuando llega a las prominentes clavículas, su brazo cae derrotado hacia el suelo. No necesita ver su rostro, ya sabe en qué estado se encuentra.

Elia da media vuelta, impulsada por la acuciante urgencia de largarse de este sitio, y de camino a la calle visualiza, sin quererlo, sin poder evitarlo, lo que no ha querido mirar: las huellas de la morte en la cara de Bego. La piel y los músculos de su rostro plegados hacia el suelo, los cráteres de las cuencas, la opaca superficie de los ojos... Y la sonrisa. Esa sonrisa demente tan característica de quien acaba de sumergirse en un grandioso y efímero viaje. Y más tarde, puede que minutos, puede que segundos después, la mueca de horror y sufrimiento ante el doloroso regreso a la realidad.

Cuando por fin llega a la calle, Elia se inclina hacia delante, apoyando las manos en las rodillas, tratando de mantener el contenido del estómago en su sitio. A pocos metros de ella, un carroñero aguarda junto a uno de los puntos de recogida del BCF. La mujer se yergue y permanece unos segundos contemplando la escena: lleva dos cuerpos desnudos, uno encima del otro, sobre una carretilla. Una larga trenza y un brazo lánguido y delgado escapan hacia el suelo. Chico y chica, parece que jóvenes. Cuando Elia, picada por la curiosidad, decide acercarse, el furgón del Banco Central de Finados aparece y se detiene obstaculizándole la visión. Ya sabe lo que ocurrirá a continuación: el conductor ofrecerá una suma ridícula al carroñero, el carroñero se quejará de la ofensa, regateará y, finalmente, aceptará el precio inicial antes de que aparezca el custodio, encargado de vigilar los cuerpos en el furgón, y las cosas se pongan feas. Si esto ocurriera al otro lado de la frontera, en territorio noma, la situación cambiaría. La zona estaría acordonada y la Guardia Nacional protegería a la víctima y los posibles indicios de su muerte hasta la llegada de un forense. Pero aquí... Aquí las cosas siempre son diferentes. Tan distintas que...

Elia respira aliviada. Por suerte ha tardado poco en recluir la pena y la angustia en un profundo rincón de su mente. Saca del bolsillo el dron espía, lo activa apoyándolo un segundo sobre su muñeca y lo lanza al vuelo. Guía al diminuto objetivo balanceando el brazo hasta que se sitúa unos diez metros por encima del furgón del

BCF y lo pone a grabar. Mientras espera a que todo termine, recupera mentalmente los datos acerca de los cuerpos desaparecidos las últimas semanas y el caso que ha provocado que salten las alarmas más allá de los suburbios. Ya habrá tiempo de lamerse las heridas, piensa la periodista. Ahora su único objetivo es descubrir, cueste lo que cueste, qué hacen con los cadáveres que desaparecen sin dejar rastro.

«En lo que va de semana, la Guardia Nacional ha tenido que disolver hasta tres manifestaciones en las inmediaciones del Banco Central de Finados. Numerosos habitantes de los suburbios reclaman a sus muertos. Cada día que pasa son más los cadáveres, sobre todo de jóvenes, que desaparecen en las distintas ciudades de la Nación sin que haya respuesta oficial por parte de la nueva dirección de esta importante institución. Como saben, las alarmas se dispararon a raíz de la desaparición de Vera Sena, una joven del distrito obrero oeste que solía acudir tres veces por semana como voluntaria a un comedor social cercano a la frontera, en una de las zonas más inseguras de los suburbios. Son seis los testigos que afirman haber visto el cuerpo sin vida de la joven en uno de los puntos de recogida del BCF. Se desconocen por completo las circunstancias de su muerte. Tras reclamar sin resultado el cuerpo para solicitar a las autoridades la correspondiente autopsia e investigación, los padres denunciaron la desaparición del cadáver. La familia está consternada y exige atención por parte del Gobierno, sin embargo, todo apunta a que sus demandas caerán en saco roto. Pese a que el conductor del vehículo de recogida admitió en una conexión telefónica con esta cadena haberse llevado a la joven y haberla entregado en las instalaciones, el departamento de prensa del BCF asegura que en el día, la franja horaria y el punto geográfico especificados no se retiró ningún cuerpo que respondiera a la descripción del de la joven. También insiste en la posibilidad de que Vera siga con vida, quizá secuestrada, dada la extrema peligrosidad de la zona en la que solía moverse. A esto se suma una circunstancia que no beneficia en absoluto a la familia: todos los testimonios de quienes vieron el cuerpo de la joven Vera siendo recogido por uno de los furgones del Banco proceden de personas sin derechos, lo que significa que no podrán ser tenidos en cuenta a efectos de una investigación oficial. Informando para la Agencia EFE, Elia Melgar.»

—¿Puedes apagar eso?

Dante tiene tanto ruido en la cabeza que apenas logra pensar. Comprende que tarde o temprano deberá encargarse de este asunto, responder alguna de las llamadas de esa molesta periodista y averiguar si, más allá del mensaje oficial, el BCF está relacionado de alguna forma con la desaparición del cadáver de la joven noma. Si lo que Melgar insiste en divulgar es cierto, si los muertos se esfuman de las instalaciones de los distintos bancos de la nación, su obligación es investigar qué está ocurriendo. Pero no va a hacerlo ahora mismo. No es el momento.

—¿Qué? —pregunta el forense, algo despistado.

—Que apagues la radio, por favor.

Lenny se encoge de hombros y hace lo que le piden.

—Ordenador, apaga la radio.

Se le ve compungido esta mañana, algo extraño en él, aunque Dante ni siquiera es capaz de notarlo. Los dos hombres permanecen a sus cosas, inmersos en sus preocupaciones sin sospechar que, de algún modo, las de uno y otro se solapan.

Lenny se acerca de nuevo a la mesa de autopsias y, con un gesto inapreciable, roza con dulzura la mano del cadáver que tiene delante. Acto seguido se aparta las greñas de la frente y las recoge tras las orejas, dos enormes pabellones auditivos con los lóbulos flácidos, huérfanos sin los dilatadores de dos centímetros que suelen ceñir. Lleva un rato aguantándose las ganas de llorar. Si estuviese en su taller, se habría tumbado junto a ella y la habría abrazado durante horas. Su mejor obra como conservador... Ayer la entregó intacta, preciosa, y hoy el cuerpo es irrecuperable. Sabe que es ella por su piel, blanca y suave, libre de marcas. Por lo demás, es imposible reconocerla. El gel de ácido ha hecho estragos. Su cráneo es un conjunto de cráteres rellenos del líquido viscoso a que han quedado reducidos piel, músculo y hueso. Su cuello está dividido en dos por una falla de bordes sanguinolentos que desemboca en un oscuro pozo a la altura del esternón. Sus pechos se han salvado de la tragedia. Ahora que se fija, en su pezón izquierdo aún se aprecia la reparación que él mismo hizo horas antes de este desastre. De ahí para abajo, el cuerpo está casi intacto, por lo que supone que Piel de Porcelana debía de estar sentada cuando la rociaron con esa sustancia del demonio. El interior de su tórax es una balsa purulenta de restos de tejido y órganos disueltos. Y el gel era potente, pues la escabechina acabó encontrando la salida a ambos lados de la dureza del cóccix. Quienquiera que le hiciera esto a su muñeca preferida pretendía impedir que volvieran a usarla, lo que le lleva a pensar en el dueño y en su terrible pérdida. También para Renzo Pecunia era un objeto de valor incalculable y espera que esto no sea impedimento para que le paguen. Al margen del placer que le provoca cuidar y mimar esos cuerpos, Lenny trabaja como conservador porque su puesto en el BCF no le da para cubrir sus necesidades.

—¿Tienes ya el informe?

Las palabras de Dante lo sacan de su ensimismamiento.

—Está casi listo —responde Lenny.

—¿Y bien?

—Nomas. Ambos.

—¿Eran purasangres?

—¿Crees que podrían serlo?

—No lo sé, sólo es una idea —aclara Dante.

Lenny se pierde unos segundos en sus pensamientos. ¿Cómo no se le ocurrió hacer un estudio previo antes? Podría haber sacado mucha más pasta por el cuerpo de

Piel de Porcelana. Luego, ante la insistente atención del gerente, reacciona como si no pasara nada.

—Ordenador. Informes serológicos de G0K-75468 y G0K-75876.

Unos segundos más de silencio y...

—No hay ni rastro en ellos de anticuerpos, pero para darte una respuesta más fiable habría que hacer un estudio de inmunidad celular —informa el forense.

—¿Algo más?

—Sí. No eran hermanos.

—¿Cómo que no eran hermanos? Léon decía que sí.

A Lenny no se le escapa el detalle. Su jefe ha llamado al cadáver del varón por su nombre de pila, de lo que deduce que, al igual que él con Piel de Porcelana, tenía algún vínculo con el chico. De pronto le sudan las manos. Si Dante se obsesiona con estas muertes, si empieza a hacer preguntas fuera del banco... ¿Podría llegar a descubrir su doble juego? En este caso, Lenny estaría acabado.

Antes de hablar se aclara la voz para no atragantarse con la inesperada y creciente preocupación.

—El ADN nuclear no engaña. No comparten marcadores genéticos.

Ahora es el gerente el que guarda silencio.

—Dime: ¿qué probabilidades hay de que dos niños noma acaben criándose solos en los suburbios?

—Las mismas que de encontrar dos mirlos blancos, ahora que los mirlos se han extinguido.

Dante asiente y mira alternativamente las dos mesas

de autopsias. Río, la hermosa joven con el rostro disuelto en gel de ácido, y León, el falso marcado, la persona con más fuerza de voluntad que ha conocido jamás, molido a golpes hasta matarlo. El chico ya no lleva el implante monetario en el antebrazo izquierdo, alguien se lo arrancó a la fuerza después de muerto. Lo que sí han encontrado es un microordenador personal que, por las escasas terminaciones nerviosas que había conectadas a él, debía de llevar en su cuerpo desde hace menos de dos semanas.

—Pide ese estudio de inmunidad celular, quiero saber qué tipo de nomas eran. Y hazme otro favor: averigua quién instaló ese ordenador en el chico.

Dante está a punto de marcharse cuando un brote de suspicacia lo detiene.

—Y avisa a Renata a la que acabes. Ella se encargará personalmente de guardar los cuerpos.

Silencio sepulcral por parte del forense. ¿Renata? ¿Por qué Renata? De pronto, Lenny siente la tensión como un alambre de espino alrededor de su cuello.

—Lenny, ¿me has oído?

—Sí, por supuesto. La avisaré en cuanto termine.

¿Cómo afrontas la producción masiva de un fármaco cuyo principal problema es la conservación? La Terapia Quimera es altamente inestable fuera de los reservorios. Necesita un organismo vivo para sobrevivir, lo que significa que no es susceptible de ser producida, envasada y transportada en grandes cantidades como cualquier otra vacuna. En estas condiciones, sería imposible sacar la cura de la capital, mucho menos exportarla a otros países, sin recurrir a estrategias poco ortodoxas, lo que plantea un hándicap delicado después de que Nueva Iberia haya sido vetada por la Coalición Europea por graves atentados contra los derechos y las libertades fundamentales.

¿Aceptarán en estas circunstancias los países miembros de la coalición una cura que debe ser enviada empleando estrategias inhumanas de tiempos de la viruela? Y, en caso de hacerlo, ¿qué estarán dispuestos a pagar por ella? Dudo mucho que este Gobierno corrupto decida salvar a la humanidad sin pedir algo a cambio.

Extracto del diario personal del doctor Noé Sabin

Renata entra en el despacho de Dante como una apisonadora.

—¿Se puede saber por qué acaba de llamarme Lenny para que me ocupe personalmente de los cadáveres de esos chicos de los suburbios?

«Vaya», se lamenta Dante, que ha estado tan concentrado en sus problemas que se le ha olvidado llamar a su asistente para ponerla sobre aviso y así evitar que se despertara la fiera que lleva dentro.

—¿Es que ahora, además de encargarme conspirar contra el personal del BCF, me has convertido en la canguro de tus casos perdidos?

Antes de dar una respuesta, Dante reconoce para sus adentros que últimamente se ha excedido con las responsabilidades que ha depositado en ella. Primero el espionaje al doctor Girava, que pronto dará sus frutos. Y después esto.

—Renata...

—¡Ni Renata ni nada! Te avisé de que te alejaras de ese chico y de su hermana muerta. No son parte de tu trabajo. Como gerente del Banco debes atender asuntos mucho más serios. Y, por supuesto, yo, por muy asistente personal tuya que sea, no tengo por qué encargarme de los cadáveres de dos insignificantes marcados. ¿Por qué no te ocupas de una vez por todas de nuestro verdadero problema? Esa periodista ha vuelto a llamar y, como siempre, Dante, ¡como siempre!, he tenido que decirle que no, que el gerente del BCF no está rehusando pronunciarse sobre la desaparición de la chica noma, que te pondrás en contacto con ella en cuanto dejes de estar reunido.

Renata continúa haciendo un repaso exhaustivo a todas las obligaciones que su jefe está descuidando, pero Dante ya no escucha. Se ha quedado anclado en tres frases: «dos insignificantes marcados», «esa periodista ha vuelto a llamar», «la desaparición de la chica noma».

—Mírtel, busca los expedientes GOK-75468 y GOK-75876.

«De acuerdo.»

Unos segundos de espera y...

«Aquí los tienes. ¿Estás buscando algo en concreto?»

—Dante, ¿me escuchas?

La indignación de Renata no hace más que crecer mientras el gerente da nuevas indicaciones a su ayudante virtual.

—Abre en modo presentación las imágenes de las autopsias.

«De acuerdo.»

Las imágenes tridimensionales empiezan a rotar flotando entre ambos.

—Dante, esto no me parece... —se queja Renata, cuya indignación aumenta, imparable, pero su jefe sigue a lo suyo.

—Mírtel, para. Amplía el cuadrante superior izquierdo de la imagen y archívalo.

«De acuerdo. ¿Algo más?»

—Regresa al modo presentación.

—Dante...

—Espera un momento, Renata. Quiero enseñarte algo.

Tras varias imágenes más, Dante vuelve a ordenar a Mírtel que amplíe otra sección de una de ellas y que despliegue ambas ampliaciones al mismo tiempo. El resultado capta por un instante la atención de su asistente.

—Está bien, voy a seguirte un poco el juego una vez más. ¿Qué quieres que mire exactamente? —claudica al fin.

—Intenta encontrar algún indicio de que esos chicos eran marcados.

La mujer se acerca de mala gana a explorar las imágenes en 3D. Al cabo de unos segundos, un apenas apreciable movimiento en la ceja derecha pone de manifiesto su interés.

—Mírtel, vuelve a la rotativa de imágenes —ordena.

La ayudante virtual reacciona de inmediato a la voz de Renata.

«De acuerdo.»

—Detente. Amplía. Continúa. Detente. Amplía...

La asistente dedica un par de minutos más a las imágenes antes de dirigirse de nuevo a Dante.

—Está bien, soy toda oídos —dice.

Finalmente se sienta frente a su jefe y relaja los brazos, que hasta este momento habían permanecido cruzados con firmeza.

Una hora después, Renata se ha encargado de ocultar los cuerpos de los falsos marcados en un lugar seguro y Dante se da un respiro saliendo a pasear por el jardín de la memoria. Camina durante un buen rato sin prestar atención a la frondosa vegetación que lo rodea, ignorando las inmensas mariposas alas de pájaro, únicas ya en el mundo tras su desaparición hace más de medio siglo de su hábitat natural en Nueva Guinea, que revolotean a su alrededor. Tampoco atiende a los elementos interactivos que despiertan a su paso: hologramas de personas que ya no están entre los vivos apareciendo aquí y allá, poemas y cantares que emergen de cualquier sitio, aromas liberados para despertar los recuerdos de ciertos dolientes... Como siempre, la temperatura y la humedad del jardín permanecen estables, cercanas a lo esperado en un clima tropical, para mantener con vida a las mariposas, un caro capricho del primer gerente del Banco, que, ironías de la vida, las salvó de la extinción. Una cúpula de acero y cristal envuelve el jardín para que no se contamine con la densa polución de la ciudad.

Cuando llega al centro del jardín se adentra en su corazón, un intrincado laberinto en el que pocos se atreven a aventurarse por miedo a perderse. Dante se siente tranquilo recorriendo sus estrechas calles flanqueadas por altísimos setos. Conoce cada corredor, cada giro, cada rincón sin salida porque él mismo lo diseñó el primer año que trabajó en el BCF. Salvo el jardinero y él, en el Banco nadie parece conocer el trazado con exactitud y raro es el día que no se pierde en sus entrañas algún incauto visitante, que debe ser rescatado, plano en mano, por el equipo de seguridad. Por eso Dante acude aquí siempre que necesita estar solo. O hablar con Mel sin que lo molesten, sin correr el riesgo de despertar lástima o condescendencia en quienes saben que está a punto de perder al amor de su vida. Cuando alcanza el epicentro del laberinto, se sienta en uno de los bancos que rodean la joya oculta del jardín —el primer sublimador del BCF, retirado por obsoleto hace casi dos décadas— y llama a Mel usando el ordenador de pulsera. Ella responde enseguida y su imagen se despliega sobre la muñeca de Dante.

—Hola, cariño —dice.

—Hola, bonita. ¿Cómo estás pasando la mañana?

No tiene un aspecto muy bueno. Su rostro apenas conserva el color y sus ojos, hundidos en dos profundos pozos violáceos, han perdido el brillo por completo. Ella intenta disimularlo, pero es evidente que le cuesta hablar.

Dante se sumerge en el suave movimiento de sus labios, blanquecinos y estriados por la deshidratación.

—Bien... Estoy escuchando una novela maravillosa, un clásico europeo de principios de siglo. Hasta el título me gusta.

—¿Cuál es?

—*El verano que mi madre tuvo los ojos verdes*. Ya no se escriben novelas así, tan duras y tan bonitas a la vez.

Además de dedicar su vida a la escritura, Mel siempre ha sido una devoradora de libros y en los últimos meses no ha parado de quejarse de que no lograba conectar con ninguno, de que las ficciones ya no anidaban en su interior como antes. Así que ahora la escucha ilusionado mientras habla de las bondades de la novela y de las dotes narrativas de su autora, disfrutando de sus palabras y de la dulce sensación en el pecho que el timbre de su voz y sus ya escasas sonrisas le siguen provocando después de tantos años juntos.

Hasta que entiende por qué motivo ha conectado de ese modo con la historia.

—Me gusta la forma de morir de esa mujer.

Dante no puede evitar un repentino hundimiento al oír las palabras de su esposa.

—Mel, por favor —intenta frenarla antes de que empiece de nuevo.

—Mi vida, no deberías seguir eludiéndolo. Me voy a morir, y cuanto antes lo aceptes más fácil será para los dos decirnos adiós.

Dante niega con la cabeza y a punto está de apelar a la esperanza, de soltar su manido discurso sobre lo importante que es que ambos se aferren con fuerza a la vida, pero Mel lo intuye y se lo impide.

—¿Sabes, cariño? Estoy muy cansada. ¿Te importa que sigamos hablando luego?

Él, mudo de repente, apenas ha tenido tiempo de despedirse de ella cuando se corta la comunicación. El vacío que siente al perder su imagen es tan insoportable que de pronto ya no quiere estar solo en el centro de su laberinto y lo asalta la acuciante necesidad de salir a un espacio abierto para poder respirar.

De camino hacia la salida del BCF piensa en las palabras de su mujer.

¿Cómo va a aceptarlo? ¿Cómo va a decirle adiós, a dejarla marchar, si aún no ha logrado encontrar ni un solo motivo para seguir respirando cuando ella ya no esté a su lado?

«Y a continuación una noticia que ha trascendido más allá de nuestras fronteras. ¿Será verdad que la vida eterna aguarda a la vuelta de la esquina? Las acciones del Banco Central de Finados y las de todas sus filiales se han disparado antes de la apertura de las principales bolsas internacionales con el anuncio de la inminente puesta en marcha de su proyecto más ambicioso. Tras años de investigación, el neurocientífico experto en inteligencia artificial, Ícaro Manes, afirma haber desentrañado los misterios de la inmortalidad gracias a Anima, una entidad digital biológica capaz de postergar la existencia después de la muerte.

»[...]

»Por el momento se desconocen detalles importantes como el funcionamiento de esta misteriosa inteligencia artificial, la forma en que será comercializada la nueva tecnología o la identidad de quien se convertirá en la primera persona inmortal de la historia. Lo único en lo que parece coincidir la opinión pública es en que, si la promesa del BCF se hace realidad, estaremos ante uno de los mayores avances de la humanidad.»

La sala de cristal parece flotar sobre las oscuras aguas de la laguna. La noche y su invisible luna ya reinan en el exterior y lo único que se distingue allá fuera, al otro lado de los ventanales que unen el suelo con la cúpula que corona la estancia, es la abigarrada y espasmódica contaminación lumínica de la ciudad. Desde que llegó, Elia Melgar se refugia en el rincón menos concurrido, en una franja de suelo transparente que le transmite la sensación de que flota en el abismo. Detesta estar aquí, rodeada de tanta gente de mentira. Para ser sincera, últimamente detesta estar en casi cualquier sitio. Lo único que le apetece en este momento es deshacerse del vestido y los zapatos que ha alquilado para la ocasión, ponerse algo cómodo y subirse a su vieja Ducati para perderse por las calles de la ciudad. Ah, sí, y parar en uno de esos puestos de comida callejera y tomar algo sólo saludable para el paladar, en lugar de comerse estos estúpidos y cursis bocados con los que camarero tras camarero tratan de tentarla. «No, gracias», dice una vez más. Si ni siquiera ha probado el vino de su copa, otra exquisitez que debe de costar más que lo que la agencia le paga al mes. Otra vez mira hacia la puerta. La salida la tienta, pero si se larga ahora puede que pierda la única oportunidad de reunirse con él.

De nuevo observa lo que la rodea. Música de cámara para los oídos, un atentísimo servicio de catering con las más variadas delicatessen para calmar el apetito y un gozo contenido, dadas las circunstancias, entre los asistentes. Todos conversan sin elevar la voz. A nadie se le ocurriría emitir una risa o sonreír más de lo normal, pues así lo dicta la etiqueta. Sin embargo, cualquiera diría que esto es en realidad un funeral. Quien más quien menos aprovecha para hacer el mayor número posible de contactos. ¿Qué más les da a ellos que aquí, en algún discreto rincón, haya otro ser humano hecho pedazos por dentro, sufriendo en silencio el irreparable dolor de su pérdida?

Elia no es la única periodista invitada al evento, lo han sido bastantes compañeros del gremio, eso sí, sólo redactores, pues el reportaje gráfico de la velada será entregado a posteriori a los medios por parte del BCF. Algunos conversan entre sí mientras se ponen hasta el culo de alcohol y tentempiés. Otros, los carroñeros de la prensa sensacionalista, deambulan sin parar por el amplio y diáfano espacio, atentos a todo cuanto está pasando. Es un evento importante del que saldrán las noticias más variopintas: el acto en sí, presencias y ausencias destacadas, comentarios cazados a traición, puesta en escena, vestuario, posibles salidas de tono...

Desde su rincón, la periodista escruta en silencio a los asistentes: jueces, políticos, empresarios, banqueros, inmaculados sin oficio conocido, artistas, científicos... Detecta pocas ausencias aparte de la del jefe del Ejecutivo central, cuyo gabinete de prensa ya se encargó de hacer público un comunicado excusándolo. Mire adonde mire, sólo ve un desfile de sombras. O, pensándolo mejor, de maniquíes, con sus antinaturales poses, sus incómodas y llamativas indumentarias, sus estudiadísimos gestos y palabras. En verdad, la sombra es ella misma. Siempre lo ha sido, al menos a este lado de la realidad. Camina entre purasangres desde que tiene uso de razón y en sus casi cuarenta años de vida no ha conseguido sentirse uno de ellos. Y eso que lo ha intentado. Aún lo intenta... a veces. Pero para convertirse en un auténtico maniquí es requisito indispensable ser capaz de autolobotomizarse, de creer y aceptar que la única realidad que importa es la que delimita la franja de seguridad que mantiene alejados, recluidos en su oscuro y mísero submundo, a los seres humanos inferiores. Algo que ella se niega a hacer, sobre todo conociendo como conoce el deleznable origen de lo que los sociólogos higienistas llaman «los estamentos vigorosos».

El cuarteto de cuerda interpreta una pieza a la que Elia es incapaz de poner nombre mientras los relaciones públicas del BCF, los otros carroñeros presentes en el acto, revolotean entre la gente como elegantes colibríes sin que apenas se note que su único objetivo es cerrar una buena venta.

Al otro extremo de la sala localiza por fin a la persona que ha motivado su presencia aquí. Es más alto de lo que recordaba y rebosa ese atractivo antinatural tan característico de los de su especie. Desde luego, nadie puede negar que es el fiel reflejo de las esferas sociales a las que representa. Sin embargo, hay algo en él que no termina de cuadrar.

Elia advierte que acaba de quedarse solo, así que da un largo trago de vino y echa a andar para acercarse. Mientras avanza aprovecha para dejar la copa en una bandeja y coger otra. El contenido desaparece enseguida en su garganta.

—¿Cuánto crees que cuesta todo esto?

La periodista identifica al dueño de la voz e intenta pasar de largo.

—Un cojón, tío, un cojón. ¡Hombre! Mira quién anda por aquí. Dichosos los ojos, Melgar. Acércate y tómate algo, mujer.

Elia saluda con un gesto de la barbilla. Ninguno de los dos es santo de su devoción. El primero, Martín Solo, de *El Informante Digital*, por incompetente. El segundo, Reno Primo, alias el Tocapelotas, por eso mismo, por tocapelotas. Primo no es más que un antiguo gordo que después de perder cerca de sesenta kilos ahora es todo pellejo. Si fuese capaz de conservar algún trabajo, a lo mejor habría podido costearse el tratamiento para dejar de parecer un saco de colgajos.

—Y yo que te hacía en los suburbios buscando cadáveres para devolvérselos a sus pobres familias.

—Reno, me alegra comprobar que sigues siendo el mismo gilipollas de siempre. ¿Para quién trabajas ahora? ¿Para el *Diario Ponteunabolsaenlacabezaydejaderespirardeunapuñeteravez*?

Cuando está a punto de reemprender la marcha, se lo piensa mejor. Algo ocurre y quiere observar con atención sin ser vista. Aprovecha el paso de un camarero con bandeja para soltar su segunda copa vacía y coger la tercera llena. Bebe a sorbitos mientras observa a un señor mayor, vestido como de otra época, que se acerca a su hombre. Ambos se saludan con un apretón de manos nada cordial e intercambian unas palabras que a Elia le encantaría poder escuchar. La tensión aflora en el rostro de su objetivo de un modo palpable, tanto que por un momento la periodista piensa que está a punto de presenciar una golosa escena, pero el encuentro acaba enseguida con una fría y seca despedida.

«¿Quién eres?», se pregunta Elia en silencio, segura de haber visto a ese hombre, que se dirige con paso decidido a la salida, en algún otro sitio.

Vía libre, por fin. Sin embargo, apenas ha logrado dar unos pasos cuando surge una nueva interrupción. De pronto, la música cesa, las luces se apagan y la sala de cristal se convierte por unos instantes en un mirador con vistas a la ciudad. Al principio se hace un silencio expectante. Segundos después, Elia escucha murmullos apagados aquí y allá. Hasta que un cántico nace en medio de la oscuridad, una intensa y compleja polifonía que se clava al instante como una garra en el alma de todos los presentes. Muchos tratan de localizar el origen de la melodía, misión casi imposible dada la exquisita acústica de la sala. La duda se disipa cuando un haz de luz emerge del suelo y revela en medio de las tinieblas la esbelta figura de lo que parece un cuerpo de mujer. Lleva el rostro cubierto por un largo velo blanco que, en su caída, se confunde con las vaporosas gasas del largo vestido que la envuelve y que se derrama a su alrededor. Más allá de un levísimo balanceo, el hermoso espectro apenas se mueve de su sitio.

—Es una dádiva —dice alguien en voz baja.

Elia se pregunta si es real lo que captan sus oídos, si la voz y las notas que la acunan con tanta dulzura proceden de verdad de una sola garganta, pero enseguida lo olvida e irremediablemente cae presa del embrujo. Su respiración se ralentiza, sus músculos se relajan y, como hipnotizada, siente que su cuerpo se disuelve en la penumbra y que todo su ser se volatiliza en oleadas para ascender, límpida y libremente, hacia las estrellas.

Cuando se hace de nuevo el silencio y las luces de la sala se encienden, no hay ni rastro del bello fantasma. Al igual que el resto de los asistentes, Elia lo busca con ansiedad. ¿Dónde está? ¿Adónde ha ido a parar su mágica melodía? El mutismo se prolonga unos segundos más hasta que un tímido llanto lo quiebra. Luego suenan aplausos.

Elia respira muy hondo y retira de su mejilla una gruesa lágrima que había empezado a rodar sin permiso. Le escuecen los ojos por culpa del llanto contenido, nota el corazón encogido y en su cabeza, un tormentoso torbellino de recuerdos y deseos.

«Así que una dádiva», piensa. Había oído hablar de ellas, las joyas del BCF, pero jamás había presenciado uno de sus cánticos.

Presa aún del hechizo, descubre que ahora una enorme esfera palpita en constantes haces de luz en medio de la sala. La periodista sabe lo que es por la nota de prensa que recibió hace varios días en la agencia. Es la reproducción de un conectoma a pleno rendimiento, una de las bases del famoso proyecto Anima, que será presentado en sociedad dentro de unos días y del que todo el mundo habla. Elia se pierde unos instantes en lo que le parece una auténtica obra de arte. Casi le cuesta creer que lo que admira sean los ecos intelectuales de la persona en cuyo honor celebran el funeral. ¿Es éste el secreto de la vida eterna, de la no-vida, más bien?

Mientras la mayoría de los invitados permanecen obnubilados ante la nueva atracción, Elia aprovecha para dirigirse de nuevo hacia su objetivo, que cada vez parece más ajeno a cuanto acontece a su alrededor. Cuando apenas le faltan unos metros para llegar, él se envara al verla, pero disimula mientras atiende a una señora que le habla con rostro cariacontecido. Ante su sorpresa, es él quien se acerca nada más despedir a la mujer.

—No voy a hacer ninguna declaración hoy.

—Sólo me acercaba para decirle que siento mucho su pérdida.

«No. No es eso lo que ibas a decir», se reprende la periodista. A continuación no puede evitar ser una bocazas.

—Supongo que debe de estar harto de todo este circo. Quiero decir... Quiero decir que yo preferiría estar sola. La muerte de alguien querido es algo muy íntimo y... Bueno, supongo que como gerente del BCF no puede negarse a este tipo de cosas.

Dante Hermo no responde enseguida, pero su actitud ha cambiado. De pronto, pese al halo de desconfianza que lo sigue envolviendo, mira a la periodista de un modo distinto.

—Gracias.

No añade nada más. Su mirada se pierde lejos de su interlocutora, lejos de la palpitante esfera, lejos de las paredes de cristal.

Si en este momento Elia pudiera escuchar sus pensamientos, sabría que el agradecimiento es sincero. Hasta ahora, ninguno de los presentes se ha preocupado de verdad por saber cómo se siente, nadie se ha planteado ni por un segundo que lo último que querría hacer después de la muerte de Mel es convertir su despedida en una feria comercial. La sala de cristal, el completo servicio de catering, las flores, el cuarteto de cuerda, la actuación de la dádiva, la exposición del conectoma y todo lo que le queda por soportar no son más que lo que en el BCF llaman el «paquete Platino», cuyos servicios pueden contratarse íntegros o por separado, en función de la capacidad económica y las inclinaciones a la ostentación de la familia. Dante, como gerente del Banco Central de Finados y máximo representante del negocio de la muerte y los derechos del doliente, está obligado por contrato a exhibir sus pérdidas. No es negociable, va con el cargo. Un detalle que ni se cuestionó cuando hace años se presentó como aspirante al puesto. En aquella época, Mel y él estaban recién casados y rebosaban juventud y salud, quién iba a pensar que no llegarían juntos a viejos. Por suerte, sí tiene derecho a algo: a sublimar a sus seres queridos en la intimidad. Por eso la pantomima se celebra aquí, en la sala de cristal, lejos del lugar donde Dante ya ha dicho adiós al amor de su vida.

La periodista observa al gerente, dubitativa. Parece agotado y muy afectado, tanto que irremediablemente simpatiza con él, se contagia de su dolor. Aunque Bego no esté muerta —al menos que ella sepa—, su ausencia ha dejado un agujero negro en el centro de su alma que ahora mismo, como en tantas otras ocasiones, amenaza con devorar cuanto la rodea. Por un instante se plantea si debería marcharse e intentarlo en otra ocasión, pero es precisamente su propia herida la que la obliga a quedarse.

—Necesito hablar con usted. Es importante.

—Llame mañana a mi despacho y concierte una cita.

—Ambos sabemos que esa pitbull que tiene por secretaria va a seguir dándome largas, y si mi instinto no me engaña, le interesa mucho lo que tengo que contarle.

Dante hace ademán de marcharse y Elia se lo impide dando un paso al frente.

—Los cadáveres desaparecidos. Sé que usted no tiene nada que ver.

—Entonces ¿por qué se empeña en hablar conmigo?

—Porque he pensado que, al igual que destapó lo de los contratos ilegales, puede que le interese acabar con los negocios sucios del BCF y con algunos de sus parásitos.

Dante frunce el ceño.

—Señora Melgar, si no le importa, éste es el funeral de mi esposa y debo seguir atendiendo a los asistentes.

Un último recurso, eso es lo único que le queda a Elia, y, aunque preferiría no usarlo, no le queda más remedio que hacerlo. Así que abre el bolso y saca de un bolsillo interior un pequeño sobre cerrado.

—Vera Sena, la joven noma que desapareció en los suburbios y de cuyo cadáver el BCF se ha desentendido. Sé dónde y cuándo aparecerá.

Ahora sí. Ahora Dante es todo oídos. El gerente coge el sobre sin pestañear.

—La información que le interesa está ahí dentro. Llámeme cuando esté dispuesto a hablar, su secretaria sabrá cómo localizarme.

La periodista se marcha en el instante en que la sala empieza a perder transparencia. Cuando va a traspasar la puerta de salida vuelve la vista hacia Dante, que acaba de guardarse el sobre en un bolsillo. Siente pena al verlo ahí, solo, con la mirada puesta en sus zapatos, sin fuerzas para enfrentarse al rostro de su mujer, que sonríe expresiva y llena de vida desde las enormes pantallas en que han quedado convertidas las paredes de cristal.

—Vaya mierda de vida —se queja Elia justo antes de largarse.

Y añado yo: vaya mierda de muerte.

«¡Hola, hola, mis chiquitinas! Bienvenidas una vez más a Ars Amandi, el único rinconcito digital para quienes aún creemos en los cuentos de hadas y en las historias de amor romántico. Antes de nada, supongo que me habéis visto diferente . Sí, lo hice por fin. ¡Me he cambiado el look! La verdad es que, después de casi tres meses, empezaba a estar harta del color violeta. Ahora soy Missy Green. Si os estáis enterando en este preciso momento es porque no me habéis visto en Dorling. Así que si queréis saber en qué clínica me han mutado el color de los ojos y el cabello, y cómo obtener un descuento para hacéroslo vosotras, ya sabéis, entrad en Dorling, seguidme y sed también mías allí para siempre. Hoy vengo a contaros una historia apasionante. Podríamos llamarla *Amor en tiempos de inmortalidad*. Y es que dicen que el poder del amor no tiene límites, y yo, desde Ars Amandi, me pregunto si es posible que en este mismo instante se esté gestando la más hermosa historia de amor jamás contada. ¿Conocéis el proyecto Anima? Seguro que estáis hartas de oír hablar de él en todos lados. Y la verdad, ¿quién en su sano juicio no querría ser inmortal? Pues bien, la fecha de la presentación oficial de Anima se acerca imparable, y entre las numerosas incógnitas que recorren calles y redes se encuentra la de quién será la primera persona inmortal de la historia de la humanidad. Son muchos los nombres que se barajan, pero si los rumores son ciertos y el primer paso para renacer en Anima consiste en dejar atrás el cuerpo que nos mantiene atados a la mortalidad, puede que, sin saberlo, ya conozcamos la identidad de la afortunada. Melina Littera, ampliamente conocida en nuestro país por ser la mujer más joven en obtener el Premio Nacional de las Letras, desapareció de la vida pública y del panorama literario hace casi un año, cuando una terrible enfermedad incurable la condenó a muerte. Desde entonces, su esposo, Dante Hermo, unido a ella desde hacía una década por un amor inquebrantable, no volvió a ser el mismo. Dejó de asistir a fiestas y actos públicos para dedicarse en cuerpo y alma al bienestar de Melina. Pero su dedicación no fue suficiente. ¿Os imagináis? El amor de vuestra vida se muere y no podéis hacer nada de nada para evitarlo.

»Lo bueno es que resulta que Dante Hermo es el gerente del BCF, ya sabéis, el Banco Central de Finados, y ha sido en sus laboratorios donde se ha gestado este ambicioso proyecto. La famosa escritora falleció hace dos días y hoy he asistido a su funeral. ¡Ha sido hermoso! ¡Más que eso! Grandioso, inolvidable... Y muy triste.

¡Tristísimo! Pero lo que más me ha llamado la atención de la ceremonia, en la que incluso he tenido el placer de caer en el hechizo de una auténtica dádiva, ha sido la actitud con la que Dante Hermo se ha enfrentado a la situación. Yo en su lugar estaría rotísima. Querría morirme allí mismo. Sin embargo, lejos de mostrarse afectado por la desgracia, Dante parecía distante, incluso distraído. Harto extraño en alguien que acaba de perder a su otra mitad, ¿no creéis? Es por esta razón por lo que nos preguntamos si esa atípica pasividad podría deberse a que el viudo de Melina Littera sabía que, en realidad, la ceremonia no era una despedida sino un simple y esperanzador: "Hasta dentro de unos días, amor mío".

»Quiero pensar, y pronto lo descubriremos, que Melina no ha muerto de verdad. Que en algún rincón de esos laboratorios, su alma sigue viva y que pronto, muy pronto, se convertirá en la primera mujer inmortal de la historia y acompañará a su amado allá adonde él vaya.»

El sonido de unos tacones se acerca por el pasillo.

Son las once de la noche y Dante aún sigue en su despacho, incapaz de regresar a casa, tratando de encontrar desesperadamente algo que lo distraiga lo suficiente para olvidar, aunque sólo sea por unos minutos, su lacerante pérdida.

Apenas se inmuta cuando la puerta del despacho se desliza para dar paso a Renata.

—¿Todavía estás aquí? Vete a casa a descansar.

—Estoy bien, tranquila.

—No he preguntado cómo te encuentras, por lo que de tu respuesta deduzco que no estás bien —dice la mujer, que mira fijamente a su jefe buscando algún indicio de energía vital—. No, es evidente que no lo estás. Dante, necesitas descansar. Estos días han sido muy duros para ti y... —Renata se replantea sus palabras un instante, como si una pequeña dosis de sensiblería pudiera echar por tierra su trabajada imagen de témpano de hielo—.

Anda, vuelve a casa y descansa. Pasa unos días tranquilo y cuando estés preparado regresa a tu puesto. Nada habrá cambiado para entonces. Yo te mantendré informado si ocurre algo importante.

—No puedo —dice Dante.

—¿Cómo que no puedes? ¡Por el amor de Dios! Tu mujer acaba de morir y tienes el mismo derecho que cualquier trabajador de esta empresa a tomarte unos días libres. ¡Y más después de haberte visto obligado a aguantar ese maldito funeral público por ser quien eres!

Hasta ahora Renata no se había pronunciado al respecto. Ni siquiera había ofrecido a Dante el más mínimo consuelo, salvo un escueto «Lo siento».

Antes de volver a hablar, el gerente sabe que la voz se le quebrará.

—No lo entiendes... No puedo volver a casa. No puedo entrar allí y...

Entonces, como una madre autoritaria a la que una tierna y espontánea excusa de su hijo logra resquebrajarle unos instantes la coraza, la asistente sacude la muñeca izquierda para activar su ordenador personal, pulsa en el aire algún punto de la imagen holográfica que se ha desplegado con el movimiento y dice: «Llegaré tarde, no me esperes». A continuación traspasa el umbral del despacho de Dante y avanza hasta ocupar el asiento que hay frente a él, dejando el bolso sobre la mesa.

—Mírtel.

«Dime.»

—Reserva una suite con entrada esta noche y salida abierta a nombre del señor Dante Hermo en el hotel Chateau Aureum.

«De acuerdo.»

Mírtel tarda un rato.

«Con entrada esta noche sólo tienen disponible una suite júnior.»

—¿Te vale? —pregunta Renata.

Dante la mira unos segundos y, sin preguntarse qué está haciendo en realidad su asistente, acepta.

—Nos vale la suite júnior.

«Disculpa, no te he entendido.»

—Que reserves la suite júnior, máquina estúpida.

«De acuerdo. ¿Algo más?»

—¿Algo más? —repite Renata, trasladando la pregunta a su jefe.

Dante niega con la cabeza.

—Nada más.

«De acuerdo. Reserva realizada a nombre del señor Dante Hermo en el hotel Chateau...»

—Sí, Mírtel, vale. Cállate ya.

«De acuerdo.»

Cuando el ordenador personal de Dante guarda silencio al fin, Renata lo mira con cara de desesperación.

—Tu Mírtel es una auténtica antigualla, lo sabes, ¿verdad? ¿Cuándo vas a cambiarla de una vez? —Renata aguarda un instante a que su jefe diga algo al respecto y, ante la ausencia de respuesta, continúa a lo suyo—. Bien.

Te irás al hotel con lo puesto. Si me haces una lista con lo que vas a necesitar, mañana por la mañana me encargo personalmente de que te lo lleven allí.

Silencio.

—¿Dante?

—¿Eh? Sí. Gracias —contesta él al fin.

—Estupendo. Y ahora, ¿qué te parece si nos ponemos a trabajar? En una semana uno de nuestros muertos más ricos tiene que ser inmortal y te recuerdo que vamos de nalgas.

Siete días para que llegue Anima...

El viento sopla en contra.

A una semana de la presentación oficial del proyecto Anima a los medios y a la comunidad científica internacional, la realidad es que aún no tienen lo más importante: el conectoma del empresario Brines Condado, el difunto que deberá convertirse en el primer hombre inmortal de la historia. La base de datos en la que se almacenaba todo lo necesario para poner en marcha el proyecto quedó misteriosamente dañada hace unas semanas y, pese a que el doctor Ícaro Manes y los suyos trabajan día y noche para volver a extraer el mapa neuronal del señor Condado, sus esfuerzos están siendo inútiles. Los científicos se enfrentan a una doble problemática. En primer lugar, las peculiaridades de Anima exigen que la extracción del conectoma se haga en vida. En segundo lugar, el cerebro del sujeto en cuestión ofreció resistencia al mapeo incluso antes del deceso. Por tanto, en nada ayuda que dicho sujeto se encuentre en estado de muerte cerebral.

Es la primera visita de Dante a la Unidad de Inteligencia Artificial tras la muerte de Mel. Ha venido a comprobar hasta dónde llega el descontrol en los preparativos.

—¿Crees que tenemos posibilidades? —pregunta.

Por un instante, el gerente cree que el doctor Manes no le presta atención. Su mirada se pierde en el monitor que pende del techo frente a él. A escasos metros de los dos hombres, el señor Condado yace en coma y conectado a un respirador artificial. De su cráneo, afeitado y perforado por múltiples zonas, emergen las delgadas sondas de extracción, inútiles hasta el momento.

—Si ocurre un milagro y logramos extraer el conectoma entre hoy y mañana, podremos llegar a tiempo —dice al fin Ícaro—. Muy justos, pero a tiempo. Gran parte de mi equipo sigue trabajando en el avatar del difunto para dar el mayor realismo posible a sus gestos y movimientos. En cuanto a conducta, sus respuestas automáticas, basadas en lo que hemos alcanzado a recuperar de su base de datos, parecen funcionar a la perfección. ¡Es tan frustrante! Lo que hemos conseguido... de por sí ya es un éxito. La inteligencia artificial que se nutre de esta información ha sido capaz de predecir y recrear comportamientos y juicios de valor ante una amplia gama de cuestiones que, según familiares y personas cercanas consultadas, casan al setenta y seis por ciento con lo esperado. Aun así, falta lo más importante...

Absorto en las palabras del joven doctor, Dante completa su frase sin pensar:

—El alma —señala.

¿Y si Mel hubiera dicho que sí? ¿Y si le hubiera permitido extraer su conectoma mientras todavía respiraba y alargar su existencia más allá de...? Más allá de todo. Su compañera inmortal. Pero la respuesta de su esposa fue rotunda: «¿Estás loco? ¿Cómo continuarías con tu vida después de hacer esto? Si yo aceptara, ¿cómo pasarías página teniéndome siempre a tu lado como un fantasma? No, no te lo permito, porque si lo hiciera te convertirías en un hombre desgraciado para el resto de tus días».

—Exacto, el alma —repite Ícaro, arrancando de golpe a Dante del recuerdo de aquel falso conectoma expuesto en el funeral de Mel.

Aturdido por el dolor de la ausencia, Dante siente de pronto que necesita salir de la claustrofóbica sala mortuoria, atestada de monitores y cables. Así que da por zanjado antes de tiempo el encuentro, instando al científico a persistir en su empeño sin descanso, y se dispone a regresar a su despacho para reunirse con Renata.

Mientras va hacia la salida, el gerente piensa en algo que el doctor Manes aún ignora: el técnico a quien encargaron inspeccionar las salas de recuperación, tanto de la Unidad de Inteligencia Artificial como del Neurobanco, concluyó que no había signos de sabotaje. Aunque sí detectó accesos irregulares a las unidades de extracción y almacenamiento que coincidían con el momento en que el equipo de Ícaro había detectado la ausencia del material neurológico del señor Condado. El problema era que quienquiera que borrara o robara esos archivos dejó un rastro tan difuso que resultaba imposible dar con el origen de los accesos.

Dante intuye quién está detrás de todo: el despechado Tedros Girava, que parece empeñado en que Anima fracase después de haber sido apartado del proyecto. Por eso, en contra de la opinión de Renata, ha contratado a una hacker ajena al BCF que está revisando todos y cada uno de los movimientos virtuales del sospechoso. También le siguen la pista en el mundo real, donde, esta vez sí, su secretaria ha fichado a un detective privado que desde hoy será la sombra del buen y traicionero doctor. De esta forma, si la hacker no encuentra lo que buscan, al menos tienen la posibilidad de dar con algún trapo sucio con el que apretarle las tuercas a Girava.

El recuerdo de su último encuentro, en el funeral de Mel, hace que le hierva la sangre: «¿De dónde ha sacado ese conectoma? ¿Del cerebro de una rata? Me compadezco de usted, señor Hermo. Primero, la muerte de su mujer, y después, el estrepitoso fracaso del BCF en la conquista de la vida eterna.

Seis días para que llegue Anima...

En tan sólo veinticuatro horas, el famélico optimismo de Ícaro Manes se viene abajo. A mediodía acude sin avisar al despacho de Dante para pedir un aplazamiento que él mismo sabe que es inviable. El departamento de prensa del Banco ya ha anunciado a bombo y platillo la presentación del proyecto más impactante de los últimos años. Además, la familia Condado lo ha dejado bien claro: si no cumple con los plazos, el BCF tendrá que devolver la inversión más los intereses generados y una indemnización millonaria por los daños ocasionados a la familia y a la imagen pública del difunto.

Por eso, el gerente elabora junto a Renata e Ícaro un plan B. La idea es reforzar el equipo que trabaja con el avatar para mejorar al máximo el sistema predictivo de la inteligencia artificial que le dará vida. Con suerte, engañarán a la familia y a la prensa y ganarán tiempo antes de que científicos de otros países examinen con lupa el proyecto. Sin suerte, el batacazo para el BCF será histórico y Dante Hermo, la persona al frente de la institución, saldrá muy mal parado.

Cinco días para que llegue Anima...

Sin novedades en ninguno de los frentes, Dante abandona el BCF un par de horas para acudir a una cita en el Sector Obrero Noroeste.

Al llegar a la dirección indicada, las medidas de seguridad —un triple sistema de identificación similar a los que hay en las zonas de acceso restringido del Banco— se le antojan en un principio excesivas. Sin embargo, una vez dentro del pequeño taller entiende los motivos. El valor de los objetos expuestos y de las materias primas que utilizan en este sitio es incalculable. Con todo, no es ésa la única razón de tan estricta seguridad. Lo que viene a hacer Dante, idea de Mel, obedece a un encargo caro, difícil e ilegal.

El maestro orfebre que lo atiende, un señor mayor que bien podría ser el tierno Geppetto del Pinocho de Carlo Collodi, le muestra la pieza recién terminada y solicita a

Dante que le entregue la caja que con tanto recelo sostiene en las manos.

—Deme unos días —dice.

Dante asiente y sale del taller, ansioso por regresar al BCF y a la carrera contrarreloj en que se ha convertido el proyecto Anima, lo único capaz de mantener a raya el dolor insoportable que siente cada vez que piensa en su mujer.

Cuatro días para que llegue Anima...

Esta mañana, harto de hacer una y otra vez las mismas llamadas y preguntas, Dante decide probar algo nuevo.

—¿Estás seguro?

—No puedo decirte que al cien por cien, pero bastante seguro.

Ha recurrido a Gotardo Gasset, su predecesor en el cargo, para pedirle consejo tras ponerlo al día de sus sospechas acerca del posible sabotaje por parte de Tedros Girava. Ante su sorpresa, lejos de contarle los motivos por los que el doctor fue apartado de Anima o cualquier otra información útil, su exjefe se muestra conservador. Puede que incluso prudente en exceso.

—¿Sabe él que lo vigilas? —le pregunta.

—No. No lo creo.

—Bien. Vuelca todos tus esfuerzos en el plan B y paraliza las investigaciones. Si no encuentras nada y se descubre que has estado espiando al personal del Banco, esto puede salpicarte.

Pese a la recomendación, Dante no detiene sus pesquisas. Quiere a Girava fuera del BCF y hará cualquier cosa para conseguirlo.

Dos días para que llegue Anima...

Ninguna noticia, sólo la certeza de que ya no hay tiempo material para extraer el mapa neuronal de Brines Condado y volcar su conectoma en la red Anima encargada de devolverlo a la vida. La única esperanza reside en el trabajo que Dante y Renata están haciendo fuera de la Unidad de Inteligencia Artificial.

Un día para que llegue Anima...

La asistente irrumpe en el despacho de Dante con una carpeta bajo el brazo. Sin decir ni mu, entrega un dosier a su jefe y guarda silencio. Tras unos segundos hojeando el contenido, el gerente se pone en movimiento. Por fin algo a lo que agarrarse.

—Avisa al doctor Manes —ordena, imbuido de algo parecido al entusiasmo—. Yo voy directo para la Unidad de Inteligencia Artificial. Ojalá aún estemos a tiempo.

Horas más tarde, Dante cita a Tedros Girava en su despacho, le muestra unas instantáneas ante las cuales el doctor permanece mudo y le pide que, por el bien del BCF, presente su dimisión de inmediato.

—Mírtel.

«Dime.»

—Da acceso a llamadas y mensajes prioritarios.

«De acuerdo.»

Mírtel tarda un rato.

«No hay llamadas pendientes ni mensajes de contactos preferentes o que contengan palabras clave. Te avisaré si llega alguno. ¿Algo más?»

Vaya. Cuando Renata dijo que se encargaban de todo lo decía muy en serio.

—Sí, haz una búsqueda global de noticias con las palabras clave: «proyecto anima», «bcf», «ícaro manes», «tedros girava».

«De acuerdo.»

Tras unos segundos de silencio, emergen del sistema holográfico de la habitación una serie de imágenes y fragmentos de audio:

El proyecto Anima, un portal directo a la vida eterna.

El mayor avance en el campo de la inteligencia artificial logrado hasta el momento.

Vivir más allá de la muerte es posible gracias al doctor Ícaro Manes y a su proyecto Anima.

Noticiarios, periódicos, programas de radio, podcasts temáticos, redes sociales al completo...

Brines Condado se convierte en el primer ser humano inmortal.

Un avance tecnológico digno del Nobel de Ciencia.

Novatex y Grantex experimentan subidas históricas en bolsa después de que B. Condado, su difunto gerente, se haya convertido en el primer hombre que trasciende la muerte gracias al proyecto Anima.

Monográficos de ciencia y tecnología, crónicas de impacto en los mercados, contenido central de miles de cotilleos digitales...

Jo, tío. Y resulta que le han sacado toda la información del cerebro y la han metido en una máquina. Si es que es mega-fuerrrte esto... Yo estaba allí porque resulta que mis papis eran superamigos del muerto y, os lo juro, casi me cago del susto. Resulta que justo después de la sublimación, aparece Brines... Aparece, ya sabéis, no de verdad, sino de mentira, en un holograma, y ¡va y se pone a hablar con todos como si en verdad no estuviera muerto! Es que es increíble. In-cre-í-ble.

El proyecto Anima aparece en todas partes y, pese a que en general se considera todo un éxito, también tiene detractores:

UNA VEZ MÁS, LOS INVESTIGADORES DEL BCF JUEGAN A SER DIOS.

UNA ABERRACIÓN DIGNA DEL MISMÍSIMO DIABLO.

EL NOVOCAPITALISMO AFIANZA SU YUGO CON LA LLEGADA DE LA VIDA ETERNA.

—Mírtel, es suficiente. Siléncialo todo y establece una alerta con las palabras clave «tedros girava» y «tedros girava proyecto anima».

«De acuerdo.»

Mírtel tarda un rato.

Las voces se apagan.

«Alerta programada. ¿Algo más?»

—No. Eso es todo.

«De acuerdo.»

A Dante le resulta tan extraño el silencio del traicionero doctor Girava y tan inaudita su dimisión sin exigencias que teme lo peor. ¿Ha sido simplemente por lo que hay en ese dosier o tenía alguna otra razón? Ese hombre no parece en absoluto de los que se rinden antes de luchar hasta el final.

Toc, toc.

El lacónico golpeteo en la puerta distrae al gerente de sus cavilaciones.

—¿Sí? —pregunta.

—Servicio de habitaciones —contesta alguien al otro lado de la puerta.

Dante se cubre con el albornoz para ir a abrir. Le traen el desayuno y la prensa, una placa rectangular transparente que se activará al tocarla. Harto de noticias, a punto está de pedir que se lleven el periódico, pero...

—Si me lo permite, me gustaría decirle que admiraba mucho a su esposa. He leído todos sus libros y... Bueno... Sólo quería decirle que ojalá hubiera sido ella.

Presa de un repentino rubor, el camarero enmudece.

—Ojalá hubiera sido ella... ¿qué? —quiere saber Dante.

—La primera inmortal —aclara el camarero tras un breve lapso de duda—. Que ojalá hubiera sido ella.

Asaeteado en lo más profundo de su alma por las palabras del desconocido, Dante se apresura a coger la bandeja y cierra a su espalda. Permanece unos segundos apoyado en la puerta, herido, molesto, enfadado consigo mismo por su reacción. Avergonzado por haber deseado él también seguir teniendo a Mel para siempre. Estar con ella hasta la eternidad.

Un instante después, el peso de la bandeja le recuerda que ha vuelto a perderse en sus pensamientos y que mientras tanto el tiempo ha seguido latiendo. Regresa a la cama dejando atrás un rastro de aroma a cruasanes recién hechos y café y deposita la bandeja sobre el colchón. Se sienta al lado, provocando el derrame de parte del café encima de la placa transparente, que se enciende al detectar el contacto con el líquido caliente y revela la portada de *El Informante Digital*. Dante no presta atención, ni siquiera se molesta en limpiar la placa, así que unos segundos después vuelve a apagarse.

En unas horas dejará el hotel para regresar a casa. No tiene por qué hacerlo, pero no puede seguir retrasando la vuelta. Después de todo, esté donde esté, cualquier cosa le recuerda a Mel. El camarero del hotel, los homenajes en centros culturales y bibliotecas virtuales, las constantes llamadas de periodistas que quieren conocer cómo fueron los últimos momentos de vida de su esposa, las presiones de su agente y sus editores, que insisten en saber si Mel dejó algo pendiente de publicar, que proponen que alguien —a ser posible, él— escriba sus memorias o que necesitan su firma para no sabe qué reediciones de sus obras.

Dante sacude la cabeza e intenta concentrarse en el desayuno. Es extraño, pero esta mañana, por primera vez desde hace días, tiene una sensación parecida al hambre.

Puede que se trate de simple ansiedad. Sea como fuere, destapa las pequeñas bandejas y se echa a la boca un bollo de leche mientras se sirve un café. Un apetito inusitado se desata en su interior, y, tras terminarse el bollo, se lanza a por los cruasanes. Les siguen el zumo de arándanos, el pan y los huevos revueltos. Cuando quedan dos tristes pedazos de queso brie y un par de rebanadas de pan de cereales, se deja caer contra el cabecero de la cama y sin querer roza la lámina transparente, que se activa de inmediato. De nuevo, la portada de *El Informante Digital* le da la bienvenida, y esta vez algo capta su atención. Dante lee el titular y el resumen de la noticia:

EL BCF LIBRE DE SOSPECHA

> El cuerpo de la joven Vera Sena fue localizado ayer a última hora de la tarde por la Guardia Nacional en un crematorio clandestino instantes antes de su incineración. Se desconocen aún las causas del fallecimiento, aunque fuentes cercanas a la investigación apuntan a una muerte violenta. La familia de la joven, que culpaba al BCF de la desaparición del cadáver, ha pedido perdón públicamente por las acusaciones vertidas contra la institución y ruega a las autoridades que encuentren cuanto antes al responsable de tan trágica muerte. La incineradora ilegal será desmantelada en los próximos días y su dueño, que por el momento niega cualquier relación con la muerte de Vera, ya ha pasado a disposición judicial.

Cuando acaba, busca la página correspondiente en el índice táctil para enterarse de los detalles y, a continuación, se dirige al armario, donde sigue colgada la ropa que llevaba puesta en el funeral de Mel. Mete la mano en el bolsillo de la chaqueta, coge el sobre que Elia Melgar le entregó y lee la nota que hay en el interior. Los datos casan. Por increíble que parezca, todo coincide.

Las palabras de la periodista ahora resuenan en la cabeza de Dante sin cesar:

—Vera Sena, la joven noma que desapareció en los suburbios y de cuyo cadáver el BCF se ha desentendido. Sé dónde y cuándo aparecerá.

Si las pellizcas, pinchas o golpeas no sentirán dolor. Tampoco notan si tienen frío o calor. Si hablas con ellas, quién sabe hasta qué punto podrán escucharte. Todas, sin excepción, se encuentran en el más grave estado de alteración de consciencia que un ser humano pueda padecer. Algunas llevan meses así. Otras, años. La mayoría llegaron aquí después de haber sufrido un accidente o las consecuencias de una grave dolencia. A otras el sueño les fue provocado de forma artificial.

Cuerpos esbeltos y, salvo en unos pocos casos, sin un ápice de grasa innecesaria. Rasgos variables en el rostro y físicos que en conjunto desprenden una indiscutible armonía estética. Su aspecto determinó que las escogieran. Eso y, por supuesto, su genética.

Las llaman las bellas durmientes, pues todas, a su manera, son hermosas. Y yo estaría de acuerdo si no fuera por esos aparatosos respiradores artificiales a los que muchas permanecen conectadas, por las marcas en antebrazos, muñecas y cuello provocadas por las vías intravenosas y porque nada de lo que las rodea recuerda en lo más mínimo a un cuento de hadas. ¡Ah! Y por otro detalle que quizá te resulte llamativo: todas están preñadas. Sus vientres, en distintos estados de gestación, abultan en mayor o menor medida bajo la tela de los camisones de color aguamarina que las cubren hasta los tobillos.

Al igual que las abejas obreras que cuidan de la colmena, cada día un ejército de sanitarios se encarga de medir sus constantes vitales y las de los fetos. Su misión es desvivirse por salvaguardar la salud de los vientres y la de los bebés que irán naciendo de forma escalonada. Decenas de auxiliares acicalan a las silenciosas gestantes, manteniendo sus cabezas e ingles rapadas al cero y todos los pliegues de sus cuerpos impolutos con el fin de evitar infecciones indeseadas. Las cambian constantemente de postura para que la circulación no se altere y la piel permanezca libre de llagas. Y, a partir del octavo mes, las tumban de costado para que el peso de los fetos no obstruya la vena cava y bloquee la llegada del oxígeno a través del cordón umbilical.

El ajetreo es constante en esta granja uterina, a priori única en todo el territorio de la nación. Desde que Nueva Iberia se erigió ante el mundo como una sociedad eugenésica, la selección artificial de la especie humana no ha dejado de evolucionar. Son incontables los laboratorios, legales o clandestinos, en los que se usa la tecnología CRISPR para, según los científicos, mejorar la especie humana. Empezaron con la detección y eliminación de enfermedades hereditarias y acabaron con el diseño de bebés a la carta. El lugar en el que nos encontramos ha llevado esto último a niveles que ningún gobierno en el mundo es siquiera capaz de imaginar.

—Cas, tenemos a una con niveles de fibronectina fetal elevados.

—¿Cómo de elevados?

—Con alto riesgo de parto prematuro.

—¿Semanas de gestación?

—Treinta y seis.

El jefe de servicio medita unos segundos antes de comunicar su decisión.

—Avisa a todo el equipo. Y pega también un toque ahí arriba. Demos al nuevo Generación Cero la bienvenida que se merece.

La situación de emergencia sanitaria es tan insostenible que la Coalición Europea ha acabado cediendo y ha levantado los bloqueos comerciales a Nueva Iberia a cambio de la Terapia Quimera. Nada parece importarles ahora que nuestro hermoso país haya vuelto a caer en una dictadura encubierta mientras los bebés vacuna empiecen a abandonar los laboratorios de Nueva Iberia con destino a los países integrantes de la coalición.

Me pregunto qué información habrán dado a los ciudadanos Francia, Dinamarca, Holanda o Suecia, que tanto invierten en bienestar social, acerca del origen de la ansiada vacuna. ¿Se planteará alguien si carece de ética su descubrimiento?

Extracto del diario personal del doctor Noé Sabin

En los suburbios, ésta podría ser una noche cualquiera si no fuera porque algo ha cambiado en las calles. La Yaya ha echado a los niños. Sin agua, sin comida, sin un rincón cálido en el que refugiarse. Los ha abandonado a su suerte y ninguno regresará a *casa* hasta que alguno de ellos averigüe dónde se esconde la traidora.

Un acontecimiento de estas características multiplica mi trabajo y, a ojos de cualquier ser humano sensible, lo recrudece. Hace frío. Mucho. Tanto que para encontrarlos podría dejarme guiar, igual que si siguiera un rastro de miguitas de pan, por las nubes blancas que cientos de pares de pulmones expulsan al respirar; bolitas de vaho que se disipan, que poco a poco se van haciendo más y más pequeñas en medio de la desolada noche, cual chivatas insolentes de cuerpecitos cuyos corazones dejan gradualmente de latir.

Para mí es como jugar al escondite. Uno aquí, tras un cubo de basura. Otro allí, entre los restos secos y tóxicos de las últimas fumigaciones. ¡Ah! Y otro más allá, ¿lo ves?, bajo aquella montaña de cartones. Caritas hinchadas y pálidas, emborronadas de mocos secos y restos de lágrimas que se apagan sin más, sin la esperanza de que alguien aparezca a tiempo y les devuelva a fuerza de cariño y consuelo el caluroso aliento de la vida.

En estas calles plagadas de marcados, casi todas las muertes resultan insignificantes. Y digo casi todas porque hace días que un óbito en concreto lo ha puesto todo patas arriba.

Pero ¿qué oigo? ¿Lo oyes tú también? ¡Bendita neumonía! Otros pulmones que agonizan al abrigo de un puñado de estómagos cuyos jugos gástricos están a punto de devorar sus propias paredes. ¡Vayamos a ver qué pasa!

Cof, cof...

Cof, cof, cof...

—Tranquilo, Espiga, enseguida estará la sopa.

La llama sopa, pero sabe que no deja de ser agua sucia hervida con una triste raspa de pescado que Piloto ha conseguido robarle a otro ladronzuelo, un astuto y rollizo gato acostumbrado a colarse en el mercado del barrio noma. Él trataba de cazar al felino, pero se ha tenido que conformar con sus sobras.

Los tres andrajosos niños perdidos se refugian desde hace días en las entrañas de un antiguo centro comercial, a salvo por el momento de carroñeros ávidos de cadáveres. Si alguno de ellos viera en qué estado se encuentra Espiga, los seguiría sin descanso hasta hacerse con su cuerpo. Se pagan bien los niños, sobre todo si en la recogida aún están calientes. Por eso es tan importante que los tres permanezcan unidos, atentos a los peligros. Un crío solo y desamparado es presa fácil para esas malditas hienas.

—No me gusta este sitio —se queja Croqueta al borde del llanto.

—Pues es lo que hay. Aquí estaremos seguros hasta que Espiga se encuentre mejor.

Cof, cof...

Hasta que Espiga se encuentre mejor. Qué niño más cabezota... Con lo fácil que sería para él dejarme a ese crío a mí y buscarse a otro a quien cuidar, en lugar de sufrir la agónica enfermedad del chico. Ni siquiera esa hoguera será capaz de aplacar el frío inquebrantable que muerde los huesos de su amigo.

—Se va a poner bien, ¿verdad? —pregunta Croqueta.

Piloto no responde. No se atreve. Prefiere remover el agua sucia que les servirá de cena mientras se culpa por no estar cumpliendo con sus obligaciones.

—Nepal se encarga, Nepal se encarga... —remeda el niño regordete—. ¡Pues vaya con Nepal! Por su culpa estamos en la calle.

Croqueta no para de quejarse de lo mismo. Repite una y otra vez que si aquel día no hubieran dejado solo a León en El Límite, ahora estaría vivo. Piloto, en cambio, no entiende qué pudo ocurrir. Nepal, ¿una traidora? Pero si estaba con la Yaya desde que era un bebé. Ella misma contaba a veces con orgullo cómo había criado a su pequeña mocosa a base de biberones tras encontrarla en un callejón, unida todavía por el cordón umbilical a aquella mujer muerta. De todas las chicas que poseía la madre de los suburbios, Nepal era la única que podía ir y venir a su antojo.

Y también la única que jamás se vio obligada a hacer lo que hacía el resto. Todo el mundo creía que tarde o temprano ella heredaría el aberrante imperio de la Yaya, que cuando ésta ya no pudiera, Nepal manejaría sus asuntos.

Cuando el gigantón los obligó a marcharse y a dejar solo a León, Piloto se fue muy enfadado. No porque desconfiara de la lealtad o la capacidad de Nepal, sino porque estaba cansado de la calle y deseaba con todas sus fuerzas que la hazaña de llevar hasta allí al falso marcado después de tanto tiempo buscándolo le reportara un merecido descanso. Sólo eso. Un simple descanso. Un par de días con Espiga y Croqueta a salvo, comiendo sin parar y durmiendo a pierna suelta.

Desde que empezaron a correr rumores sobre la muerte de León y la aparición de su cadáver y el de su hermana en un callejón de los suburbios, lejos de donde se suponía que debían estar, Piloto no hace más que devanarse los sesos. Busca una razón, una sola razón que pudiera llevar a Nepal a poner en peligro al nuevo ojito derecho de la Yaya. La última vez que se encontró con el falso marcado lo vio muy cambiado. Casi pletórico, aseguraba haber encontrado a Río y estar a punto de recuperarla. También advirtió que entre entre Nepal y él había algo más que una simple colaboración.

—¡Y encima va y me llama mocoso! —continúa Croqueta con sus quejas—. ¡Idiota bobalicón! Se cree que por ir así vestido y por decidir quién entra y quién sale de El Límite es alguien importante.

¿Qué coño fue lo que pasó con Nepal? ¿Por qué nadie la encuentra?

—¡Tenías que haberle dado su merecido, hermano!

Al escuchar a Croqueta, Piloto abandona sus pensamientos y no puede reprimir un estallido de risa. Darle su merecido, dice. Él, un ratoncillo escuchimizado, al lado de aquella mole rellena de músculo y malas pulgas.

—¿Y qué querías que hiciera, si tenía razón? No eres más que un mocoso. Un mocoso quejica y cabezota —responde Piloto con la clara intención de llevar al pobre crío al borde del llanto.

—¡No es verdad! ¡Yo no soy ningún mocoso!

—Sí que lo eres.

—¡No! ¡No lo soy! —niega con la voz y con un movimiento enérgico de la cabeza cuando ya apenas puede disimular el puchero.

—¿Creéis que es cierto?

—Yo no soy ningún mocoso... —insiste Croqueta justo cuando sus ojos comienzan a desbordarse.

Cof, cof...

—Calla, Croqueta. ¿Qué es lo que has dicho? —pregunta Piloto, dirigiéndose ahora al otro niño.

La extrema parquedad del flaco y enfermizo Espiga sólo se rompe cuando algo realmente importante le preocupa. Piloto desconoce de dónde salió y qué clase de atrocidades tuvo que sufrir antes de que sus caminos se cruzaran, hace ya cerca de dos años. Lo único que sabe es que, fuera lo que fuese aquello que le ocurrió, le robó para siempre las ganas de hablar.

—Que si será verdad eso que dicen de que mataron a Río para... Cof, cof... Para hacerle cosas.

—¿Qué cosas? ¿Eh? ¿Qué cosas?

Piloto guarda de nuevo silencio. Detesta pensar en ello, pero no es ningún secreto que muchos nomas depravados pagan por acostarse con muertos. Él mismo, en una de las visitas recaudatorias de la Yaya, tuvo que entrar en uno de esos sitios en los que preparan a los cadáveres para poder usarlos como juguetes sexuales. Siente lástima por Río, pero aún lo entristece más Espiga. Para el niño, la hermana de León era algo parecido a una madre, pero no una como la Yaya, sino como se supone que son las madres de verdad. Desde que Río desapareció, el pobre no ha levantado cabeza. Primero el ataque del carroñero, cuya garra tuvo tatuada en el cuello más de una semana. Y ahora esto. Piloto tiene miedo. Teme que Espiga no se recupere, que se deje vencer por la pena. Si eso ocurre... Si eso ocurre no sabe si será capaz de soportarlo.

—¿Qué cosas iban a hacerle a Río?

Ignorando la insistencia de Croqueta, Piloto toma una a una las latas que aguardan a su lado en el suelo, las sumerge en el cubo de latón que le sirve de cazuela y, una vez llenas, las envuelve en jirones de tela para que el calor no les abrase las manos. A continuación se levanta y le tiende la suya a Croqueta, que al ver algo con lo que engañar a su vacía panza abandona de golpe el mal humor y las preguntas. Luego se acerca a Espiga y le pide que haga el esfuerzo de sentarse. Le toca la frente. Está ardiendo, y su cuerpo se sacude en preocupantes oleadas de temblores. Cuando le ofrece la sopa, el crío la rechaza.

—Anda, hazlo por mí. Te sentará bien.

Tiene que insistir un par de veces más hasta que el chico accede.

Al cabo de un rato, cuando Croqueta y Espiga duermen junto al fuego, Piloto concluye que ha llegado el momento de dejar de lamentarse. Juró proteger a los niños y no puede rendirse ahora. La Yaya ha puesto como condición para volver al traicionero calor de su amparo encontrar a Nepal y llevarla ante ella. Él conoce tan bien estas calles y a sus habitantes que sabe que si se lo propusiera en serio, encontraría a la joven en poco tiempo, pero algo le dice que no es así como debe salir de ésta. De modo que, después de mucho pensar, Piloto toma una decisión. Tras volver a negarse a sí mismo que también él es un crío y que como tal necesita que alguien lo cuide, se le ocurre acudir a la única persona que quizá, sólo quizá, podría darle una nueva oportunidad. Saldrá a buscarla al amanecer y cuando la encuentre hará todo lo que le pida a cambio de poner a salvo a Espiga y a Croqueta. Aunque ello suponga traicionar a la Yaya.

«Todo irá bien, tranquilo.»

Dante está en la cama. Hace rato que se despertó sobresaltado y todavía sigue ahí, sumido en un punzante desasosiego, con la mirada clavada al otro lado de las sábanas.

Lleva días de nuevo en casa y, desde que la presión del trabajo ha desaparecido, la muerte de Mel vuelve a ser un desgarro insoportable.

En la habitación ya no hay ni rastro de las máquinas a las que permanecía enchufada y que ella prefirió al discreto implante vital, argumentando que pretendía seguir siendo humana al cien por cien. Tampoco están los cables y tubos que tanto lo horrorizaban. Ni los viales de medicación con sus malditas agujas. Se lo llevaron todo cuando su corazón dejó de latir. Luego cambiaron las sábanas y limpiaron y purificaron la habitación. Los dos estaban solos en el mundo. Ni padres vivos ni hermanos conocidos ni amigos cercanos, así que, sin más compañía para enfrentarse a la pérdida que la soledad, en un principio creyó estar agradecido. Ahora, sin embargo, se arrepiente de no haberse encargado de hacerlo él mismo. Puede que de esta forma hubiera tenido la oportunidad de empezar a aceptar que Mel se había marchado para siempre. Cada vez que entra en la habitación, tan libre de huellas de la enfermedad, su mente lo traiciona, lo traslada a un tiempo en que su esposa aún rebosaba salud, a un pasado en el que la alemia aún no había irrumpido en sus vidas. Su ropa sigue estando en el vestidor; sus libros favoritos, en la pequeña librería que hay al fondo de la habitación; su bata, detrás de la puerta, y sus zapatillas de andar por casa, ésas tan viejas y desgastadas que a ella tanto le gustaban, aguardan junto a la entrada del baño. Quizá por eso el vacío, el hueco más bien, que ha dejado duele tanto. Quizá también porque el día que murió se impidió a sí mismo vivir su despedida como Mel habría querido. Desde que se llevaron su cuerpo y todo lo demás, la casa ha vuelto a ser la de antes, y eso de algún modo lo ayuda fingir que ella podría regresar, que podría deambular de nuevo por sus estancias y pasillos, a reír entre sus paredes, a acurrucarse en su rincón favorito de la biblioteca a leer o escuchar una novela, a poner la cocina patas arriba intentando hacer magdalenas en su día de descanso en el trabajo...

¿Y si no consigue acostumbrarse a su ausencia? ¿Y si está condenado a despertar cada mañana y descubrir que Mel, el amor de su vida, su compañera, ya no volverá a soñar a su lado?

«Todo irá bien, tranquilo.»

Dante trata de tomar aire, pero le cuesta. Ha estado llorando en sueños y tiene la nariz congestionada y los ojos irritados. No obstante, lo peor es el dolor punzante en medio del alma.

Da media vuelta en la cama y mira hacia la mesita de noche. Sigue ahí, el regalo que Mel le hizo unos días antes de morir y que aguarda a que sea capaz de sacarlo de su caja tras la última visita al maestro artesano que lo fabricó. Estaba incompleto. Debía llevárselo él personalmente para que le pusiera la última pieza, y preferiría no haber tenido que hacerlo, pero lo hizo. Por ella.

Se sienta al borde de la cama y, mientras observa la pequeña caja de palisandro, trata de evocar en su mente la delicada obra de orfebrería y mecánica que contiene. Sin poder evitarlo, una amarga sonrisa brota de sus labios. Sólo a ella se le ocurriría algo así. Rememora sus palabras, la agónica cadencia de su voz, y es como si la estuviera escuchando ahora mismo.

—Lo he estado pensando y, como eres un cabezota y no vas a dejarme marchar en paz...

Dante siente un aguijonazo en el pecho al recordar aquella pausa. Unas densas lágrimas asomaron a la sequedad de los ojos de Mel y, durante unos segundos, fue incapaz de continuar.

—Soy yo quien se va. Y éste es el modo que escojo de morir. Ya sé que no lo apruebas. Ya sé que podrías exponerme mil y un argumentos válidos para negarte, pero también sé que no vas a hacerlo porque me quieres tanto como te quiero yo a ti. Y además sé otra cosa: nunca te perdonarías no haber cumplido mi último deseo.

Tenía razón. Jamás se lo habría perdonado. Por eso aquel día, cuando ella dejó de respirar, tras haber besado cada centímetro de su rostro y haberse deshecho en lágrimas sobre su pecho, Dante llamó al número al que debía llamar.

Todo ocurrió muy rápido a partir de entonces. Dos drones de transporte aterrizaron en la parte trasera de la casa. En uno de ellos metieron a Mel. Dante subió al otro, portando la documentación de su esposa. Mientras sobrevolaba la ciudad en dirección al BCF, un pensamiento aterrador se apoderó de él: Mel viajando con un destino diferente. Mel, en camisón, con las piernas y los brazos desnudos, aterida de frío. Mel abriendo los ojos de repente y encontrándose sola y asustada dentro de una caja, llamando a gritos a su amado, dejándose las uñas en la tapa de madera. Mel sintiéndose abandonada y volviendo a caer en el sueño eterno por no haber estado acompañada. Angustiado y roto por no ir junto a su esposa, el cerebro de Dante optó por dejar a un lado el dolor de la pérdida y obsesionarse con el delito que estaba cometiendo en ese mismo momento. Como gerente del Banco Central de Finados, lo que estaba haciendo era muy grave. Pensó en León y en su hermana desaparecida, los falsos marcados que aún aguardaban en sendas cámaras frigoríficas. Pensó también en la chica noma cuyo cuerpo se había volatilizado y en las decenas de marcados reclamados por sus familiares en las inmediaciones del BCF. El golpe de la culpa fue insoportable. ¿Qué estaba haciendo? Él, que se había propuesto encontrar a los culpables de la creciente ola de desapariciones de cadáveres en los bancos de la nación, viajando junto a un ataúd en cuyo interior descansaba el cuerpo sin vida de una desconocida, una anónima sin casta elegida para suplantar a Mel y que sería sublimada en su lugar. ¿De verdad iba a hacer aquello? Sí, iba a hacerlo.

Lo hizo.

Por ella.

Lo sorprendente es que sólo tuvo que dejarse llevar por las circunstancias. Al llegar al BCF nadie dudó de que su esposa yaciera inerte en aquel ataúd. Nadie exigió ver el cadáver. Y a nadie le extrañó que Dante quisiera sublimar a su mujer en la más estricta intimidad y cuanto antes. Así que aquel delito grave se evaporó como si tal cosa cuando la piel, la carne y los huesos de la desconocida quedaron a merced de la cápsula de la sala dos. Y mientras tanto, Mel viajaba a salvo en el otro dron, rumbo a una incineradora clandestina, donde esperaría con la paciencia que sólo la muerte otorga a que su querido compañero de vida se reuniera con ella para decirle adiós.

«Llamada entrante de Renata Nova.»

La voz metálica de Mírtel lo devuelve a la realidad. Se supone que se ha tomado varios días de descanso, pero ha pedido a su asistente virtual que lo informe de ciertas llamadas.

—Acepta la conexión. Sólo voz.

«De acuerdo.»

—Dime.

—Perdona, Dante, ya sé que no te incorporas hasta dentro de dos días, pero creo que es importante —dice Renata al escuchar la voz de su jefe—. Enzo me ha comentado que la sala tres está casi lista y acaba de entrar un accidente múltiple con víctimas de la misma familia. Me preguntaba si crees que es buen momento para ofrecerles la primera sublimación en grupo.

Como los daños en la cápsula de la sala tres eran irreparables, finalmente decidieron usar ese espacio para instalar el sublimador colectivo. Sólo el tiempo dirá si dicha sala, una de las más amplias del BCF, es la más adecuada para el nuevo producto comercial del Banco.

Dante permanece unos segundos en silencio. La caja y su contenido reclaman su atención. Lo atraen de un modo difícil de explicar.

«Todo irá bien, tranquilo.»

—En caso de que decidieran contratar el servicio, intentaría retrasarlo hasta que regreses. Habría que llamar de nuevo a los medios para que cubran la noticia y tendrías que comparecer ante ellos...

Mientras escucha a Renata, Dante alarga el brazo para coger la caja. Pesa más de lo que podría parecer por su tamaño. La abre deslizando hacia fuera las dos tapas labradas y observa el contenido. «Ella está ahí», dice una voz en su cabeza.

—Puede que la estrategia te parezca precipitada, pero, seamos sinceros, ¿cuántos accidentes múltiples de esas características se producen? ¡Poquísimos! —continúa la asistente—. Son cinco fallecidos y la familia tenía un buen seguro de decesos. Aprovechar la oportunidad nos permitiría ofrecer el servicio de sublimaciones colectivas en unos días. Lo he hablado con el departamento comercial y las previsiones son más que buenas.

Sólo recuerda su peso en la mano. Cuando Mel se lo dio apenas se atrevió a mirarlo. Tampoco quería escuchar lo que estaba empeñada en pedirle, pero tuvo que hacerlo y, después de que ella le preguntara directamente si iba a dejarla marchar tal y como deseaba, Dante se limitó a asentir una vez, mientras apretaba con fuerza el último regalo de su esposa: un reloj de bolsillo incompleto.

—¿Tengo tu permiso, entonces? —pregunta Renata al otro lado de la línea.

Dante abandona un instante el rictus de viudo destrozado y adopta el de gerente del BCF. Quizá su asistente tenga razón y sea la ocasión de hacerlo. El Banco está en su mejor momento en cuanto a los medios y la opinión pública, por lo que si aciertan con la campaña de marketing es muy posible que acaben cerrando un año histórico.

—Sí, adelante —dice al fin—. Ponlo en marcha y toma las decisiones que creas convenientes, confío en ti. ¿Algo más?

—Bueno... Sí, hay algo más —responde Renata, dubitativa—. Quizá no debería contártelo hasta que regreses, pero puede que este tema afecte a lo que acabamos de hablar.

—¿Qué pasa?

—Las plañideras están en huelga. Esta misma mañana lo han comunicado a la dirección.

Dante apenas se inmuta. Después de lo ocurrido estos días, una huelga de lloronas no le parece demasiado inquietante.

—¿Qué quieren? —pregunta.

—Lo normal en estos casos: que desaparezca el intrusismo profesional, aumento de salarios, que se dignifique su profesión, que las abraces y les digas ea ea cuando lloran...

—¿Qué podemos darles? —continúa él, haciendo caso omiso al tono burlesco de su interlocutora.

—Nada. Han dejado de ser rentables. Yo las mandaría a casa y a tomar por saco.

—Renata...

La asistente suspira hastiada.

—Está bien. Me sentaré con los del departamento de recursos humanos a ver qué se puede hacer.

Cuando la conexión se termina, Mírtel le recuerda que tiene una cita dentro de media hora en la otra punta de la ciudad. Pese a que no le sobra tiempo, Dante no se mueve. Permanece unos minutos mirando el reloj, preguntándose qué sentirá al cogerlo. Y luego unos segundos más sintiéndose un estúpido. Cuanta más trascendencia le dé a este momento, más difícil va a resultarle. Así que, sin permitirse volver a caer en la melancolía, saca el reloj de la caja y lo observa por primera vez con atención. A simple vista parece una pieza única, sin surcos ni pestañas que sugieran cómo ha de abrirse. La superficie, de platino, tiene un acabado mate con efecto rallado. Sólo él y el maestro orfebre que lo fabricó pueden desbloquearlo, eso al menos le dijo Mel, que a continuación le explicó que bastaba con acariciar la superficie con el dedo pulgar del mismo modo en que solía acariciarle a ella la barbilla. Dante cierra los ojos y evoca en su mente el rostro de Mel. Entonces se imagina que va a besarla y que antes le sujeta la barbilla con cariño. Siente el frío tacto del reloj en la yema del pulgar y enseguida escucha un clic apenas audible.

La tapa superior se abre para que Dante pueda verla por primera vez dentro. «Es ella», dice una voz en su interior.

El cuerpo de Mel fue cremado al anochecer en la misma incineradora clandestina donde fue hallado el cadáver de la joven noma Vera Sena. Una desagradable casualidad que ahora inquieta a Dante más de lo que quisiera. Después de que el cuerpo de su esposa ardiera entre las llamas, le presentaron sus restos dentro de una sobria urna de color negro. Luego Dante se marchó a casa con las manos vacías, pues las cenizas fueron enviadas a otro sitio, el mismo al que llevó la caja con el reloj hace unos días para que el maestro orfebre concluyera su trabajo. Y ahí está ahora, delante de sus ojos, la última pieza colocada en su sitio. Dante acaricia la esfera que recubre las manecillas del reloj. Carbono. Eso es todo. Una delgadísima y transparente pieza compuesta por el mismo carbono que un día formó parte de la estructura corporal de su mujer.

«Dante, el tiempo estimado para llegar a tu cita son diecisiete minutos. ¿Quieres que envíe un mensaje avisando de tu retraso?»

La voz de Mírtel lo sobresalta. Tenía que haber desactivado este tipo de alertas.

—No es necesario. Yo me encargo —responde, algo molesto por la interrupción.

«De acuerdo.»

Antes de cerrar el reloj para meterlo en el bolsillo de la chaqueta que va a ponerse, Dante se fija en la única aportación que ha hecho él a la joya. En la parte interna de la tapa, escrita en letra cursiva, se lee una inscripción. Fue lo último que Mel le dijo antes de morir, cuatro palabras que repite desde entonces como un mantra y que lo ayudan a seguir adelante cuando el peso de la ausencia se hace insoportable.

«Todo irá bien, tranquilo.»

—¿Se va a morir?

No es ésa la pregunta que debería hacerse el niño regordete al que no paran de sonarle las tripas porque aquí hay más cosas en juego que una sola vida. Si el chico regresa otra noche al escondite con las manos vacías y sin pistas que lo acerquen a la mujer a la que busca, tarde o temprano los dos niños que están a su cargo morirán. No sólo el frío, la humedad y el hambre acechan. También los carroñeros, que desde que saben que se ha abierto la veda de críos indefensos, echan horas extra para llenarse al máximo los famélicos bolsillos.

Piloto lo sabe, por eso recorre los suburbios sin descanso y registra palmo a palmo todos sus rincones. Es consciente de que busca una aguja en un pajar, pero no piensa darse por vencido. Fue así como conoció a la periodista metomentodo, ayudándola a localizar a una adicta descontrolada. Y así espera llegar hasta Elia Melgar. Por lo que recuerda, aquella yonqui era muy importante para ella. Cree incluso que vivían juntas antes de que la cosa se les fuera de las manos. Por eso es tan crucial seguir buscando, pues tiene la esperanza de que la yonqui sepa cómo localizarla.

Sabe que vuelve a vagar de fumadero en fumadero porque le pareció verla hace unos días ofreciéndose a cambio de dinero. Aunque hay algo que le inquieta: que la morte haya acabado ya con ella.

Ha estado a punto de marcharse dos... No, tres veces. La primera, cuando Melgar le ha dicho a modo de saludo de bienvenida: «Jamás creí que vería un traje tan obscenamente caro en un barrio como éste». La segunda, cuando lo ha invitado a acompañarla, obligándolo a alejarse de la seguridad de su Tesla. Ha caminado tras ella cientos de metros sin tener ni idea de hacia dónde se dirigían, soportando las miradas curiosas, inquisitivas, incluso hostiles de aquéllos con quienes se iban cruzando. La tercera, cuando esa excéntrica mujer se ha sentado de repente a una de las sucias mesas de un sucio puesto callejero. Lo único que lo ha mantenido allí quieto, observando atónito cómo la periodista devoraba aquel perrito caliente elaborado con carne clonada de a saber qué especie animal, ha sido la curiosidad. ¿Cómo supo ella con tanta antelación que el cadáver de Vera Sena iba a aparecer en el crematorio clandestino? ¿Por qué estaba tan segura de que el BCF tenía algo que ver? ¿Está en poder de una lista de nombres y apellidos o se basa en conjeturas? Y una cosa más, sólo importante para él: ¿ha averiguado Elia Melgar que días antes estuvo en ese mismo crematorio para incinerar a Mel?

Después del último bocado al perrito caliente, no ha vuelto a sentir deseos de marcharse.

—Bien. Esto es lo que he conseguido averiguar. —Cuando se ha asegurado de que nadie miraba, Elia ha desplegado una serie de imágenes en miniatura—. Tráfico ilegal de órganos, sexo, comida, sí, no me mires así, comida... Todo ello con cuerpos que sacan del Banco antes de que ingresen en su sistema de trazabilidad. En ocasiones, los cuerpos ni siquiera llegan a los camiones del BCF: se compran a los carroñeros en puntos de recogida alternativos. Siempre son de sin castas procedentes de los suburbios. Lo de esa chica noma fue un simple y lamentable error.

Las imágenes dejan poco lugar a dudas: el tema es serio, y la única razón por la que no se ha convertido en un escándalo es que la trama se nutre de personas sin casta y, por tanto, sin derechos. En una de las fotos, una pila de cadáveres vaciados y despellejados con precisión quirúrgica aguardaba junto a un horno crematorio. Por lo que ha podido ver, no desperdiciaron nada. Otro grupo de instantáneas le ha resultado extrañamente familiar. Eran de estudio, muy artísticas, y mostraban cadáveres vestidos de forma sugerente y dispuestos en poses antinaturales sobre sillones, camas, alfombras... Al principio no ha caído, pero en este momento las imágenes lo han llevado a pensar en la hermana de León. Pese a los destrozos del ácido en su cara y su torso, el modo en que habían conservado y maquillado el cuerpo... De pronto no le cabe la menor duda de que se llevaron su cadáver para convertirla en un juguete sexual muy caro y muy tétrico. ¿Cuándo se ha vuelto el mundo un lugar tan abominable? ¿En qué clase de sitios se ofrecen por catálogo cadáveres a los necrófilos?

A pesar de la mucha información que ha puesto sobre la mesa, la periodista nada ha dicho acerca de sus fuentes. Dante tampoco ha querido hablar del caso de los dos hermanos. Aunque no sabe todavía hasta qué punto puede confiar en ella, no sólo esto lo frena. Le ha quedado bien claro que una parte de la trama de tráfico de cadáveres se organiza desde las propias instalaciones del BCF y que por tanto es ahí donde le corresponde a él buscar. Sin embargo, el caso de los falsos marcados tiene una doble vertiente que le preocupa. Al igual que ocurrió con Vera Sena, la sustracción del cuerpo de Río fue un error desafortunado. Sin darse cuenta, quienquiera que lo hiciera eligió el cadáver de una chica que brillaba demasiado. Una chica que, sospecha, pudo ser gestada en las mismísimas entrañas del BCF. Con todo, es un detalle que no está confirmado. Un detalle demasiado importante que arde dentro de su cabeza desde que regresó al Tesla y se prepararon para alzar el vuelo.

—¿A casa, señor?

La voz grave, casi solemne, del conductor lleva a Dante a plantearse la posibilidad de cambiar de destino.

—Se lo digo enseguida —responde. A continuación se dirige a su ordenador personal—: Mírtel, consulta si el jefe de servicios del Departamento de Investigación y Recreación Genética continúa en el laboratorio.

«De acuerdo.»

Tras unos segundos de espera, Mírtel lo informa.

«Según el registro de entradas y salidas, el doctor accedió a las instalaciones a las siete cincuenta y seis de la mañana y aún no se ha marchado.»

Dante asiente en silencio y desactiva a Mírtel antes de darle tiempo a ofrecerse para hacer algo más.

—Vamos al BCF —informa al piloto del dron.

—Muy bien, señor.

Mientras sobrevuelan la ciudad, al gerente le viene a la cabeza el mensaje de Lenny que dio vida a sus sospechas y del que no había vuelto a acordarse desde que la salud de Mel cayó en picado. Después de haberle encargado al médico forense un estudio genético completo de León y Río, las conclusiones fueron claras: los jóvenes, que no estaban unidos por ningún tipo de parentesco, no sólo eran nomas purasangres. Al igual que Dante, León y Río pertenecían a una estirpe tan rara como exclusiva.

Jamás pensé que pudiera ocurrirme algo así. Desde que todo esto empezó, me ha acompañado una certeza: que mi fin era mucho más poderoso que los medios que empleaba para alcanzarlo. Sin embargo, los últimos acontecimientos han provocado que este proyecto empiece a pesar en mi conciencia. Debí haberlo imaginado. Como científico al servicio de un gobierno autocrático dirigido por un líder enfermo de poder, tenía que haber previsto que mi trabajo traería consecuencias.

Ha llegado al BCF un nuevo fichaje, un genetista llamado Zigor Mandel. Su cometido: liderar un proyecto que yo mismo me he negado a dirigir. Van a usar mis investigaciones para diseñar seres humanos mejorados, entre otras cosas, capaces de sobrevivir a cualquier tipo de guerra biológica. Y eso no es todo. He descubierto que han desaparecido las muestras defectuosas de la Terapia Quimera. Me temo que con mis hallazgos he abierto la puerta a un sinfín de atroces posibilidades.

Extracto del diario personal del doctor Noé Sabin

—¿Cómo podemos estar seguros de que no es una trampa? —pregunta Alekos, inquieto. Como de costumbre, él es el encargado del exceso de alarma.

—De ninguna manera —responde Agra—. Por eso nosotros estamos aquí, a salvo, mientras una máquina estúpida barre este sitio inmundo.

—Eh, ojo con lo que dices. Esa máquina estúpida te ha salvado el culo más de una vez —replica Piezas, sin apartar la mirada de su objetivo—. Incluso te diría que a veces parece más inteligente que alguno de los presentes.

—Ve con cuidado, hay algo ahí —la avisa Agra.

Piezas vuelve a concentrarse en la tarea y acerca todo lo que puede el fisgón al origen del movimiento.

—Es un carroñero —comprueba la diminuta mujer, que resopla para apartarse de la frente un mechón de su rebelde flequillo.

Los tres guardan un tenso silencio mientras Piezas inspecciona a fondo el perímetro.

—Mierda. Allí hay otro —dice Agra, que se yergue cuanto le permite la altura del furgón y apoya la mano derecha en un lateral.

—¿Seguro que estamos en el edificio adecuado? No es buena señal que haya carroñeros tan cerca. Puede que hayamos llegado tarde.

Alekos siembra un instante de duda que Piezas disipa de inmediato.

—Estoy segura. Es este sitio.

—¿Y si entramos? Tanto si es tarde como si no, nuestra presencia ahuyentará a esos desechos —propone Agra, siempre dispuesta a actuar.

—Claro. Y luego le damos la bienvenida a la Guardia Nacional con una sonrisa —replica Alekos.

—Tú siempre tan cenizo. ¿De verdad pensáis que es una trampa? ¿Quién coño va a saber que existimos? Si ni siquiera hemos empezado a montarla de verdad. Míranos, intentamos parecer una organización seria, pero no somos más que un puñado de ratoncillos de biblioteca. Bueno, con la excepción de Alekos. El señor Generación Cero apesta a rata de laboratorio.

—Mírala, hoy se ha levantado de lo más ingeniosa —replica el único varón del grupo—. Aunque no fui yo quien tuvo que pasar por el taller de Cas para hacer desaparecer unas manchas.

—*Touché* —reconoce Agra, aceptando el golpe.

Mientras ellos dos discuten, Piezas sigue a lo suyo. Aleja el diminuto dron de vigilancia de los carroñeros y lo dirige hacia las escaleras de emergencia. Si sus datos son correctos, lo que buscan está en la planta subterránea del edificio.

—Lo que digo es que todo sería mucho más rápido si saliéramos de este maldito furgón y entráramos ahí —insiste Agra.

Harta ya de aguantar discusiones, Piezas interviene.

—Agra, nos han indicado con absoluta claridad cómo proceder. No somos ninguna tropa de élite, así que entraremos si está despejado... Y sólo en el caso de que esos críos estén ahí y sigan con vida. Y tú, Alekos, cállate de una vez y ponte las malditas botas por si tenemos que salir.

—¿Qué es eso? Algo te sigue.

El aviso de Agra traslada a Piezas de nuevo al interior del edificio.

—No puede ser. Soy totalmente invisible.

Al principio, lo único que aprecia es el tramo de escaleras salpicado de basura y cristales, pero pronto capta una sombra en un lado de la imagen, y un segundo después el fisgón recibe un golpe y se desplaza unos centímetros a la derecha. El origen del impacto: un carroñero que desciende las escaleras atraído por no se sabe qué.

—Pues si no ha sido por el dron, es que ha oído algún ruido allá abajo. Date prisa, por favor. A ver si va a ser verdad que esos críos siguen ahí —insta Alekos.

Los tres guardan silencio de nuevo, concentrados en

el holograma que flota delante de ellos. Tras dejar atrás el último tramo de escaleras, las imágenes, todo lo nítidas que pueden ser en un ambiente en el que la extrema humedad empaña los objetivos, muestran las ruinas de lo que en su día fue el almacén del centro comercial más grande y próspero del continente.

El carroñero avanza con cautela, como guiándose por unos sonidos que el fisgón no llega a captar.

—¿Por qué no se oye nada? Ni siquiera lo hemos oído a él —se plantea Agra en voz baja.

—Buena pregunta. Espera, no sé qué coño pasa. Quizá la humedad...

Piezas hace un rápido movimiento de muñeca y despliega una nueva pantalla flotante, junto al holograma que muestra el recorrido del dron. Trastea un rato con el dedo índice en un listado interminable de parámetros y, tras varios intentos y una buena colección de improperios, finalmente da con el problema.

—Ya está.

Al principio sólo escuchan los pasos del carroñero y el frufrú de su ropa al avanzar. Luego...

Cof, cof.

—¿Lo habéis oído? —pregunta Agra con la voz teñida de ansiedad.

Los tres permanecen en vilo, tan inmóviles como el carroñero, que aguarda paciente un nuevo sonido que lo guíe.

Cof, cof, cof, cof...

—¡Joder! Sí que están ahí.

Piezas se pone en pie de golpe y se dirige impaciente a Alekos.

—¡Ponte las botas de una puta vez! Hay que llegar ahí abajo cagando leches.

Te advertí que en el BCF hay rincones en los que, salvo excepciones, ningún ser humano en su sano juicio querría estar. Hoy quiero darte la bienvenida al Laboratorio de Análisis y Recreación Genética, más conocido como LARG por evidentes razones de economía lingüística.

Presta atención porque no pienso repetirlo. Salimos del ascensor. A mano izquierda, la sala de descanso, a mano derecha, al fondo del pasillo, el almacén de material de laboratorio por un lado y, por el otro, la inmensa nave en la que mantienen criogenizado el mayor muestrario mundial de fetos en distintos estados de gestación. Sobre el origen de esos nonatos tendrás noticia más adelante, así que no te despistes y sígueme. Estas puertas enfrentadas que acabamos de dejar atrás dan a despachos y oficinas. Y ahora llegan los laboratorios de análisis, a tu diestra, donde un abnegado equipo de genetistas se dedica a seleccionar y aislar los mejores genes de la nación, y de recreación, a tu siniestra, lugar en el que el rey del mambo aquí, el doctor

Zigor Mandel, dedica su vida a combinar estos genes excepcionales como sólo él sabe hacerlo. A continuación, los quirófanos uno, dos y tres, y, justo al lado, la sala de incubación. Esta última casi siempre está vacía, y digo «casi siempre» porque hoy acoge un huésped muy especial.

Buáaa, buáaa...

No. No te me distraigas ahora. Dante está a punto de llegar y quiero que primero me acompañes a ver a las bellas durmientes. Están al fondo del pasillo, al otro lado de esa puerta que se abrirá en tres, dos, uno... Y, *voilà*, puerta abierta. ¿Qué haríamos tú y yo sin mi impagable omnisciencia?

La verdad es que este sitio no deja de impresionarme. Ahí los tienes, los veinticuatro úteros condenados a gestar a la llamada Generación Cero. Lo que hay en su interior es el motivo de todo lo que nos rodea, el culmen, podríamos decir, de esta atroz sociedad eugenésica en la que los muertos son vaporizados y gran parte de los vivos, modificados o creados en probetas.

Si te fijas, hay una camilla vacía. Una de las bellas durmientes se encuentra en la sala de recuperación tras haber sido sometida a una cesárea. Después de tres gestaciones completas, el personal médico deberá valorar su viabilidad como gestante. Si supera las pruebas, regresará a su sitio y pronto volverá a ser inseminada. Si no las supera, será desconectada. Si no se apaga tras la desconexión, será eutanasiada. Y como esta rueda nunca para, en cuestión de días una nueva candidata ocupará su lugar.

Cada año salen de estas instalaciones veinticuatro nuevos Generación Cero, hombres y mujeres —sobre todo hombres— destinados a liderar el país, diseñados uno a uno acorde con la función que deberán desempeñar dentro de la sociedad.

Al cabo de treinta y seis años de funcionamiento, son más de ochocientos los Generación Cero diseminados por las principales ciudades de la nación. Muchos de ellos ya ocupan sus puestos de responsabilidad. La mayoría, en cambio, aún se están formando o simplemente creciendo. Sus perfiles genéticos son muy variados, sin embargo, tienen un rasgo en común. Con independencia de si han sido diseñados para servir a la sociedad como gestores, creativos, analistas, políticos o investigadores, todos ellos, sin excepción, cuentan con una salud de hierro y un sistema inmune excepcional, capaz de adaptarse en tiempo récord a cualquier nueva amenaza biológica. Antiguamente los fetos defectuosos eran eliminados. Ahora, gracias a los avances de la ciencia, pueden ser reparados sin problemas.

Para Dante Hermo fue muy duro descubrir que él salió, hace más de tres décadas, de uno de los vientres del LARG, y que, al igual que el bebé al que hemos oído llorar, su genética fue confeccionada hasta el más mínimo detalle. Lo descubrió en lo que Gotardo Gasset denominó «su prueba de fuego». Para ser gerente del importante Banco Central de Finados, debía estar dispuesto a proteger y a salvaguardar con firme lealtad uno de los secretos de Estado mejor preservados. Y pese a que necesitó unos días para hacerse a la idea, finalmente lo aceptó. Desde entonces se encarga de que a este departamento del BCF no le falte de nada. Lo hace, eso sí, a distancia. Se apoya para ello en su siempre fiel asistente Renata. Cuanto más lejos se siente de esta sala y de lo que acontece en ella, más fácil le resulta comprender, y hasta defender, que el proyecto Generación Cero fue un imperativo inexcusable para la recuperación de una nación devastada por años y años de enfermedad.

Buáaa, buáaa...

Y, ahora sí, parece que ha llegado el momento de conocer al recién nacido.

Resulta más que evidente para el gerente del BCF que la plantilla del Banco está envejeciendo y que urge buscar sangre nueva que, con mucha, muchísima delicadeza, coja el testigo de los dinosaurios que aún hoy dirigen los principales departamentos de la institución. Buena prueba de ello es Zigor Mandel, el científico que puso en marcha este departamento hace ya casi cuarenta años y que lo recibe en la sala de incubación acunando con mimo en los brazos al nuevo Generación Cero.

—Mírelo. Será uno de los nuestros —informa el doctor con los ojos brillantes de emoción—. Lo he dotado de una mente altamente creativa y adaptable a los cambios. Estará muy por encima de la media en inteligencia lógico-matemática, lingüística y musical, y, aunque su funcionamiento cerebral se especializará en la resolución de tareas y problemas, me he asegurado de darle ese pequeño toque de humanidad que tan a menudo escasea en la mente de los hombres de ciencia.

Mientras lo observa, ahí plantado en medio de la sala, meciendo al crío con ternura, más que el jefe del departamento fundamental del BCF, a Dante ese hombre se le antoja un tierno abuelo que acaba de conocer a su nieto.

—Pero no se quede ahí, pase, pase. Fíjese, además será guapo —continúa, acercando ahora su cara a la del bebé y acariciándole el mentón con la nariz.

Acto seguido, como si acabara de caer en un detalle importante, el doctor le tiende al bebé y Dante, sin poder evitarlo, se encuentra de pronto sosteniéndolo. Es diminuto, apenas pesa en sus brazos. Se nota que ha salido antes de tiempo, pero parece sano. Y el viejo tiene razón, este pequeño ovillo es realmente hermoso.

—Como de costumbre, prepararé un completo dosier para los adoptantes... Supongo que estará al tanto de que nuestro pequeño retoño se queda en la capital. Sin duda, sus futuros padres eran los mejores candidatos a educar un portento como éste.

Dante asiente, rechazando de repente el contacto con el crío. Su calidez y ternura lo arrastran a un puñado de recuerdos de Mel que le aterran demasiado. Sin pretenderlo, aleja un poco a la criatura de su cuerpo y con ello consigue que el doctor la recupere y vuelva a mecerla en su regazo.

—Le decía que prepararé un completo dosier para que los adoptantes puedan fomentar al máximo su estimulación temprana. Debe criarse en un ambiente muy específico si no queremos que la epigenética malogre tan excelente diseño.

El amoroso doctor se queda en silencio unos segundos admirando su creación y Dante aprovecha para cambiar de tema.

—Doctor, aparte de para conocer a su nuevo Generación Cero, estoy aquí para saber qué ha ocurrido con los mapas genéticos que le entregué.

Por un momento, Zigor Mandel parece no saber de qué le está hablando y se dedica por un instante a rebuscar en su mente.

—Ah, ¡sí! —dice al fin, con un entusiasmo un tanto exagerado—, el caso de esos jóvenes purasangres que aparecieron muertos en los suburbios.

—Exacto —confirma Dante.

—Ordenador, di al chaval que acuda cuanto antes a la sala de incubación.

¿El chaval? ¿Qué chaval?, se pregunta Dante.

Enseguida aparece, algo apurado, un joven que rondará la treintena en el umbral de la sala.

—¿Algún problema, doctor Mandel? —pregunta.

La voz del recién llegado es más juvenil de lo que cabría esperar en alguien de su envergadura. Un grandullón con cara de inocencia que bien podría haber valido hace años para un anuncio de caramelos, eso es lo que Dante encuentra en él.

—No, nada grave, chaval, tranquilo —responde el doctor Mandel—. Sólo quiero que atiendas tú el asunto de los perfiles genéticos del señor Hermo mientras yo me ocupo de hacerle unas analíticas a nuestro retoño.

El doctor se distrae un momento con el bebé, a quien da la vuelta para olerle el pañal. Cualquiera que asistiera a la escena lo tomaría por un abuelo abnegado y volcado por entero al cuidado de su nieto.

—Señor Hermo, lo dejo en las mejores manos —dice el doctor cuando vuelve a ser consciente de que lo observan—. Sepa usted que este chaval promete mucho como editor y recreador genético.

La sorpresa de Dante es mayúscula cuando ve marcharse al doctor con el crío en brazos. Lo normal habría sido que si tanta prisa corrían esas analíticas, se las hubiera encargado al «chaval». Así él, como investigador al frente del departamento, podría haber atendido personalmente al gerente de la institución. Sin embargo, está demasiado cansado para ejercer de jefe autocrático, de modo que decide conformarse con lo que hay por el momento.

El joven le suena. Si no recuerda mal, hace meses que Dante recomendó a Gotardo que lo contratara para cubrir una vacante en el laboratorio de análisis. Recuerda que tenía un currículo brillante y una mente avispada, pero de ahí a haberse ganado de esta forma la confianza del viejo... Después de todo, puede que el relevo generacional del BCF no sea tan complicado.

—¡Vaya! La verdad es que es un caso interesante —dice el genetista, captando la atención de Dante—. ¡Un auténtico misterio, señor Hermo! Ordenador, abre el expediente Hermanos.

El ordenador obedece enseguida y, sin siquiera esperar a que el gerente trate de descifrar qué son los datos que acaban de aparecer en una de las pantallas de la sala, el joven empieza a hablar.

—Linfocitos T multiespecíficos y anticuerpos recombinantes. El sistema inmune de ambos estaba diseñado para reparar cualquier tipo de mutación , inhabilitar genes no deseados, aumentar o disminuir la expresión génica. En definitiva, tienen la marca del BCF y formaron parte del proyecto Generación Cero.

—¿Qué significa eso?

—Según sus mapas génicos, fueron diseñados por este departamento, más concretamente, por el doctor Mandel. Luego se detectaron errores en los últimos estadios del desarrollo fetal y, acorde con la antigua política, fueron desechados.

—Los sacrificaron... —murmura Dante.

—Así consta en los archivos. Las cesáreas se efectuaron en la semana treinta y dos, en el caso del varón, y en la treinta y seis, en el de la joven.

—¿Quieres decir que alguien salvó a los bebés de morir?

—Creo que es muy probable. Lo curioso es que fueron gestados en momentos distintos.

—¿Cómo de distintos?

—Hay dieciséis meses de diferencia entre una inseminación y la otra. Qué raro, ¿eh?

El joven genetista, cuyo nombre Dante no es capaz de recordar, es pura emoción, puro entusiasmo. Por un instante el gerente se lo imagina veinte años atrás, con esas pecas, esa sonrisa gigantesca y esos ojos enmarcados en rizadas pestañas pelirrojas, protagonizando un anuncio de caramelos. Teniendo en cuenta que su trabajo consiste en aislar, analizar y seleccionar genes día tras día, el caso ha debido de parecerle muy emocionante.

—¿Crees que hay alguna posibilidad de saber quién pudo salvar...? Ejem... ¿Quién pudo sacar a esos bebés del BCF? —pregunta Dante intrigado.

—Supongo que sí, averiguando quién realizó las cesáreas e investigando un poco al personal de aquella época. ¿Quiere que lo haga?

Ante la efusiva predisposición del joven, Dante valora esa posibilidad unos segundos. De pronto, una peligrosa sombra lo pone alerta. No es buena idea. ¿Qué más da quién se llevara a León y a Río del BCF? Al fin y al cabo, les salvó la vida. Lo único importante es que él, como gerente de la institución, está removiendo algo demasiado delicado. Algo que debería haber quedado sepultado por el pasado y el olvido. El proyecto Generación Cero es un secreto de Estado y, como su garante, no puede permitir que nada relacionado con el programa salga de los sótanos del Banco. Es más, la nueva información referente a los falsos marcados, que él ha ayudado a completar, no debería estar en ningún sitio. Por eso, por mucho que le pese, toma una decisión.

—No. En realidad no es necesario —responde—. De hecho, preferiría que elimináramos ahora mismo este expediente. Los dos jóvenes han muerto, lo que significa que cualquier dato sobre ellos carece de importancia.

El entusiasmo del genetista se desinfla de golpe.

—Vaya... —se lamenta—. Quiero decir: claro que sí, lo que usted prefiera. Aunque es una pena, ¿verdad? Era un buen misterio.

—Sí que lo era —coincide Dante—, pero a veces, por el bien de todos, es mejor dejar ciertos misterios sin resolver.

—Si a usted le parece... Ordenador, elimina el expediente Hermanos...

—Y todas sus ramificaciones y conexiones dentro del sistema —puntualiza el gerente.

—Sí, por supuesto. Ordenador, elimina el expediente Hermanos y todas sus ramificaciones y conexiones de los archivos centrales.

Antes de hacer nada, el ordenador lanza una alerta. Necesita una doble confirmación con credenciales de nivel uno, por lo que es el gerente quien debe autorizar los últimos pasos. El joven vuelve la mirada para darle intimidad mientras introduce la identificación necesaria.

Ya no hay marcha atrás. La acción se ejecuta de inmediato y Dante respira aliviado. Lamenta que la epopeya de León y su hermana haya quedado en esto, pero no puede arriesgarse lo más mínimo con un tema tan delicado. Quizá haya llegado el momento también de decir adiós a sus cuerpos, que aún permanecen ocultos en una cámara frigorífica sin etiquetar. Puede que mañana mismo, con la puesta en marcha del sublimador colectivo.

—Muchas gracias por todo... —Dante se detiene al darse cuenta de que no sabe cómo dirigirse al joven sin tener que llamarlo «chaval»—. Disculpa, no recuerdo tu nombre.

—Aquí todos me llaman Cas. Es mi apellido —responde el joven genetista.

—Pues muchas gracias por todo, Cas. Puedes volver a tu trabajo.

El gerente del BCF abandona la sala de incubación y, segundos después, las instalaciones del LARG. El genetista, en cambio, tarda en salir. Le vibra el cuerpo por la tensión y apenas puede esperar a acabar su turno para explicar las novedades al equipo. Lleva meses infiltrado en el BCF, haciendo esfuerzos sobrehumanos para ganarse la confianza del jefe del departamento, para conseguir acceso a una información que le ha llegado por sorpresa. Menos mal que mucho antes de su repentino encuentro con el gerente hizo una copia temporal en su ordenador personal y pidió a Piezas que la extrajera sin dejar rastro. Si todo sigue así, en unas semanas Elia tendrá lo que necesita y él podrá abandonar por fin este endemoniado lugar.

La cálida luz de las velas hace vibrar la estancia y los rostros de las dos mujeres. Hace horas que se fue la luz y, como de costumbre, habrá que esperar aún más horas a que regrese. Las averías en el suministro eléctrico son constantes en los sectores obreros, tan frecuentes que la compañía no se hace cargo de los desperfectos que las subidas y bajadas de tensión puedan ocasionar. Mientras los barrios bajos permanecen oscuros, los altos resplandecen.

Elia ha perdido la cuenta del tiempo que ambas llevan esquivándose las miradas. No esperaba volver a verla. No en casa. No de esta forma. Cuando se la ha encontrado ahí, de pie, en medio de la sala de estar, tan esquelética y demacrada, por un instante ha creído estar ante una proyección de su cadáver. «Ha muerto y ha venido a despedirse», se ha dicho a sí misma. Sin embargo, no está muerta. Así lo indica una rápida y sencilla lectura de constantes vitales. El aire entra y sale de sus pulmones con un angustioso silbido ahogado, lo que significa que sigue respirando. Además, se mueve, de forma lenta y errática, pero se mueve. De lo que se deduce que su corazón conserva la fuerza suficiente para bombear sangre a sus famélicos músculos. Elia imagina su sistema circulatorio, un entramado de tubos y varillas tan frágil y rígido como su propio cuerpo, y le resulta sorprendente que no se quiebre con el más mínimo esfuerzo.

Sí, contra todo pronóstico, Bego sigue viva. Y por alguna razón que Elia no alcanza a comprender, después de varias horas, ahí está todavía, sentada en esa silla del rincón, apoyada entre el respaldo y la pared, sufriendo los primeros azotes de un mono que pronto será demasiado doloroso e insoportable.

—Te veo bien —dice.

Sus labios son como dos tiras de cartón. Su voz no es su voz. Se estremece. Duele. Tampoco sus ojos son sus ojos. Lo único que logra reconocer en ella es ese breve gesto, una fugaz mueca de sorpresa que ha asomado a su rostro cuando ha logrado captar la atención de Elia. Esa cara de chiquilla emocionada y expectante, tan común en Bego años atrás. Y ahora ¿qué debe responder a un comentario de esas características? ¿Que no puede decir lo mismo de ella? ¿Que ni siquiera recuerda cuándo fue la última vez que la vio bien? ¿Que lleva horas temiendo lo que puede ocurrir en el minuto siguiente? Porque ¿qué se supone que viene a continuación?

—Conservabas la llave.

Bego tarda en reaccionar. Como si, para entenderlas,

tuviera que masticar una a una cada palabra. Elia no piensa decirle que sin la llave no habría podido entrar: hace semanas que borró su perfil biométrico del sistema de acceso.

—Nunca perdería la llave de casa —responde la famélica mujer desde su rincón.

«Casa», repite Elia para sus adentros, y de pronto siente un pinchazo que le atraviesa el alma. Durante años, su casa fue Bego. Y al pensar en ello se le pone un nudo en la garganta.

—¿Por qué has traído al chico? —pregunta, pues centrarse en él le resulta mucho más sencillo.

—Te estaba buscando.

—¿Por qué lo has traído? Dime la verdad.

Bego está sudando. Escuchar, pensar, hablar... Todo empieza a ser doloroso para ella.

—Necesitaba verte por última vez —responde en un siseo.

Y de nuevo el pinchazo en el alma. De nuevo la pregunta: ¿qué se supone que viene a continuación? Ambas saben que este encuentro no puede acabar más que de dos formas: con Bego atravesando la puerta que hay al fondo del pasillo para sufrir durante días el insoportable y doloroso síndrome de abstinencia, o con un adiós, esta vez para siempre. Asimismo, ambas saben, o creen saber, cuál es la mejor opción para cada una. Para Bego, quedarse. Sólo así conseguiría estirar la escasa vida que le queda, sólo así postergaría unos días, con suerte unas semanas, el golpe de gracia de esa maldita droga que firmó su sentencia de muerte hace ya mucho tiempo, cuando por primera vez sus vías respiratorias abrazaron los deletéreos vapores de la morte. Para Elia, en cambio, después de muchos, demasiados intentos de salvarla, la mejor opción es la segunda. Le hace falta volver a respirar, aprender a vivir de nuevo, y para ello Bego debe desaparecer.

—No sé qué decirte, Bego. Yo...

Prrr, prrr... Prrr, prrr...

—Joder. Lo siento, tengo que contestar —se disculpa sin saber muy bien si agradece o no la llamada intrusa.

Acto seguido enciende una linterna y se levanta dándole la espalda. Desea privacidad, así que entra en el baño y entorna la puerta. A continuación agita la muñeca izquierda para contestar y extiende el brazo en alto. Piezas aparece frente a ella en una imagen flotante.

—¿Cómo vais? —pregunta.

—Los tenemos. De milagro, pero los tenemos —informa la diminuta mujer al otro lado de la conexión—. El sitio estaba lleno de carroñeros, hemos llegado justo a tiempo de impedir que se los llevaran. Elia, algo muy gordo está pasando en los suburbios, está siendo una carnicería. No hay punto de recogida de cadáveres en el que no encontremos a carroñeros con algún crío muerto. Esos niños han tenido mucha suerte.

—¿Se encuentran bien?

—El larguirucho no. Tiene una neumonía de caballo, aunque es posible que con el tratamiento adecuado mejore en unos días. ¿Qué quieres que hagamos con ellos?

Elia no lo había pensado. Cuando el chico le exigió que los encontrara y los pusiera a salvo a cambio de información, su cerebro sólo fue capaz de planificar el primer paso. Y ya hizo mucho, teniendo en cuenta que en ese mismo momento Bego estaba en el baño dándose una ducha. Su presencia la había perturbado, aún la perturba. La verdad es que tiene demasiados problemas para hacerse cargo de unos mocosos, pero no puede abandonarlos, y menos después de lo que Piezas acaba de contarle sobre los suburbios.

—Serán nuestros huéspedes de momento —dice—. Llévatelos al refugio, yo avisaré a Cas para que acuda en cuanto salga del BCF y les eche un vistazo.

—Hablando de Cas... Ya sabes cómo es Agra con estas cosas. Me ha pedido que te pregunte si es posible que haga con esos críos lo mismo que hizo con ella.

¿Cómo no? Tendría que haberlo previsto. Para Agra ha debido de ser muy duro regresar a esas calles sabiendo lo que sabe.

—Ahora mismo no es prioritario —responde—. Vamos a esperar unos días antes de poner a Cas a trabajar. No tenemos ni idea de cómo son los críos ni si van a darnos problemas. Así que dile de mi parte que no se encapriche con ellos por si acaso.

—Me temo que ya es demasiado tarde.

Piezas mueve el objetivo de la cámara hasta enfocar lo que parece el fondo del furgón. Hay un niño en el suelo, envuelto en mantas, con pinta de estar durmiendo. A su lado, el otro, un crío regordete y risueño, mira obnubilado uno de los estúpidos trucos de Agra. Ambos ríen cuando un caramelo, que ¡no estaba ahí hace un segundo!, aparece tras la oreja del crío.

El niño desenvuelve el caramelo y se lo echa a la boca con ansiedad.

—¿Cómo lo has hecho? —pregunta entre risas.

—Aaah... Es magia.

El cuanto el objetivo vuelve a captar el rostro de Piezas, marcado por una mueca que claramente expresa un «qué le vamos a hacer», Elia retoma la conversación. Ha oído algo en la sala de estar y quiere cortar la comunicación cuanto antes.

—Compra comida y cualquier cosa que se supone que un crío puede necesitar.

—No creo que haga falta demasiado, a juzgar por el infierno del que han salido, pero no te preocupes, yo me encargaré.

Elia asiente, y de pronto cae en otro detalle. Si quiere que el chico la ayude, necesitará alguna prueba de que esos críos están a salvo.

—Y, Piezas, hazme el favor de mandarme unas fotos de los dos, me vendrán bien.

—A mandar. ¿Algo más?

—No, nada más. Bueno, sí. Gracias. A todos. Os compensaré el esfuerzo.

—Tranquila. Si tu pálpito es bueno, esto puede acelerar las cosas.

—Es cierto —admite la periodista—. De hecho, puede que haya llegado el momento de empezar con las publicaciones. Una vez que estéis en el refugio, ¿cuánto tardarías en viralizar las primeras imágenes?

—Menos de lo que ha tardado el gordinflón en meterse el caramelo en la boca.

—Pues comenzamos hoy mismo. No veo por qué tendríamos que esperar.

Piezas asiente con gravedad. Acto seguido, ambas mujeres se despiden y Elia corta la comunicación.

Cuando regresa a la sala de estar, un lacerante vacío se apodera de ella. Bego no está. La busca con el corazón en vilo por el resto de su diminuto piso. Nada en la cocina ni en su dormitorio. Tampoco la encuentra al otro lado de la puerta que hay al fondo del pasillo.

«Necesitaba verte por última vez.»

Estas palabras resuenan en la mente de Elia como un eco. Le ha dicho la verdad. Bego ha aparecido para despedirse, para verla por última vez. Y el chico ha sido la excusa que le ha permitido hacerlo.

De modo que ahí tiene la respuesta a su pregunta. ¿Qué viene a continuación? La libertad. Por muy extraño, desconcertante, duro, cruel o doloroso que le parezca, es libre. Sobre la mesa, junto a la vela a punto de extinguirse, hay algo. Se acerca para verlo mejor y... Elia respira hondo y coge la pequeña placa imantada. Bego ha dejado la llave. La llave de *su* casa. Y entonces sus ojos se desbordan y, por primera vez desde hace meses, no se obliga a tragarse el llanto. Se sienta en el silloncito desde el que observaba antes a la que un día fue su compañera de vida y se deja llevar por las lágrimas. Llora por Bego y por el poco futuro que le queda. Llora por ella misma, y también llora por ambas, por lo que fueron. Por lo que ya nunca serán. Llora de pena, de rabia, de impotencia... De desamor. Y cuando se le secan las lágrimas y sus pulmones se calman, se dice a sí misma que ya es suficiente. Al menos por ahora.

Respira hondo varias veces y antes de levantarse invierte unos minutos en organizar sus ideas. No es momento para penas. Bego se ha ido, sí, pero su visita ha supuesto para Elia y su causa un giro inesperado.

En cuanto se siente preparada, se levanta, coge la linterna y va directa al cuarto de invitados. No llama antes de entrar. Tras la puerta la recibe el chico dando vueltas como un gato enjaulado.

—Ya te vale. Llevo horas aquí encerrado —se queja.

—No estabas encerrado, podrías haber salido a tu antojo.

—Me pediste que no lo hiciera. Supuse que necesitabais estar a solas. ¿Ella es tu...?

—Nada. Ella no es nada —lo corta Elia.

—Te he oído llorar.

—¿Cómo? —La frase llega a sus oídos como una bofetada.

—No te pongas así, tampoco es para tanto. Todos lloramos, ¿sabes? Es imposible ser siempre de piedra.

Un confuso silencio se extiende entre ambos.

—Pero, bueno, qué más da lo que yo diga —añade al fin el chico—. Entonces ¿qué? ¿Los has encontrado?

Elia intuye que son esos niños, su seguridad y su bienestar, lo que a veces hace llorar a Piloto. Por Dios, si él también es un crío. ¿Le habrán dado alguna vez un abrazo? ¿Un beso de cariño?

—Dime. ¿Los has encontrado? ¿Están vivos? Si la respuesta es no... —Piloto hace una pausa para tomar aire—. Si es no, tranquila, podré aceptarlo.

No, no podría, a juzgar por el puchero que ha acompañado sus últimas palabras.

Elia bloquea el brote de sensibilidad que vuelve a aflorar en ella y activa su implante computacional para mostrar al chico varias imágenes de Croqueta y Espiga. Su rostro se ilumina al instante.

—¿Dónde están? —pregunta, nervioso.

—A salvo, no te alarmes. Aunque el flacucho...

—Se llama Espiga —la corrige él.

—Aunque Espiga va a necesitar tratamiento. Está muy enfermo.

—¿Puedo verlos?

—Cuando cumplas con tu parte del trato —dice Elia con firmeza.

Algo se revuelve en el interior del chico, pero no protesta. Al contrario, se sienta en la cama y se dirige muy serio a la periodista.

—¿Por dónde quieres que empiece?

—No te voy a mentir, quiero saber muchas cosas del mundo en el que te mueves, pero antes, necesito que encuentres a alguien.

Piloto la mira desconcertado.

—Hace unas horas, cuando me explicaste el motivo de que la Yaya os echara a la calle, hablaste de dos hermanos muertos y de otra chica. ¿Cómo se llamaba esa chica?

—Nepal —responde Piloto, ahora con la boca pequeña, como si temiera lo que viene a continuación.

—Exacto. Nepal. Quiero que la encuentres. La necesito —dice la mujer.

Piloto estruja la colcha de la cama con los puños y espera unos segundos antes de hablar. Trata de ocultarlo, pero Elia capta enseguida que ahora es él quien tiene ganas de llorar.

—¿Me prometes que vas a cuidar de ellos? —pregunta el crío.

—Te doy mi palabra, no les pasará nada. Y si me traes a esa chica, tú tampoco tendrás que volver a preocuparte por nada.

De nuevo ambos se sumen en el silencio. Piloto escruta con intensidad el rostro de la periodista, como si este esfuerzo le valiera para saber con certeza si miente o dice la verdad. Finalmente, relaja las manos sobre la cama, respira hondo, se levanta y se dirige hacia la puerta.

—¿Adónde vas? —pregunta Elia.

Desconcertado, Piloto se detiene.

—A hacer lo que me has pedido —responde.

—No, es demasiado tarde para que te vayas.

—Pero cuanto antes me largue de aquí...

—Escucha. Lo haremos a mi manera, ¿de acuerdo? —dice ella—. Esta noche tus únicas obligaciones son quitarte la mugre de encima, comer algo y descansar. Mañana tendrás ropa limpia, una autorización que renovaré cada día para que puedas cruzar el paso fronterizo y un discreto implante monetario al que iré transfiriendo una pequeña asignación diaria. Ahora eres demasiado valioso para mí, así que no quiero que duermas en la calle. Regresarás aquí todas las noches, no importa la hora. Y si la cosa se complica, deberás ponerte en contacto conmigo para informarme. ¿Queda claro?

El chico no reacciona.

—¿Esa cara de idiota significa que sí, que está todo claro?

—Eh... Sí, todo claro —responde al cabo de unos segundos. Resulta evidente que es la primera vez en su vida que alguien muestra semejante grado de interés por él.

—Bien. Pues ve a darte una buena ducha, hay toallas en el baño —ordena Elia—. Mientras tanto, yo voy a preparar la cena.

De camino a la cocina, la periodista se da cuenta de que se ha dejado llevar por el corazón. ¿Qué importancia habría tenido si lo hubiera echado ahora mismo a la calle? Al fin y al cabo, el crío no conoce otra cosa que no sean la falta de humanidad y la crueldad. Se las habría apañado bien. Incluso habría encontrado antes a esa tal Nepal si se hubiera visto obligado a buscar con el hambre estrujándole las tripas. Pero de haber hecho esto se habría comportado como esa gente a la que ella tanto odia. Habría sido como esa Yaya a la que todos temen tanto. O, mucho peor, como esos nomas purasangres que consideran escoria a los sin casta ignorando, ni siquiera sospechando, que lo único que los diferencia a unos y otros son unas marcas purpúreas que nada tienen que ver con las secuelas del accidente biológico.

Elia bosteza. Está agotada, y el día de mañana promete ser aún más intenso. Si Piezas hace bien su trabajo y las primeras imágenes dan en el blanco, la periodista va a estar demasiado ocupada las próximas jornadas.

«Tan sólo dos días después de que el cuerpo de la joven Vera Sena fuese localizado en un crematorio clandestino a las afueras del Sector Obrero Noroeste, la esfera digital y las calles arden como consecuencia de unas imágenes demasiado perturbadoras. Informa, como siempre desde el lugar de los hechos, nuestra compañera Elia Melgar.

»En efecto, aquí en el Sector Obrero Noroeste, hogar de Vera Sena, arden las calles. El vídeo, publicado y viralizado de forma anónima, apenas estuvo en circulación una hora y media antes de ser eliminado por la Brigada de Salvaguarda Digital, según comunican, por su contenido altamente sensible. En la grabación, de apenas diez segundos, puede verse el cuerpo sin vida de la joven siendo vejado por un varón de mediana edad cuya identidad no ha trascendido a los medios. La Guardia Nacional no descarta que el vídeo sea un cruel montaje para hacer más insoportable, si cabe, el dolor de la familia. Auténtico o no, los vecinos de este sector de la ciudad se muestran indignados y decididos a que el caso de Vera Sena y todos los misterios y sinsentidos que lo rodean se esclarezcan cuanto antes. Esta mañana, las fachadas de los edificios más importantes del barrio amanecían con incontables grafitis de protesta, y hemos sido informados de que mañana a primera hora se ha convocado una concentración que saldrá desde este mismo punto en el que nos encontramos y recorrerá más de dos kilómetros, a través de los suburbios y otros sectores, hasta la puerta misma de Las Cortes. Su objetivo: reivindicar justicia para Vera Sena y más seguridad para nuestros jóvenes.»

—Mírtel, apaga las noticias.

«De acuerdo.»

—Esta mujer me da mala espina —se queja Renata en cuanto se hace el silencio.

—A mí tampoco me inspira demasiada confianza, pero es lo único con lo que contamos en principio —dice Dante—. Tiene contactos. Y sabe muchas cosas que hasta ahora han estado fuera de nuestro alcance.

—Sabe demasiado —lo corrige la asistente—. ¿Cómo narices se enteró con tanta antelación de dónde iba a aparecer el cadáver de esa chica noma? ¿No te parece sospechoso? ¿Podemos asegurar que no nos va a perjudicar?

—Acabas de escucharla. No ha nombrado al BCF para nada.

—Porque tiene algo más escabroso de lo que hablar. ¿Lo has visto?

—¿El qué?

—El vídeo ese.

—No. ¿Tú sí? —pregunta Dante con morbosa curiosidad.

—Dios, sí. Es... es muy fuerte. Me lo enseñó... —Renata guarda silencio un segundo. Por el momento prefiere que no se entere su jefe de que tiene un lío con uno de los forenses del Banco—. Un amigo. Me lo enseñó un amigo. Se lo habían pasado por mensajería privada. Créeme, la chica estaba muerta mientras... En fin, ya sabes.

—¿Se le veía la cara al tipo?

—No demasiado. O yo no me fijé —admite ella—. La escena era tan horrenda que ni se me ocurrió intentar identificar a ese asqueroso. Cuando Len... Cuando mi amigo quiso reproducirlo de nuevo, ya había desaparecido. Menuda es la Brigada de Salvaguarda Digital. Creo que el vídeo no estuvo ni dos horas en circulación.

Dante recuerda los datos que le dio Melgar. La periodista le aseguró que tenía un listado de necrófilos con nombres demasiado importantes. No dijo nada del vídeo. ¿Estaría ya en su poder? ¿Fue ella quien lo publicó? De cualquier forma, qué más da. Busquen o no lo mismo, ambos quieren acabar con la red de tráfico de cadáveres cuanto antes. Y por eso precisamente ha llamado a Renata: ya va siendo hora de que se pongan manos a la obra.

—Renata, necesito que repases el registro de entradas y salidas del día en el que desapareció el cuerpo de Río. ¿Tienes el número de expediente o te lo paso?

—A estas alturas ya me lo sé de memoria —responde la asistente.

—Bien, pues intenta averiguar también si desde que llegó al Banco hasta que la trajeron de nuevo con su hermano se hizo alguna modificación en su expediente.

Dante recuerda lo que el encargado de la sala temporal le dijo cuando le pidió que la localizara a toda costa: según él, había acabado por error en la sala de despiece. Pero ¿cómo lo averiguó Bruno si la chica no aparecía en el sistema de trazabilidad? Puede que él sea uno de los implicados.

—¿Algo más?

—Sobre este tema, cualquier idea que se te ocurra será bienvenida.

Renata asiente y se dispone a salir cuando Dante la detiene.

—Espera un momento, quiero comentarte algo más.

—Dime.

—A partir de ahora, será mejor que obviemos la relación de esos jóvenes con el LARG —dice el gerente, bajando la voz.

—Me parece una excelente idea.

—Y otra cosa: mañana, aprovechando que vamos a estrenar el sublimador colectivo, me gustaría que los dos cuerpos estuviesen dentro de la cápsula antes de dar comienzo a la ceremonia.

La asistente sufre un leve ataque de pasmo del que se recupera de inmediato.

—Me pagas poco —dice.

—Lo sé. Te haré un buen regalo por Navidad.

—Espero que sea realmente bueno.

Y dando por concluida la reunión, o más bien dando a entender que el jefe ha superado por hoy el cupo de peticiones, Renata abandona el despacho sin molestarse en despedirse.

Dante se recuesta en su asiento. Sigue pensando en Río, en su desaparición y en los motivos por los que él mismo acabó interesándose por la joven. Cuando su cadáver llegó a las instalaciones del BCF, fue reclamado casi de inmediato por dos personas completamente diferentes.

Primero llegó León. El chico no había podido evitar que uno de los furgones de recogida del Banco se llevara a su hermana muerta y corrió tras él, atravesando toda la ciudad, ansioso por averiguar qué iban a hacer con ella y cómo podía recuperarla. Ante la imposibilidad de sacar a Río del Banco, prometió regresar con lo necesario para sublimarla y, contra todo pronóstico, el joven logró reunir el dinero suficiente. Dante sospecha que lo ayudó un inmaculado, un detalle de por sí sorprendente. Piensa en el implante monetario que llevaba León en la muñeca, en aquel escudo, y en los motivos que pudieron haber llevado a alguien de la posición de un inmaculado a prestarse a ayudar a un mugriento chaval de los suburbios. Sin duda lo hizo a cambio de algo, y quizá ese algo tuviera que ver con la piel del chico. Puede que también con la de su hermana cadáver. ¿Sabría ese inmaculado que León no era un marcado? El gerente piensa en el implante, su única pista para localizar a tan generoso donante. Abre uno de los cajones de su mesa, saca un delgado pliego, lo desenrolla y lo sacude en el aire para que el material adquiera rigidez. Cuando la lámina se ha conectado, comienza a garabatear en la superficie con un lápiz táctil. Trata de evocar en su mente aquel recargado escudo. Recuerda que había un pájaro... ¿Un ave fénix? Y flores, pero ¿de qué tipo? Mientras intenta concentrarse en la tarea, decenas de pensamientos inconexos se cuelan en su cabeza: León levantándose la mugrienta manga del jersey y dejando al descubierto la joya encarnada en su antebrazo, el ambiente de su despacho contaminado por el pestilente aroma a desesperación y miseria del chico, su ojo brillante e inflado, como el abdomen de una garrapata repleta de sangre, un ave fénix emergiendo de un lecho de flores, el cráter grumoso y sanguinolento del rostro y el torso de Río, el bip emitido por el *contactless* cuando Renata volvió a llenar el implante monetario del chico, dos dagas, o dos lanzas, o lo que sea que fueran, al fondo o a los lados del escudo... Tras varios intentos y abrumado por esos insoportables flashes, deja el lápiz táctil sobre la mesa y observa el resultado. Sus trazos no le recuerdan lo más mínimo a lo que vio en aquella joya. No obstante, le pide a Mírtel que vuelque el contenido de la lámina táctil en la red por si encuentra alguna coincidencia. El resultado, un puñado de aproximaciones extraídas de escudos, banderas, sellos e insignias, no guarda relación con lo que Dante almacena en la memoria, así que finalmente desiste.

A continuación se centra en la segunda persona que acudió al BCF a reclamar el cuerpo de la falsa marcada. Fue la insistencia de aquel purasangre enamorado la que lo llevó a interesarse por la ficha de Río y a descubrir, casi al mismo tiempo en que su cuerpo desaparecía de las instalaciones, que la joven requerida nada tenía que ver con los fallecidos que solían llegar de los suburbios. ¿Cómo se llamaba el purasangre? ¿Llegó a identificarse en algún momento?

—Mírtel, abre el expediente G0K-75468 —dice, intrigado.

«De acuerdo.»

El ordenador se demora demasiado.

«Lo siento, todo lo referente al expediente G0K-75468 ha sido eliminado del sistema por su correlación con el expediente Hermanos, considerado matriz.»

—Mierda —susurra Dante.

Se reprende a sí mismo por haber sido tan específico con Cas, el genetista del Laboratorio de Análisis y Recreación Genética. Le indicó que eliminara cualquier documento que tuviera algo que ver con la relación de León y Río con el proyecto Generación Cero, incluyendo sus ramificaciones, lo que significa que no queda ni rastro de los falsos marcados en los archivos centrales. ¿Cómo no cayó antes en que podría volver a necesitar sus fichas de acceso al BCF?

—¿Hay alguna forma de recuperar esta información? —pregunta.

«La operación debe ser autorizada por un usuario con credenciales de un nivel superior.»

¿Credenciales de un nivel superior? ¿Qué significa esto? Se supone que él ostenta aquí el cargo de mayor rango y por tanto...

—Mírtel, ¿cuántos niveles hay por encima de mi estatus de usuario?

«Lo siento, Dante, esta información es confidencial.»

Tal y como esperaba, la supervivencia de los bebés vacuna ha sido elevada. Tras dos años sirviendo a la humanidad, esta semana muchos de ellos regresarán con sus nodrizas a Nueva Iberia. Y lo harán con honores. La prensa ha empezado a llamarlos «los inmaculados». Ellos aún son demasiado pequeños para saberlo, pero el mundo los considera unos auténticos héroes y heroínas.

El Congreso ha aprobado por unanimidad una ley que garantizará el bienestar y la protección vitalicia de esta pequeña gran generación y su descendencia, una bocanada de aire fresco en medio del infierno en que se ha convertido mi vida. Me siento responsable de lo que está ocurriendo, pero no tengo ni idea de cómo puedo arreglarlo.

Extracto del diario personal del doctor Noé Sabin

—¿Estás segura de que quieres venir? Podría haberme acompañado Alekos —pregunta Elia, preocupada por el bienestar de Agra. Sabe que está a punto de enfrentarse a un duro trance y no lo considera necesario.

—Completamente segura. La conozco bien y sé que puedo serte de ayuda. Además, ¿Alekos? ¿En serio? Se hace el gallito, pero tiene el pellejo demasiado blando.

—Pues últimamente pasáis mucho tiempo juntos.

—El trabajo..., ya sabes —se excusa Agra, y, mal que le pese, el rubor inunda sus angulosas facciones.

—Sí, ya, el trabajo.

Ambas caminan por el Sector Obrero Noroeste con destino a los suburbios. A escasos metros del paso fronterizo, un chaval las mira de reojo, sacude un bote de pintura en espray y continúa con su tarea. Está escribiendo algo en letras grandes sobre el muro.

—¡Eh, tú! ¡Te he dicho que te largues!

Un guarda fronterizo demasiado metido en carnes corre para espantar al joven vándalo que en unos segundos desaparece por uno de los callejones que llevan al polígono. Tras una breve carrera, el guarda desiste y regresa a su puesto entre estertores, pasando por delante de la pintada.

—Me cago en... —maldice—. ¡Ve a pintarle los huevos a tu padre!

—¡Vaya! El chico estaba a punto de terminar —observa Agra.

En el muro se lee: «Nos ahogan a impuestos y ahora se follan a nuestros muer». La «t» no es más que un restregón.

—Las tres letras que faltan no restan a la frase el más mínimo significado, ¿no crees?

Por el camino se han encontrado con la misma pintada alrededor de una docena de veces. También inunda las redes sociales y salta de boca en boca entre los manifestantes, que han empezado a utilizarla como consigna en carteles y pancartas. Lo que significa que todo marcha según lo planeado. Mañana, a los primeros vídeos de la vejación del cadáver de Vera Sena, se sumarán imágenes de catálogo de algunos de los centros de parafilias más exclusivos y caros de la Urbe Alba, junto con instantáneas de caras conocidas de las altas esferas posando junto a —o metiendo el pene en— algunos de los cadáveres convertidos en juguetes sexuales. Eso para los barrios nomas, donde el acceso al mundo virtual y a la lectura facilitan la difusión y el calado del mensaje. En los suburbios, cuna del analfabetismo y la miseria, la estrategia será diferente. Todo el equipo estará de lo más ocupado los próximos días. Alekos en los barrios nomas, Agra y los críos en los suburbios, Piezas en las redes, y Elia, mientras tanto, informando de todo, de un modo objetivo e imparcial, para la Agencia EFE. Y cruzando también los dedos para que Dante Hermo siga colaborando con ella. El único que permanecerá al margen de la operación será Cas, cuyo trabajo, el verdadero objetivo que todos persiguen, es mucho, muchísimo más delicado.

—Identificación, por favor —les piden nada más llegar al paso fronterizo.

—¿Cómo? ¿Desde cuándo hace falta para ir a los suburbios? —pregunta Elia, extrañada.

El nuevo guarda, un tarugo con los hombros nevados de caspa, señala con desgana la pantalla informativa que hay en la entrada: «Está a punto de acceder a un área conflictiva. Por favor, por su seguridad, facilite su documentación y su huella digital antes de cruzar la frontera».

—¿Por mi seguridad? Sí, claro. Y para lavarse las manos en caso de que me pase algo al otro lado —se queja Agra, visiblemente indignada.

El hombre de nieve no dice nada, se limita a identificar a ambas mujeres y a recoger sus firmas digitales en lo que, deducen, es un documento que exime a las autoridades de toda responsabilidad en cualquier suceso que pueda ocurrir en los barrios bajos.

Tras cruzar la frontera, Elia siente el desasosiego que siempre la asalta en estas calles. Los edificios, las aceras, las caras de sus moradores... Todo es gris. Hace semanas que no llueve y en el ambiente flotan efluvios de orines y basura en descomposición. Y lo peor es que falta la única chispa que iluminaba esta deprimente zona de la ciudad: los niños, esas criaturas resabiadas de las que nadie osaría fiarse pero que, con sus risas y su actitud desenfadada ante la vida, logran convertirse en la cara amable de este sitio. Elia se pregunta cuántos de ellos habrán muerto desde que la Yaya los abandonó a su suerte. Cuántos habrán aceptado que de ahora en adelante les toca sobrevivir solos. Y también cuántos de ellos seguirán aferrados a la esperanza de encontrar a la traidora para recuperar el tornadizo amor de la madre de los suburbios. Desea que estos últimos sean pocos, que la mayoría de los niños hayan decidido ocultarse de los carroñeros y sobrevivir como sea hasta que lo peor pase. Lo desea con todas sus fuerzas, porque sabe que, por mucho empeño que pongan, ninguno de ellos encontrará a Nepal. La proscrita no está en los suburbios. Tampoco en ninguno de los barrios obreros de la capital. Nepal está fuera del alcance de los críos. Y de las garras de la Yaya. Pero Elia necesita sacar a la chica de su escondite, la necesita para sus propósitos. Y para conseguirlo sin ponerla en riesgo, le va a tocar negociar cara a cara con la mismísima madre de los suburbios.

—Por aquí —indica Agra.

Las dos mujeres retoman su camino hasta llegar a la entrada principal de El Límite. Es la primera vez que Elia entra en el mastodóntico edificio. A Agra, en cambio, este lugar le es demasiado familiar. En su día ella fue una de sus habitantes y, como los demás, estaba condenada a recibir una tras otra las visitas de babosos dispuestos a aplacar su calentura por un mísero puñado de íberos. Hasta que un día hizo algo inesperado que la ayudó a ganarse la libertad.

Acababa de salir a la calle para darse un respiro cuando oyó gritos en un callejón cercano. A punto estuvo de hacer caso omiso, pero cambió de rumbo en el último segundo al ver acercarse en su dirección a un puñado de los matones de la Yaya. Y estaba dispuesta a pasar de largo, a dejar a los traicioneros críos de los suburbios haciendo de las suyas, cuando vio de refilón una escena espeluznante: tres niños de apenas diez años despedazando literalmente a una chica que trataba de defenderse en vano desde el suelo. Agra espantó a los atacantes como pudo, a base de golpes y gritos y sirviéndose de un eficaz látigo urticante que siempre llevaba encima para defenderse. Cuando por fin estuvo frente a la pobre víctima sintió una lástima infinita. Se preguntó a qué ser vivo podría merecerle la pena vivir de aquella manera. Se trataba de una mujer diminuta, conformada únicamente por la cabeza, el cuello, un delgado torso, un brazo y tres muñones en el lugar que deberían ocupar el resto de sus miembros. Lo que los críos trataban de llevarse eran sus extremidades biónicas, seguramente pensando en venderlas en el mercado negro. Incapaz de encajar allí el brazo y las piernas, se las apañó para llevar aquel puzle humano a su apartamento de El Límite. El brazo había quedado inservible con los forcejeos y los golpes. Sí que pudo volver a colocarle las piernas a la mujer siguiendo sus instrucciones.

Poco después, la mujer en miniatura abandonó la habitación sin molestarse en dar las gracias. Agra sabe que aquel día Piezas no pudo actuar de otra forma. Tenía el orgullo profundamente herido y sentía una vergüenza tan poderosa que la obligó a huir de inmediato. Sin embargo, días más tarde regresó. Llamó a su puerta, Agra abrió y Piezas dijo: «¿Qué puedo hacer por ti? Pídeme lo que sea». Sin la menor esperanza, Agra respondió: «Quisiera irme de aquí para siempre». Unas horas después, la marcada abandonaba aquel lugar de pesadilla en el que siempre creyó que estaba destinada a malvivir el resto de sus días.

—¿Estás bien? —pregunta Elia, devolviendo a Agra al tiempo presente.

—Sí —responde ella.

Y no miente. No soporta volver aquí. Este inmenso y frío hall, las escaleras a ambos lados, el continuo ir y venir de hombres y el lejano sonido de las puertas que se abren y cierran sin parar le dan escalofríos. El pasado ha cobrado fuerza en su interior y trata de golpearla, pero es sólo eso. No más. En el fondo, Agra es consciente de que el peso de los recuerdos ya no puede hacerle daño porque, aunque todavía no tenga muy claro cuál es su sitio más allá del refugio en el que convive con Piezas, Alekos, Cas y ahora esos dos críos, lo que sí sabe, y siente en cada poro de su piel, es que ya no pertenece a este lugar.

—¿Seguro? —insiste la periodista.

—Sí, tranquila —dice ahora Agra con más aplomo.

—Bien, pues acabemos con esto cuanto antes.

Dante acaricia la esfera de su reloj de bolsillo mientras lee con atención el informe que Renata acaba de poner sobre su mesa. Antes de entregárselo ha relatado con todo lujo de detalles el tremendo esfuerzo que ha tenido que hacer para elaborarlo, teniendo en cuenta que cualquier información referente a los cadáveres de los falsos marcados ha sido eliminada del sistema.

—¿Esto es todo lo que has podido averiguar? —pregunta el gerente sin pensar.

—¿Cómo? ¿Te parece poco?

—No, sólo digo que esperaba...

—Esperabas que te trajera una foto de alguien con un cartel colgándole del cuello que anunciara: «Fui yo, lo confieso» —replica Renata, visiblemente indignada—. ¿Es que no me estabas escuchando cuando te he explicado que no lo he tenido nada fácil porque a mi querido jefe se le ocurrió la genial idea de borrar ciertos expedientes sin plantearse siquiera si íbamos a necesitarlos? Ahí tienes todo lo que hay. Conductores y agentes de seguridad que iban aquella noche en los furgones de recogida, personal de guardia en la salas de estancia temporal y autopsias, equipo de limpieza... Joder, Dante, si sólo me ha faltado incluir el nombre del tipo que puso a punto la máquina de café.

Renata apenas es capaz de disimular su inquietud. Horas antes de entrar en el despacho de su jefe se debatía delante del ordenador, tentada de eliminar uno de los nombres de esa lista. Hace meses que Lenny y ella comparten tiempo libre y cama, cosa que aún le resulta sorprendente porque jamás se habría imaginado liada con alguien así. Ella suele ser mucho más... mucho más... exquisita. Y cuando se ha dado cuenta de que Lenny fue uno de los dos forenses de guardia la noche en que el cadáver de la falsa marcada llegó a las instalaciones por primera vez se ha puesto a hacer memoria. El registro de actividad del Banco no miente: aquella noche Lenny abandonó el BCF un par de horas antes y no regresó a su puesto de trabajo hasta dos días después. Avala su ausencia un parte médico según el cual estuvo enfermo, un detalle que ella no recuerda en absoluto. Y si a eso le suma que desde que reapareció el cadáver de la chica él ha estado inquieto y que incluso le ha preguntado en varias ocasiones dónde habían guardado los cuerpos de los falsos marcados... No. Se niega a creer algo así. Al menos de momento.

—¿Lenny estaba de guardia la noche que Río llegó al BCF? —pregunta Dante, extrañado—. No me dijo nada cuando hizo las autopsias de los dos hermanos.

—Ya sabes la de cadáveres que pasan cada noche por sus manos. Se le olvidaría.

Sí. Finalmente Renata decidió poner el nombre en la lista. Una cosa es que le otorgue el beneficio de la duda a su amante y otra muy distinta, que oculte información a su jefe para protegerlo. Además, si Lenny está implicado en algo tan deleznable, deberá asumir las consecuencias de sus actos.

Blublublublublú...

Blublublublublú...

Dante aparta la mirada del listado para mirar quién llama.

—Es Gasset —informa a su asistente.

Sin decir nada, Renata abandona el despacho para que puedan hablar. Él responde en cuanto se queda solo.

—¡Gotardo! ¡Qué sorpresa! —dice fingiendo entusiasmo.

—¿Te pillo muy ocupado o puedes dedicarle unos minutos a este viejo?

—Ya sabes que para ti siempre tengo tiempo —responde.

Dante deduce enseguida que no es una llamada de cortesía. El tono y la expresión de su exjefe le recuerdan a cuando se enfrentaba a algún asunto incómodo.

—Verás, te llamo porque ha llegado a mis oídos algo referente a dos cuerpos cuyos genomas coincidían con un par de Generación Cero descartados hace años.

Vaya con el abuelo. Al final va a resultar que Zigor

Mandel no está tan chocho como Dante había supuesto. Se trataba más bien de a quién sigue rindiendo cuentas el veterano científico.

—Para estar jubilado te veo muy informado, Gott —comenta Dante, tratando de no parecer demasiado molesto.

—Ya sabes, yo nunca desconecto. Aunque en realidad el origen de mi conocimiento es mucho más sencillo de lo que parece. Zigor y yo somos amigos desde hace mil años, compartimos gran parte del tiempo libre y nuestras mujeres son uña y carne. Ellas lo hacen casi todo juntas. Ya sabes, cosas de mujeres: clases de aeropádel, salones de belleza, carreras de caballos... Zigor y yo, claro está, echamos muchos ratos de charla cuando no somos capaces de seguirles el ritmo. Lo que vengo a decir es que no le des importancia a este detalle. De hecho, también estoy al tanto de que decidiste eliminar todo lo referente a esos cadáveres.

—Sí. Me pareció demasiado arriesgado indagar en algo que ya no le importa a nadie.

Dante se pregunta cuál es el verdadero objeto de esta llamada.

—Bien. Y supongo que los cuerpos también han desaparecido —pregunta Gotardo, suspicaz.

—Por supuesto. Ya no queda ni rastro de ellos.

Dante acaricia el listado manuscrito en papel que tiene sobre la mesa. Agradece que Renata haya escogido ese medio para pasarle la información referente a los cadáveres de los falsos marcados. Y respecto a la desaparición de los cuerpos, no ha sido del todo sincero. Aún no se han sublimado. La ceremonia colectiva no se celebrará hasta última hora de la tarde.

—Me quedo mucho más tranquilo. Sí, señor, mucho más tranquilo —continúa el viejo—. La verdad es que me preocupaba bastante este tema, sobre todo sabiendo que tú y esa periodista, ¿cómo se llama?, en fin, da igual. Sobre todo sabiendo que tú y esa periodista habéis iniciado algo parecido a una amistad.

Y ahí está el verdadero objeto de la llamada. Dante se recoloca, incómodo, en su asiento. ¿Gotardo lo espía?

—Gott, no entiendo muy bien adónde quieres llegar —le dice—. Mi colaboración con Elia Melgar tiene como único fin limpiar la imagen del BCF. Coincidirás conmigo en que lo de esos cadáveres desaparecidos le da muy mala prensa al Banco.

—Hermo, he dedicado muchos años de mi vida, y mucho aliento, a llevar al BCF a lo más alto. Así que, por favor, no me vengas con cuentos —suelta de golpe Gotardo, adoptando su antigua actitud de jefe autoritario—. Que tu curiosidad no te lleve a echar por tierra tan pronto el fruto de mi esfuerzo. Ningún periodista es de fiar, ni siquiera los que tiene el Estado en plantilla. Y mucho menos esta mujer. La he investigado y no hay nada sobre su pasado. ¿Me oyes? Nada. Es un fantasma.

—Gotardo, disculpa, pero creo que te estás metiendo en asuntos que ya no te competen.

La rígida expresión facial del antiguo gerente del BCF acusa el envite de su sucesor y se ensombrece aún más.

—Mira, muchacho, no sé qué coño habrá pasado dentro de tu cabeza en este último año, pero ya no eres el candidato que en su día acepté para ocupar mi puesto. Al final van a ser verdad esas pamplinas de las que habla el bueno de Zigor sobre la epigenética o como quiera que se llame y resultará que lo de tu mujer ha acabado volviéndote tarado. La cuestión es que estoy teniendo mucha paciencia contigo. He dejado pasar lo de la dimisión forzosa del doctor Girava, a pesar del duro golpe que ha supuesto para el Neurobanco...

—Girava intentó boicotear el proyecto del BCF más rentable de la última década —lo interrumpe Dante, airado.

—¿Qué sabrás tú cuál es el proyecto más rentable del BCF, si no te has enterado ni de la mitad de lo que se cuece ahí dentro? Lo de Girava fue un ataque de cuernos que podrías haber solucionado con alcohol y un par de noches de putas, pero te lo consentí porque todavía confiaba en que sabías lo que estabas haciendo. Ahora no lo tengo tan claro. No conoces a esa mujer.

—Gott —intenta interrumpirlo Dante, pero no lo consigue.

—No tienes ni idea de dónde ha salido ni qué es lo que busca en realidad. Así que considera esto una advertencia seria: deja de hacer preguntas y de meter las narices donde no te llaman porque te estás cagando en tu propia casa. Y si en algún momento llego siquiera a sospechar que la mierda va a empezar a salpicarme, ten por seguro que haré todo lo que esté en mi mano para evitarlo.

Gotardo corta la comunicación sin despedirse y Dante permanece unos segundos mirando al vacío que ha dejado la imagen de su antiguo jefe al esfumarse. Aún sostiene el reloj que Mel le regaló en la mano derecha. Durante toda la conversación ha seguido acariciando su esfera. ¿Es cierto eso que ha dicho Gasset? ¿Es posible que la enfermedad y la muerte de su esposa lo hayan cambiado? ¿Habría actuado de un modo distinto si ella siguiera con vida y sana? Incapaz de hallar una respuesta, decide concentrarse en algo más importante. ¿Qué oculta Gotardo? ¿Qué significa eso de que no se ha enterado ni de la mitad de las cosas que se hacen en el BCF? Y lo que más lo mosquea: ¿qué tenían, o tienen, entre manos Gotardo Gasset y Tedros Girava?

Dante se guarda el reloj en el bolsillo y extiende el brazo derecho para abrir el cajón inferior del escritorio. Al fondo sigue estando el dosier que el detective privado le entregó a Renata cuando ordenó investigar al antiguo director del Neurobanco. Pone la carpeta sobre la mesa y la abre. Entre los numerosos documentos localiza unas imágenes impresas en papel fotográfico. Encuentra las fotos que busca enseguida. El escenario es una discreta mesa de la cafetería de algún centro comercial. En ella, dos hombres discuten. Uno de ellos es Tedros Girava. El otro, su exjefe, Gotardo Gasset, unas horas antes de que Dante le contara que estaba vigilando al buen doctor. Hay otra, de unos días antes, a la entrada de un edificio gubernamental en el que Dante jamás ha estado. Después, nada. ¿Casualidad? No. En absoluto. Como tampoco fue una casualidad que justo después de aquella reunión con Gotardo, toda la información extraviada sobre el proyecto Anima apareciera, como por arte de magia, en el ordenador personal de Girava.

Desde que descubrió la existencia de credenciales con nivel superior a la suya lo acompaña una desagradable idea: ¿es el máximo responsable del Banco Central de Finados o un simple pelele? ¿Quién o quiénes ostentan esas credenciales de nivel superior a las que se refería Mírtel? ¿Qué secretos esconde el BCF más allá de lo que él conoce?

Si algo le ha quedado claro en estas últimas semanas es que en esta institución, quitando a Renata, no puede confiar en nadie. Y lo peor es que en el fondo sabe que Gotardo tiene razón en una cosa: tampoco puede fiarse de Elia Melgar, no sin antes averiguar quién es esa mujer en realidad.

—¿Qué es esto?

La Yaya mira con cara de asco el trozo de papel que Elia acaba de entregarle.

—Sé que hace tiempo que cierto inmaculado y tú os disputáis el control del mercado de... la carne. Y también sé que ese inmaculado se ha cargado a alguien muy valioso para ti. Creo que por aquí lo llamabais el falso marcado.

—Sabes tú muchas cosas, amiga periodista.

Elia, que ha regresado a su asiento junto a Agra, se esfuerza por mantener un talante firme y decidido. Nunca había visto en persona a la madre de los suburbios y su aspecto le ha resultado chocante. Casi aberrante. ¿Cómo puede una señora con un aspecto tan adorable ser el peor bicho viviente, el más deleznable, a este lado de la ciudad? Desde luego, ahora entiende bien que haya sido capaz de encandilar a todos los huérfanos de estas calles. Su aspecto de abuela dulce y entrañable despertaría en cualquiera deseos de caer en sus brazos. También sospecha el efecto tan atroz que debe de tener en los niños descubrir la cara, digamos, menos amable de esta mujer. Una perfecta personalidad amorosa-pasiva-agresiva-violenta. Te abrazo mientras te ahogo. Te beso mientras te muerdo. Te mimo mientras te mato.

—En esta nota tienes la ubicación exacta de Renzo Pecunia e información detallada de su equipo de seguridad —explica—. Mi gente cuenta con muchos más datos que podrán serte de utilidad en caso de que decidas aceptar mi propuesta.

La Yaya opta por ignorar a Elia y, como distraída, recorre con la mirada a la mujer que se sienta a su lado.

—Hombre, Agra. Disculpa que no te haya saludado antes. Casi no te reconozco con tanta ropa encima. ¿Dónde has estado todo este tiempo? El Límite no es lo mismo sin ti. Aún hay clientes que preguntan por tu chochito.

Elia reacciona a tiempo de frenar la respuesta de Agra. No están en posición de responder a ningún ataque, y menos con esos cuatro matones observándolas de cerca. Mientras la sujeta del brazo con firmeza, continúa hablando como si no hubiera pasado nada.

—Me es posible proporcionarte identificaciones y pases seguros para llegar al barrio alto. Incluso acceso a la fortaleza en la que se esconde el inmaculado. Serás libre de acabar de una vez por todas con ese grano en el culo que tanto te molesta, y sin dejar rastro. No quedará constancia de nada. Ni cámaras, ni sensores de movimiento o temperatura. Tú y los tuyos seréis invisibles.

La Yaya, que hasta hace unos segundos seguía concentrada en la rabiosa y tensa Agra, desdobla el amarillento pedazo de papel, lo ojea unos segundos y, sin alterar un ápice el gesto de su cara, vuelve a encararse a su antigua puta.

—¿Y qué quiere tu amiga a cambio de tan generosa oferta? —pregunta inclinando el torso hacia delante.

—Quiero a Nepal —dice la periodista.

Y ahora sí. Ahora, por fin, Elia ha captado toda la atención de la madre de los suburbios.

—¿Para qué la quieres? —pregunta la Yaya, entre sorprendida e irritada.

—Eso es asunto mío.

—Así que es asunto tuyo... Supongo que sabes que mi querida Nepal no se encuentra aquí en este momento.

—Lo sé. La chica está ahí.

Elia señala con un breve gesto de la barbilla hacia el papel que la Yaya guarda en su puño izquierdo. Sin Piloto no lo habría conseguido. El chico tardó más de una semana en dar con las primeras pistas fiables. Casi dos en encontrar lo que buscaban. Y a lo largo de esos días de incansables pesquisas, Elia y él acabaron adoptando una curiosa y casi familiar rutina. El chico siempre llegaba después del anochecer. Exhausto y hambriento, devoraba cualquier sobra que hubiera en la cocina. Más tarde Elia empezó a cocinar también para él. Cuando aparecía, Piloto comía a solas, a veces de pie, y entretanto relataba sus escasos hallazgos. Hasta que una noche Elia se descubrió a sí misma aguardando su regreso. A partir de ahí, comenzaron a cenar juntos, por lo general comida basura —hamburguesas, perritos calientes, grasientas pizzas...—, mientras veían en el proyector alguna peli antigua. Entonces una noche no volvió. Después de mucho esperar, Elia acabó yéndose a la cama sin cenar y con un nudo en el estómago. Estaba por creer que a Piloto le había pasado algo cuando apareció por fin la mañana del tercer día, hecho un trapo, con más información de la que la periodista había esperado: Renzo Pecunia, los falsos marcados, Nepal y su secreto... Luego, el chico pudo reunirse por fin con sus hermanos adoptivos en el refugio.

—¿Y qué te hace pensar que si la encuentro no acabaré con ella allí mismo? Lo que me ha hecho esa niñata no tiene perdón —dice la Yaya, ensombreciendo más el gesto a cada palabra.

—Después de haber hecho lo que quiera que vayas a hacer en esa mansión, necesitarás salir de la Urbe Alba con seguridad. Eso sólo sucederá si recibo pruebas de vida periódicas. Una vez que tú y tu gente hayáis cruzado el primer paso fronterizo, mi equipo te indicará el punto geográfico en el que deberás entregar a la chica. Si le tocas un solo pelo lo sabré.

—¿Y qué harás?

—Del mismo modo que puedo hacer que seáis invisibles allá arriba, podré deshacer el encantamiento si no cumples con tu parte del trato.

La Yaya taladra con la mirada a Elia con tanta intensidad que la periodista casi puede notar el contacto. Empieza a acusar la tensión. Contener a Agra y mantenerse firme frente a esta odiosa y peligrosa mujer no está resultando nada fácil.

«Todo va a salir bien, aguanta un poco más», se dice.

—Soy perra vieja, Melgar —replica la Yaya, en un repentino e inquietante estado de calma—. Yo ya estaba aquí cuando se desató lo que muchos llaman el accidente biológico. Estaba aquí cuando apareció aquella milagrosa vacuna. Y también estaba aquí cuando nos marcaron como a ganado y nos encerraron en este mundo de mierda. Así que podríamos decir que he vivido lo suficiente para saber que puedo confiar en mi instinto. Y mi instinto me dice que no eres quien dices ser. Que nada te importan Nepal ni las chicas muertas de las que tanto hablas en los medios. Tú lo que buscas es romper el sistema y eso no sé hasta qué punto puede beneficiarme.

Antes de que Elia tenga tiempo siquiera de digerir las palabras de la Yaya, Agra se levanta y se quita el jersey de cuello de cisne que le cubría el torso. La vieja permanece muda y expectante ante la escena. Agra continúa con la camiseta interior y el sujetador. Luego se quita las botas y se desabrocha los pantalones. Continúa en silencio hasta quedar completamente desnuda frente a la madre y, sin decir nada aún, gira varias veces sobre su eje, recogiéndose la larga melena pelirroja hacia arriba con ambas manos, para que pueda observar al detalle la superficie de su esbelto cuerpo.

Casi tan impresionada como la Yaya, Elia tarda en reaccionar, pero acaba dándole el toque de gracia a la madre.

—Tu piel también podría quedar libre de marcas. Y de huellas genéticas. Así nada te impediría cruzar esas fronteras que tanto odias.

La Yaya permanece muda, incapaz de retirar la mirada de esa piel tan lisa y perfecta que poco a poco vuelve a cubrirse de ropa. Un breve espacio de tiempo que a Elia se le hace interminable. Cuando Agra está lista, considera que, con respuesta o sin ella, ha llegado el momento de marcharse.

—Y ahora, si nos lo permites, se hace tarde y nos queda mucho que hacer. Tienes tiempo para considerar mi propuesta. En la nota encontrarás un número de contacto que permanecerá activo veinticuatro horas. Transcurrido ese plazo, mi oferta caducará.

Las dos mujeres echan a andar hacia la salida, pero no logran dar más de tres pasos. Uno de los matones de la Yaya se cruza en su camino. Elia siente un pinchazo en el estómago y empieza a temerse lo peor cuando escucha de nuevo la voz de la madre a su espalda.

—Vuélvete, Melgar.

Elia se vuelve despacio, sintiendo como la adrenalina hace vibrar todo su cuerpo. Agra permanece de espaldas, atenta a los movimientos del matón.

—Trato hecho. Nepal para ti. El resto para mí —dice tratando de disimular el impacto que ha generado en ella la oferta—. Y cuando digo el resto me refiero también a eso.

Señala a Agra, para que no quepa duda de que está pidiendo que eliminen también las marcas de su cuerpo.

—Perfecto. Recibirás toda la información que necesitas en las próximas horas.

Elia se dirige de nuevo a la salida y, con el ánimo renovado, esquiva al matón que se interpone en su camino. Agra la imita. Antes de abandonar la oscura sala en la que han sido recibidas, la periodista se detiene un instante.

—Y, Yaya, ahora que el asunto de Nepal se ha solucionado, me sería de gran ayuda que los críos volvieran a estar bajo tu protección.

Ni siquiera han llegado al ascensor cuando Elia y Agra oyen la orden de la madre.

—¡Corred la voz! ¡Que a nadie se le ocurra tocar a mis niños!

Elia no supo la verdad hasta que su madre murió. Fue al recibir su herencia, una humilde casa en un barrio residencial de Bruselas. Dentro de la casa, un trastero atestado de objetos inservibles. Dentro del trastero, una vieja maleta de cuero. Dentro de la maleta, una carpeta repleta de recortes de prensa, unas gafas rayadas, una pluma estilográfica oxidada y un cuaderno Moleskine con las tapas negras y los bordes de las hojas amarilleados por el roce de los años. En la primera página de ese cuaderno, un nombre: Noé Sabin. Su padre.

Aquel diario ayudó a Elia a hacerse una idea de cómo era aquella figura invisible que la había acompañado toda su vida, de cuáles eran las aspiraciones y lamentaciones del hombre a quien sólo conocía a través de fotografías de juventud. Gracias a aquellas páginas pudo entender por qué su padre las abandonó antes de que ella naciera. Su última incógnita, la causa de su muerte, apareció entre los múltiples recortes de prensa.

El genetista que salvó a la humanidad.

Ascenso y caída de un científico brillante.

Noé Sabin, arrestado por alta traición.

El cuerpo de Noé Sabin encontrado sin vida en su celda. Fuentes oficiales confirman el suicidio.

Y tras la muerte del hombre que salvó a la humanidad de su mayor crisis, una guerra de acusaciones entre la ONU y el ejecutivo de la recién rebautizara Nueva Iberia.

La comunidad internacional sospecha que Noé Sabin fue asesinado.

Tras el hallazgo de la maleta, Elia tardó unos días en completar el puzle y, cuando por fin unió todas las piezas, tuvo la certeza de que su vida acababa de dar un giro de ciento ochenta grados. De pronto ya nada le interesaban el doctorado que tantas horas de sueño le había robado ni los planes de futuro que había ido diseñando milimétricamente durante años. Desde entonces, hacer justicia y limpiar el nombre de su padre serían el principal motor de su vida.

Suerte que Bego, su querida Bego, decidió acompañarla. Sin ella no habría podido llegar tan lejos. Sin ella, las pesadillas que la atormentaban habrían acabado devorándola.

Soñaba casi cada noche con los instantes posteriores a la muerte de su padre en la frialdad de su celda. La escena no siempre era igual, pues Elia no tenía ni idea de cómo era el lugar en el que lo mantuvieron preso. A veces lo que veía era un cubículo con paredes de metacrilato. En otras ocasiones, la celda se reducía a una colección de barrotes y restos de orina y heces en el suelo de cemento. El único denominador común existente un episodio onírico tras otro era aquel hombre sin rostro, muerto en el centro de la estancia.

En sus sueños, a veces el hombre pendía del techo, ahorcado, con su cuello estrangulado bien con cordones de zapatos empalmados, bien con jirones de sábanas anudados entre sí. También solía aparecer en el suelo, en medio de un charco de sangre, minutos después de que el cabo afilado de un cepillo de dientes le hubiera agujereado la yugular o con la piel, los músculos, los tendones, las venas de ambas muñecas seccionados hasta el hueso.

Estos últimos meses ha estado tan ocupada, tan obsesionada con hacer justicia, que la sombra de su padre no ha estado atormentando sus sueños. Hasta la pasada noche, cuando, tras su visita a los suburbios, se quedó dormida pensando en cómo iba a ayudar a su propósito ofrecerle en bandeja a la Yaya a ese inmaculado a cambio de la chica. Volvió a soñar con la celda. Y con el hombre sin rostro. Pero en esta ocasión el hombre, pese a estar muerto, caminaba en círculos, descoyuntado, por el pequeño espacio en el que estaba encerrado. Elia le hablo: «Papá. Papá, soy yo, Elia». Intentó acercarse a él, pero los barrotes se lo impidieron. Volvió a hablarle, esta vez llamándolo por su nombre: «Noé. Noé Sabin, ¿me oyes?». Y cuando empezaba a creer que aquel cadáver andante no podía escucharla, de pronto frenó en seco sus pasos, dirigió su rostro pálido y huesudo hacia ella y gritó: «¡Déjame en paz!».

Ahora, mientras aguarda a que Dante Hermo regrese a su lado con los dos cafés para llevar que acaba de comprar en una cafetería, tan cara como rancia, gestionada por asistentes virtuales, se pregunta quién gritaba a quién. ¿Le imploraba su padre que se olvidara de todo y dejara en paz su memoria o era ella misma, a través de la garganta de Noé Sabin, quien pedía a la desesperada que todo acabara cuanto antes?

—Solo largo. Le han añadido un toque de vainilla, espero que no te importe —dice Dante, tendiéndole un vaso de bioplástico humeante.

—Tranquilo, no me apetece demasiado. Sólo lo he pedido para acompañarte.

Elia no tiene ganas de hablar, y menos rodeada de los estirados purasangres que habitan la Urbe Alba, el lugar que más detesta sobre la faz de la tierra. Pero el gerente del BCF, un noma de primera categoría, se ha negado a regresar al barrio obrero, así que a ella no le ha quedado más remedio. Parece que tiene algo importante sobre lo que hablar.

Harta de esperar, decide ir al grano:

—¿Y bien? ¿Habéis averiguado algo? —pregunta.

—Aún nada. Pero estamos en ello.

—Entonces ¿para qué querías verme?

Dante avanza ahora unos pasos por delante de Elia. A ambos lados de la vía, decenas de escaparates virtuales ofrecen todo tipo de objetos de lujo. Ambos ignoran a los hologramas que intentan atraerlos para que gasten su dinero.

—¿Cómo lo supiste?

—¿Cómo supe el qué?

—¿Cómo supiste que el cuerpo de Vera Sena acabaría en ese crematorio clandestino en el Sector Obrero Noroeste?

Elia no esperaba esa pregunta. ¿Para eso la ha hecho venir hasta aquí? ¿Para preguntarle por Vera Sena? ¿Para averiguar si guarda más sorpresas bajo la manga? ¿O ha sido por...?

—Tengo mis fuentes —responde ella, que no piensa decirle que fue Cas, su topo en el BCF, quien le dio la primera pista.

—Y por supuesto no vas a compartirlas conmigo.

—¿Como tú compartes conmigo tus propias averiguaciones?

—No te he contado nada porque aún no tengo nada que contar —se defiende Dante.

—Ya... —dice Elia, deseando darse la vuelta para regresar a casa. Ha sido un día muy largo y no le apetece seguir perdiendo el tiempo. Pero en lugar de marcharse sin más, decide darle a Dante lo que ha venido a buscar—: Tranquilo, nadie sabrá que incineraste allí a tu mujer.

El gerente se atraganta al oírla. Antes de volver a hablar, se aclara la garganta.

—Elia, si esa información trascendiera yo...

—Lo digo en serio. Nadie lo sabrá —lo interrumpe la periodista—. Sirva esto para demostrarte que puedes confiar en mí.

Sin apartar la mirada de los ojos de Dante, Elia se bebe su café de un trago. Luego lanza el vaso a una papelera que hay a varios metros, pero yerra el tiro.

—Lástima —dice—, aunque no creo que importe demasiado que se quede ahí. Seguro que en menos que canta un gallo aparece un noma de tercera que, por una miseria, recogerá el vasito y sacará brillo al sitio en el que ha caído.

Ahora sí, Elia se marcha. Conforme se aleja, imagina a Dante a su espalda, plantado en el mismo sitio, aún más inquieto que cuando llegó.

¿Quién anda ahí? Ah, eres tú.

Sí, es cierto, he estado ausente unos días, pero qué quieres que te diga, yo también tengo una vida, ¿sabes? Y mis propios problemas. Asuntos que resolver, y, como comprenderás, no es natural, ni cómodo, ni refrescante llevarte conmigo a todas partes. ¿Qué eres? ¿Mi lapa? ¿Mi sanguijuela? ¿Mi madre?

En fin... Olvídalo. Es que estoy preparando algo gordo, ¡la traca final!, y no quiero reventarte la sorpresa.

Antes de nada, para ir poniéndote al día, has de saber que el número de muertes en las calles ha bajado. Desde que la madre volvió a acoger bajo su protección a esos mugrientos críos, los carroñeros —y, por supuesto, también yo— están menos atareados. Sin embargo, ahora hay mucho, muchísimo más ruido. En todas partes, desde los sectores obreros hasta el último de los suburbios, las calles gritan enfervorecidas.

Como sabes, la indignación comenzó con aquellas

imágenes de la chica noma, ¿cómo se llamaba?, ah, sí, Vera Sena. ¡Que Dios o el Diablo la tengan en su gloria! Como te decía, comenzó con las imágenes de un tipo aficionado a los muertos haciéndole el amor con pasión al cadáver de Vera Sena. Pero la cosa no quedó ahí. Tal y como Elia Melgar y su gente habían planeado, luego llegaron más vídeos, de esa joven noma y de otras muchas mujeres. Y fotografías. De cadáveres maquillados y arreglados, listos para que cualquier entusiasta de la necrofilia lubricara con fruición sus orificios y se diera un banquete de sexo. De cadáveres vaciados, simples fundas de piel, músculo y hueso —a veces ni eso— esperando su turno para ser incinerados. De trozos de cuerpos descuartizados junto a fogones, ¡sí, fogones!, preparados para ser cocinados al gusto de los más exquisitos paladares. ¿Te imaginas? «¿Qué tomará hoy, señor?» «¿Qué me recomienda?» «Mmm... Si me permite el atrevimiento, le aconsejo unas manitas de infante cocinadas a fuego lento para abrir boca y, como plato principal, una quiche con mucho corazón.»

Y en esas imágenes, muchas, diría que demasiadas, caras conocidas. ¿Qué es esto? ¿Una moda? Pero ¡¿es que nos hemos vuelto locos?! Banqueros, políticos, artistas, empresarios... Un buen puñado de purasangres con nombre y apellidos que, desde que las imágenes se hicieron públicas, no han osado salir de sus escondites. Hay quienes se declaran arrepentidos a través de comunicados en las redes. Los hay también que se defienden diciendo que fue una travesura sin importancia. Sin embargo, aún no ha habido dimisiones en el Gobierno. Ni siquiera un solo arresto por parte de la Guardia Nacional. ¿Las razones? El Ejecutivo insiste en que no ha quedado probado que las imágenes que circulan por las redes y las calles sean auténticas.

Así que imagina el impacto que está teniendo el escándalo lejos de los barrios nobles. Alzamientos en los sectores noma. Alzamientos también en los suburbios, donde un poco de comida y unas sencillas instrucciones llenaron las calles de jovencísimos pregoneros que describían las atrocidades de los purasangres a la vez que iban repartiendo carteles con las crudas imágenes. Protestas, gritos, gritos, gritos, ¡gritos!, piquetes, explosiones, coches y contenedores ardiendo... Ataques en los pasos fronterizos. Una revolución en toda regla en la que, por primera vez en más de cinco décadas, los habitantes de las distintas ciudades de la nación han olvidado sus diferencias para luchar, a su manera, contra un enemigo común: los moradores de los barrios altos, esos privilegiados que de pronto ya no tienen tanto derecho a estar donde están.

Y en este punto nos hallamos, aguardando expectantes el siguiente movimiento de cada uno de los protagonistas de esta historia. Porque mientras la periodista y su gente se quedan poco a poco sin estrategias, el gobierno ha decidido recurrir a viejas artimañas para recuperar el control.

«No. No estoy aquí para ayudarte a ver la luz. Tampoco para insuflar a tu espíritu valor y coraje. Ni para empujarte a que salgas a recuperar aquello que te pertenece. Tú NO eres una víctima del sistema, sino una más de sus piezas. Cumples las normas sin cuestionártelas. Malduermes, malcomes, malvives. Y así, un día tras otro y otro y otro. Con tus actos aceptas y consientes.

»Te jode que tu mísera vida sostenga la de quienes lo tienen todo. Te jode, pero no haces nada al respecto. Te quedas ahí, inmóvil, impasible, porque, aunque te niegues a admitirlo, en el fondo te consuela que bajo tus pies, allá donde van a parar tus desechos y los frutos de esa constante inacción sobre la que aposentas tu vida, haya otros muchos, muchísimos, que están aún más jodidos que tú. [...]»

—Por favor, apártense, puede ser peligroso.

Obedeciendo a los agentes, Elia Melgar se echa a un lado. Mientras ella continúa con la noticia, Piloto se encarga de lanzar un nuevo dron para no perder detalle de lo que ocurre en la zona que está siendo acordonada.

—Ese holograma emergente que, como ven, en unos instantes será desactivado por la Guardia Nacional, es uno de los cientos que han aparecido en las últimas horas por todas las calles de la capital, Urbe Alba y suburbios incluidos. Por el aspecto de la silueta, la ciudadanía ha apodado al protagonista de tan atípica forma de protesta la Sombra, un ente creado, según dicen muchos, para asaltar y despertar nuestras conciencias. Por ahora nada se sabe de la autoría de estos misteriosos mensajes holográficos, que se suman a la también anónima campaña en contra de la constante desaparición de cadáveres en las ciudades del país. Lo único que parece claro es que, de marcados a nomas, se está produciendo un contagio masivo de indignación que ya se ha colado en la mayoría de los hogares de la nación. Informando para la Agencia EFE, como siempre a pie de calle, Elia Melgar.

Cuando termina, la periodista indica a Piloto que ya puede guardar los diminutos drones de vigilancia. Por un momento ha creído que la Guardia Nacional iba a interrumpir la retransmisión. Supone que no lo ha hecho para no seguir avivando la ira de las masas. Elia retransmitía en directo y un ataque tan flagrante a la libertad de prensa habría resultado contraproducente, incluso en un Estado en el que este supuesto derecho nunca ha gozado de la salud que merece. Por hoy, su trabajo para la agencia ha terminado y no tiene pensado hacer nada más, salvo darse un pequeño descanso en compañía del chico.

—¿Te apetece una hamburguesa? —propone.

—Justo eso me pedían las tripas —dice Piloto, con una sonrisa de oreja a oreja, mientras inactiva el último dron.

—Bueno, pues a ver si encontramos algo abierto, porque con todo este lío...

Una videollamada la interrumpe. Y es importante. Para evitar miradas indiscretas, Elia se refugia en un callejón, seguida por Piloto.

—¿Cómo vas? —pregunta.

—Perdona el retraso, no he podido escaquearme hasta ahora —dice Cas. Se lo ve agobiado. Hace semanas que quiere largarse del BCF y Elia se lo impide.

—¿Tienes algo?

—Nada, lo siento. ¿Estás segura de que la información que buscas se guarda aquí? Ya sabes que tienen decenas de laboratorios. Puede que...

—Cas, créeme, está ahí —lo interrumpe ella—. Tiene que estarlo.

No puede decirle a Cas cómo lo sabe, pero lo sabe. Según el diario de su padre, las investigaciones con la Púrpura se llevaron a cabo en los sótanos del BCF, de forma casi simultánea con el proyecto Generación Cero. El mismo Zigor Mandel las realizó.

—Elia, no seas cabezota. Tenemos los estudios preliminares sobre el genoma de Agra y horas y horas de grabaciones de su tratamiento para revertir el efecto de la púrpura en su piel. Y ahora también tenemos a esos niños. Estoy documentándolo todo de nuevo.

—No es suficiente, Cas. Necesito esos archivos —insiste la periodista una vez más, sin plantearse que su obsesión puede estar poniendo en riesgo a su compañero.

Cas está a punto de añadir algo para convencerla, pero finalmente desiste. Para qué, si sabe cuál va a ser el resultado de su esfuerzo. Así que vuelve al motivo por el que la ha llamado con tanta urgencia.

—Vale, no discuto más. En realidad te llamaba por otro tema. ¿Has intercambiado algún tipo de material o algún objeto personal con Dante Hermo?

Elia se pone alerta de forma automática.

—No, que yo sepa. Nos hemos visto tres veces, pero nunca le he entregado nada.

—¿En sitios públicos? ¿Una cafetería o un lugar por el estilo?

—La primera vez, un puesto callejero. Luego, sólo paseos. Esta mañana hemos comprado café para llevar. —Al decir eso tiene la sensación de haber resuelto un misterio—. Pudo haberse llevado mi vaso.

—Pues ten mucho cuidado con él. Esta tarde me ha traído una muestra biológica y me ha pedido que extrajera el mapa génico del donante. La muestra es tuya.

Punto número uno: ¿por qué coño Dante le ha robado su ADN? La única respuesta que se le ocurre es que de alguna forma ha averiguado que su verdadero nombre no es Elia Melgar y pretende descubrir su verdadera identidad. Duda mucho que su mapa génico esté en las bases de datos del Gobierno, puesto que ella no nació en Nueva Iberia. Pero sí que están las de sus padres y sus abuelos. Y punto número dos:

—Cas, ¿cómo sabes tú que la muestra es mía?

—¡No me jodas, Elia! ¿De verdad creías que iba a poner mi culo en peligro sin saber quién eras?

Un escalofrío recorre la espina dorsal de la periodista.

—¿Lo saben los demás?

—No. A ellos te los ganaste sin más. Lo que me lleva a decirte que cuando acabemos con este asunto me gustaría hacerte algunas preguntas. Tu padre ha sido todo un referente para mí. Lo sigue siendo. Y lo que hicieron con él no tiene nombre.

Inquieta por el rumbo que ha tomado la conversación, Elia mira a su alrededor para comprobar si hay alguien cerca. A lo lejos, decenas de mirones observan tras las vallas cómo la Guardia Nacional elimina el holograma agitador de masas. No parece que nadie esté pendiente de ellos, sin embargo, algo mosquea a la periodista y Cas se da cuenta.

—¿Va todo bien ahí?

—Eh... No estoy segura. ¿Te importa que sigamos hablando luego?

—Claro que no, pero ten cuidado —le pide el genetista, visiblemente preocupado de pronto.

Piloto, que lleva rato cubriéndole las espaldas y atento a todo cuanto ocurre alrededor, la informa en cuanto corta la conexión.

—Han llegado más periodistas.

—Ya lo veo —dice Elia—. Y no de cualquier tipo. Es la prensa gubernamental.

—¿Qué significa eso?

—Esas hienas sólo aparecen en momentos proclives al Estado y a su presidente. Son expertos manipuladores de la información.

Pero los periodistas no son los únicos que le llaman la atención a Elia. A unos cien metros de la zona acordonada, dos tipos con pinta de estirados acaban de bajarse de un Tesla todoterreno con las lunas tintadas. El vehículo parece blindado. Elia observa a los dos hombres, y deduce que están poniendo al día a alguien que no se encuentra presente. Los sigue con la mirada mientras rodean el todoterreno y se colocan tras él y, cuando está a punto de decirle a Piloto que algo no va bien, una fuerza invisible los arroja contra el suelo de espaldas en medio de un fuerte estruendo.

El tiempo desaparece. Se apagan sus sentidos. Al cabo de unos segundos, Elia reacciona.

—Mierda... Joder. Piloto, ¿estás bien?

Al principio no logra ver nada en medio de la densa humareda que lo ha engullido todo.

—Sí, estoy bien —responde el chico, bastante más afectado por el impacto—. Aunque creo que me he cargado uno de los drones. Lo he aplastado al caer —dice, y respira con dificultad mientras intenta cambiar de postura—. Mierda, Elia...

—¿Qué? ¿Qué te pasa?

—Podríamos haberlo grabado —se lamenta Piloto.

—También podríamos haber acabado hechos añicos, ¡así que cierra la boca, mocoso! —lo reprende la periodista.

Elia se levanta no sin esfuerzo y, tras comprobar que sólo tiene unos rasguños, se acerca a Piloto y lo ayuda a liberarse. De alguna forma, el crío ha acabado debajo de una de las vallas de la zona acordonada.

—¿Qué ha ocurrido?

—Ni idea, pero creo que es muy probable que hubiese un explosivo dentro de la chapa holográfica y que lo hayan activado al manipularla —responde Elia.

—Uau, cómo mola.

—¿Eres imbécil o qué?

—Perdona, nunca había visto nada tan espectacular. ¿Habrá algún muerto?

—Me temo que sí —se lamenta la periodista, obviando la morbosa actitud de Piloto—. Anda, comprueba si ha sobrevivido el fisgón, vamos a necesitarlo.

Elia se da cuenta de que ambos estás hablando demasiado alto. Tiene un pitido sordo en los oídos que empieza a resultarle doloroso. Ahora que la humareda comienza a disiparse, sus ojos pueden captar más detalles del dantesco escenario que los rodea. Hay confusión. Y lamentos. Hay gente herida en el suelo. Y gente que camina sin rumbo, desorientada, con la ropa hecha jirones y la cara teñida de espanto. Hay sangre. Y restos humanos no demasiado lejos de donde se encuentran.

Y mientras este drama acontece, la prensa gubernamental y los tipos estirados del todoterreno vigilan con atención.

—Parece que funciona. ¿Lo lanzo? —pregunta Piloto.

—No, tú no. Nosotros nos vamos.

—Pero...

Elia tira del brazo del chico y lo obliga a seguirla mientras hace una breve llamada. Piezas responde de inmediato.

—¿Sabes que aún no he logrado averiguar quién ha puesto en circulación esos hologramas?

—Pues una de dos: o ha sido el Gobierno o lo ha hecho un incauto que no tiene ni idea de que el Gobierno ha decidido usar su magnífica idea para darle la vuelta a la tortilla.

Elia explica brevemente a Piezas lo que acaba de pasar.

—El chico y yo nos largamos —dice—. No quiero que se me relacione con esto, así que te dejamos a cargo del fisgón. Quiero imágenes del lugar de la explosión y del vehículo negro y sus ocupantes, a ver si averiguamos algo.

—A mandar.

La conexión se corta y, en un abrir y cerrar de ojos, el fisgón abandona la palma de la mano de Piloto y se hace invisible. El chico se queda pasmado buscando la diminuta máquina voladora.

—Piloto, nos vamos.

—Pero...

—He dicho que nos vamos. Es peligroso para nosotros estar aquí.

De camino hacia su moto, Elia asimila lo que acaba de ocurrir. No le cabe duda de que el Gobierno está detrás de la explosión; ha hecho cosas peores en los últimos años para controlar a la población, así que esto no la pilla por sorpresa. Aunque debe admitir que la estrategia es inteligente. La mejor forma de reconducir el desmadre nacional que Elia y los suyos han provocado es convirtiéndolos a ojos de la opinión pública en terroristas. No importa que ello suponga sacrificar un puñado de vidas.

Esto significa que se les agota el tiempo. Si Cas no encuentra lo que buscan cuanto antes, las cosas se van a poner realmente feas para ellos.

«Las imágenes, emitidas en exclusiva por el programa *Informe Nacional*, muestran las dramáticas consecuencias de la explosión. Según fuentes oficiales, hasta el momento son cinco las víctimas mortales, tres de ellas pertenecientes a la Guardia Nacional y las otras dos, vecinos del Sector Obrero Este. El número de heridos, seis de ellos en estado crítico, ronda la treintena.

»En un comunicado oficial, el presidente del Ejecutivo central ha condenado con dureza este acto de terrorismo y ha decretado dos días de luto oficial en memoria de las víctimas.

»Asimismo, el director general de la Guardia Nacional ha informado de que los últimos acontecimientos, no ha especificado cuáles, serán objeto de investigación por parte de la Unidad Especial Contra el Terror. "Tengan por seguro que trabajaremos sin descanso para dar lo antes posible con los autores de tan lamentables hechos."

»Al cierre de su intervención, el director general de la

Guardia Nacional ha querido mandar un mensaje de tranquilidad a la población. Desde esta misma tarde, la presencia policial y militar se hará más patente en las calles de toda la nación, especialmente en los barrios sensibles. Finalmente, ha hecho un llamamiento a la ciudadanía: "También se ruega a la población que, si alguien ha visto u oído algo referente a los actos vandálicos y terroristas que se han venido repitiendo sin cesar en las últimas semanas, lo notifique a la mayor brevedad a través de los contactos que les facilitamos a continuación."

»Y esto es todo de momento, aunque el Gobierno no descarta que las medidas se recrudezcan si la violencia sigue reinando en las calles de la ciudad. Informando para la Agencia EFE, desde el Palacio de Justicia, Elia Melgar.»

—En serio, creo que esto se nos está yendo de las manos —dice Alekos, dispuesto como siempre a subir el grado de ansiedad del grupo—. ¿Habéis visto la que se ha liado? Perdón... ¿Habéis visto la que *hemos* liado?

—Alekos, nosotros no pusimos la bomba. Ni tampoco somos los responsables de esos hologramas —replica Agra.

—¿Y qué más da? ¿Es que no te has dado cuenta? Lo están metiendo todo en el mismo saco. Sólo es cuestión de tiempo que averigüen quiénes somos y dónde nos escondemos. ¡Nos llaman terroristas, joder!

—¿Quieres tranquilizarte? ¿Qué esperabas, que hablaran de nosotros como héroes? Repito: nosotros no pusimos la bomba —dice Agra, marcando una a una cada palabra—. Además, hemos sido muy cuidadosos y, salvo que alguno haya metido la pata, o hablado con quien no debía, no tiene por qué pasar nada. Después de todo, lo único que hemos hecho ha sido publicar unos vídeos y unas fotos. ¿Verdad, Piezas?

Piezas no responde. Tiene los ojos atornillados a la pantalla desde hace rato y permanecerá así hasta que encuentre lo que busca. Cas no regresó ayer al refugio después de su turno en el BCF y, ante la ausencia de noticias, el equipo se teme lo peor. Desde anoche, la mujer busca sin descanso alguna pista que los ayude a dar con él.

—Míranos, si apestamos a culpabilidad —continúa Alekos—. Un Generación Cero exiliado, una marcada sin marcas y una inmaculada lisiada y tarada viviendo juntos en un búnker antiaéreo de la época de la guerra civil con dos críos de los suburbios que tienen las manchas a medio borrar. No, esto no puede salir bien, os lo digo yo.

—¡No, no y no! ¡Estás haciendo trampa, Espiga! ¡Ya no quiero jugar más a esto!

La voz lejana de Croqueta se cuela en medio de las quejas de Alekos, una interrupción que incrementa aún más si cabe su crispación.

—Y encima estos malditos niños... ¿Es que no saben lo que es estar un poco en calma?

—Déjalos en paz —los defiende Agra—. Son niños, tienen que jugar. Eres tú quien no para de dar por culo. A veces me pregunto qué coño pusieron en tu ADN para hacerte tan especial. No eres más que un niñato quejica e impertinente que no tiene ni idea de cómo es el mundo de verdad.

—¡Chist! ¡Callaos de una vez! ¡Necesito concentración!

Como siempre que Piezas pone orden, se hace el silencio. Algo zarandeado por lo que Agra acaba de soltarle, Alekos se acerca a la diminuta mujer biónica con aire conciliador y se sienta a su lado.

—¿Tienes algo? —pregunta aclarándose la voz.

—No, nada —responde Piezas, hecha un ovillo en su asiento—. Se ha esfumado sin dejar rastro y... Alekos, como se te ocurra empezar de nuevo con lo improbable que es que Cas siga con vida, esta lisiada va a quitarse una pierna y a golpearte la cabeza con ella.

—Está bien, tranquila. No digo ni mu —se defiende el Generación Cero.

Mientras la búsqueda continúa, Agra mira hacia el angosto pasillo. Croqueta y Espiga juegan en la sala contigua, un claustrofóbico espacio abovedado con paredes de ladrillo construido en su día para salvar vidas. No es lugar para dos niños, pero a ellos, felices desde que fueron rescatados, no parece importarles lo más mínimo. Es posible que tengan mucho que ver las tres comidas al día que reciben, la ropa calentita con la que los han vestido y el puñado de juguetes que tienen a su disposición. ¿Qué pasará con sus tratamientos si Cas no regresa? Todavía quedan semanas de dosis para que las manchas remitan por completo. Y luego está la chica. ¿Qué va a ocurrir con ella? Ha sufrido mucho y, si la cosa sigue complicándose, será difícil encargarse de su situación. Cuando piensa en la de vueltas que da la vida... La niña mimada de la Yaya, la protegida, la destinada a sucederla, a heredar todo su poder, convertida en una paria, en una proscrita sin salida ni esperanza.

Unos pasos se acercan por el pasillo de entrada y Alekos y Agra se sobresaltan.

—Tranquilos, es Elia —informa Piezas sin mover la vista de la pantalla holográfica.

La periodista aparece segundos después en compañía de Piloto, que, tras un fugaz saludo, corre en busca de Croqueta y Espiga. Los tres críos forman tal algarabía que los adultos aguardan a que se calmen para hablar.

—Acabamos de verte en las noticias —dice Alekos.

—Grabé la pieza hace un par de horas. Tenía una reunión importante después —explica Elia, que parece cansada—. ¿Hay noticias de Cas?

—No —responde Piezas.

—Sigue buscando, por favor.

Elia cruza el umbral de la sala y se deja caer en un desvencijado sillón cuyas tripas se quejan al recibir su peso.

—Bien, esto es lo que hay —continúa—. Las cosas van a ponerse feas y ha llegado el momento de tomar algunas decisiones. He hablado con mi contacto en Bruselas y me ha dicho que es posible sacarnos de aquí en una semana. Alekos y Piezas, vosotros sois libres de decidir si voláis u os quedáis, pero tened muy en cuenta que es probable que no vuelva a presentarse una oportunidad como ésta.

Al primero no le hace falta pensárselo.

—Yo voy —dice.

Piezas, en cambio, permanece en silencio, a lo suyo,

sin que parezca importarle lo más mínimo su futuro a corto plazo. Elia prosigue:

—Bien. Pronto tendré más detalles de...

—¿Por qué sólo ellos dos pueden decidir? —interrumpe Agra, desconcertada.

—Tu caso es distinto. Tendrás que viajar con los dos críos —explica Elia—. A falta de documentación oficial, vosotros, junto con las investigaciones y grabaciones de Cas, seréis la prueba viviente de lo que ha hecho el Gobierno en este país.

Elia vuelve a lamentar no haberse decantado por esta opción cuando el genetista se lo propuso. Si lo hubiera hecho, ahora estaría aquí, con el equipo. A salvo.

—¿Saben los niños que...?

—Aún no —responde Elia antes de que Agra pueda concluir su pregunta.

—Piloto no va a tomárselo muy bien.

—De Piloto me encargo yo, no te preocupes —dice, dando a entender que la cuestión está zanjada.

—Te dejas un fleco suelto —interviene Alekos—. La chica. No has dicho nada de ella.

—No he dicho nada porque no hay nada que decir. En su estado no puede volar y, aunque pudiera hacerlo, no somos responsables de ella. Como mucho puedo intentar que su vida aquí sea lo menos gravosa posible.

No comenta nada acerca de Piloto. En teoría está en la misma situación que la chica, pero sólo en teoría. Le ha cogido tanto cariño estas semanas que no piensa dejarlo tirado. Puede que intente llevárselo si a ella también le llega la hora de abandonar el país.

—¿Dónde está Nepal? —pregunta al cabo de unos segundos.

—Al fondo, en la última sala —responde Agra.

—¿La tenéis encerrada? ¿Se encuentra bien?

—No a la primera pregunta. Y no a la segunda —dice Alekos.

—La chica está muy afectada por lo ocurrido. No hay forma de levantarla de la cama —añade Agra, visiblemente preocupada por los cambios que se avecinan.

—Pues va a tener que espabilar un poco porque no la hemos traído aquí para nada —remata Elia, que da por concluida la sesión informativa y se levanta para dirigirse a la habitación de Nepal.

«Y en otro orden de acontecimientos, el cuerpo del inmaculado Renzo Pecunia ha sido hallado esta madrugada en su mansión del barrio alto de la ciudad con claros signos de violencia. Pecunia, que se beneficiaba de la inviolabilidad otorgada a los niños vacuna que salvaron a la humanidad de la extinción, había sido relacionado en numerosas ocasiones con las mafias de los barrios bajos de la ciudad. Y aunque nunca quedó nada probado, su relación directa con la mayoría de los centros de parafilias de la ciudad era un secreto a voces.

»A falta de una investigación a fondo, la Guardia Nacional relaciona su muerte con un ajuste de cuentas. Además, fuentes no oficiales nos informan de un dato espeluznante: Pecunia fue hallado sobre una montaña de cadáveres de mujeres y niños que habrían sido preparados para su uso en el mercado sexual.»

—¡Solucionado! —exclama Renata, antes incluso de haber traspasado el umbral del despacho—. Y eso que no ha sido nada fácil. Al principio incluso se negaban a entender que el gerente de esta importante institución no tiene por qué encargarse de una negociación de esas características.

Dante no presta atención a su asistente. Aún sigue dándole vueltas a la noticia que acaba de escuchar. ¿Tendría ese inmaculado algo que ver con el asesinato de León? ¿Era él el propietario del cuerpo de su hermana? ¿Era de su propiedad aquel implante monetario? Si fuese así, puede que ahora resulte más fácil establecer una conexión entre el robo del cadáver de Río y los empleados del Banco que lo facilitaron.

—Por el amor de Dios, Dante, yo apagando fuegos y tú mirando a las musarañas —se queja Renata—. ¿Has escuchado algo de lo que acabo de decir?

—Perdona, estaba dándole vueltas a un asunto. Creo que...

—Te explico yo primero y cerramos el tema.

—De acuerdo. La huelga de plañideras, ¿no?

—Exacto. Aunque sigo opinando que la profesión se ha quedado obsoleta, he de reconocer que tuviste una gran idea —expone la asistente, con el ánimo recuperado—. Han aceptado. Las condiciones: tres por ciento de aumento de sueldo y pasar a formar parte del paquete básico de las sublimaciones colectivas. Están entusiasmadas con esta nueva línea de negocio, y no es para menos. A cambio, ellas se comprometen a no intervenir en ninguna otra ceremonia, salvo que el cliente solicite expresamente su servicio, y acceden a la jubilación anticipada de un treinta por ciento de la plantilla sin exigencia de nuevas contrataciones. ¿Qué te parece? ¿Todo correcto? ¿Mando que preparen la documentación para que la firmen las partes?

—Sí, por supuesto. Buen trabajo, Renata.

—Y ahora, ¿qué era eso a lo que andabas dando vueltas? ¡Ah! Por cierto, no te vas a creer a quién acabo de ver entrar en la sala dos para una sublimación privada.

—¿A quién?

—A tu querida periodista.

Dante se levanta del sillón y va directo hacia la puerta sin dar explicaciones. Puede que no sea el mejor momento, pero tiene que hablar con Elia, necesita averiguar por qué lleva varios días evitándolo.

Siempre ha creído que la culpa era una emoción inútil. Un sentimiento complejo que nace del motivo más insignificante y que, como un cáncer, devora el raciocinio y acapara el pensamiento haciéndolo rodar una y otra vez por el mismo puñado de ideas, por las mismas palabras, pronunciadas o calladas, por los mismos recuerdos. Un lastre insoportable capaz de impedir que la máquina de la resolución de problemas, la corteza cerebral, haga su trabajo y encuentre alguna respuesta coherente, una vía plausible para solucionar el desaguisado, en definitiva, algo que aleje al cerebro de esa pesarosa e insoportable inmovilidad en la que ha quedado sumido irremediablemente.

La culpa sólo sirve para una cosa: para sentirse culpable.

Y Elia lo sabe.

Cuando la llamaron del BCF para comunicarle el fallecimiento de un ser querido, ni siquiera necesitó escuchar su nombre. No cabía duda, era ella. Su único ser querido. Por un momento estuvo tentada de rogar que devolvieran el cuerpo a cualquiera que fuera el rincón oscuro donde había sido hallado. Acto seguido, odió con todas sus fuerzas al carroñero que la había sacado del agujero que ya le servía de tumba. Odió al conductor del furgón que habría abonado la tarifa estándar —mujer, toxicómana, en estado de rígor mortis, cuerpo prácticamente inservible— antes de guardarla en la cámara frigorífica para trasladarla al Banco. Y odió también a la persona que estaba al otro lado del teléfono informándola. ¿Para qué tomarse tantas molestias con alguien que había decidido dejar a un lado toda la luz de su vida para pasar sus últimos momentos delirando en compañía de las ratas? Sí, lo primero en llegar fue la rabia, pero le duró exactamente lo que duró aquella llamada. Luego llegaron el rechazo y las ganas de huir. No soportaba la idea de enfrentarse a los acontecimientos. Y ese sentimiento se prolongó desde que salió de casa rumbo al BCF hasta que estuvo frente al cadáver en aquella fría sala de reconocimiento.

«Es ella», dijo sin necesidad de mirarla. No hacía falta, conocía demasiado bien la aberrante mezcla del dulce olor corporal de Bego y el asqueroso aroma de la morte. «Una sobredosis», dijo el forense, un tipo con los lóbulos de las orejas colgantes, huérfanos sin los dilatadores. Después Elia no sabe bien si le pidió que callara, que no añadiera más detalles a ese momento, o si por el contrario lo dejó continuar con los pormenores de tan trágico deceso. Lo único que recuerda es haberse quedado sorda y muda, con los ojos clavados en el cartel que indicaba la salida, sintiendo el anestesiante abrazo del alivio.

Sí, se sintió aliviada.

Y no pudo soportarlo.

Se negó a recoger sus pertenencias. Pidió que, salvo que hubiera algo aprovechable para la beneficencia, fueran destruidas. También solicitó que el cuerpo se sublimara a la mayor brevedad.

Así que aquí está, dos horas después de la llamada, sola frente al sublimador en el que introducirán a Bego en unos segundos y aquejada del inútil dolor de una culpa que ha escogido libremente padecer.

La puerta de la sala se abre y, aunque Elia no vuelve la cabeza para comprobar quién es, lo reconoce por el timbre de voz.

—Puedes marcharte, yo me encargo.

Le habla al técnico de la sala, que, algo contrariado, deja la camilla que empujaba hacia el sublimador y abandona la estancia tal y como le han indicado.

Dante abre personalmente la cápsula, empuja la camilla hasta que el cuerpo de Bego yace dentro en la posición correcta y a continuación procede a cerrar y sellar la compuerta.

—¿Estás preparada?

Elia responde con un leve asentimiento. Entonces, Dante se acerca al control y activa el proceso.

«Fase uno: despresurización.»

El gerente permanece a unos metros de la periodista mientras la máquina somete el cuerpo de Bego a bajas presiones y la sumerge en la sustancia encargada de preparar sus tejidos para que puedan ser convertidos en gas. Es Elia quien rompe el silencio.

—No quiero hablar contigo.

—Algo parecido te dije yo cuando me asaltaste en el funeral de mi esposa —replica el gerente—. ¿Ella era tu...?

—Mi mujer... Mi compañera... La gran tristeza de mi vida.

El silencio vaga entre ambos durante unos segundos.

—Siento mucho tu pérdida —dice Dante, sin desviar la mirada de la cápsula.

Elia no responde enseguida. Se pregunta primero si quiere que este hombre oiga como se le quiebra la garganta, como se le desinfla el alma. Finalmente decide que ya nada le importa, y al aceptar esa extraña certeza, de pronto siente que la rabia vuelve a latir dentro de ella.

—He estado a punto de marcharme y dejarla aquí sola —confiesa—, pero no me fío de este lugar. Ya sé que lo que ha quedado de ella es poco más que un saco de piel y huesos, pero cómo podía estar segura de que no iba a acabar en uno de vuestros siniestros laboratorios. Cuanto más lo pienso más cuenta me doy de que éste es el mejor negocio del mundo. La muerte jamás abandona su puesto. Siempre estará ahí para nutriros. El Neurobanco la Unidad de Inteligencia Artificial, el Laboratorio de Análisis y Recreación Genética, las líneas de regeneración de órganos y tejidos... Joder, con vosotros el Gobierno ni siquiera necesita preocuparse por el control de la natalidad en las clases bajas. Cuando llegué a esta maldita ciudad me preguntaba por qué había tantas clínicas abortivas en los barrios obreros y en los suburbios. Luego me enteré de que esas clínicas pagan por abortar, más dinero cuantos más meses de gestación hayan aguantado. ¿Sabes cuántas chicas pasan a diario por uno solo de esos lugares infestos? ¿Sabes cuántas han convertido los embarazos en sus principales fuentes de ingresos? Se paga poco, pero no hace falta demasiado para sobrevivir en esas calles. Y después los frutos de sus vientres acaban aquí, en los sótanos del BCF, para que vosotros podáis continuar con vuestras atrocidades. Es de locos. Y aun sabiendo esto, sigo teniendo la certeza de que se me escapan muchas cosas de lo que ocurre aquí.

—Elia, creo que exageras. Esas clínicas están ahí para dar un servicio a la comunidad. Y en cuanto al Banco, no es ningún secreto que se ha convertido en uno de los mayores centros de investigación y desarrollo del continente, pero lo único que nos diferencia de los del resto de los países es que nosotros tenemos los servicios centralizados. Hay neurobancos y almacenes de material biológico de todas clases distribuidos por el mundo entero. Sin este tipo de centros no habría progreso. No seríamos capaces de sobrevivir a guerras o pandemias. No avanzaríamos jamás. De todos modos no he venido aquí a hablar de eso. Yo... —Dante hace una breve pausa antes de continuar—. Hace días que no tengo noticias tuyas.

—Eso es porque hace días que quiero matarte y no acabo de decidir cómo hacerlo —responde Elia sin pensar.

La periodista mira al gerente del BCF con una expresión helada. El sublimador hace ahora un sonido distinto. Hay que prestar mucha atención para oírlo. Primero es un rumor parecido al de un líquido que escapa por un desagüe. A continuación, como el sellado de una compuerta.

«Fase dos: criogenización.»

—¿Me puedes explicar de una vez qué ocurre? —pregunta Dante, algo exacerbado.

—Hace cinco días un buen amigo desapareció sin dejar rastro justo después de advertirme de que no me fiara de ti. Al parecer le habías pedido que extrajera el mapa génico de una muestra biológica que me pertenecía.

—Cas.

—Sí, Cas.

Dante se acerca a Elia antes de continuar. De pronto le ha parecido que se están poniendo mutuamente en peligro al hablar de este tema dentro de las instalaciones del Banco.

—¿Tenías a un topo en el BCF? ¿Para qué? —le pregunta.

—No me vengas con que no lo sabías. ¿Qué coño has hecho con él?

—¿Yo? ¡Nada! Apenas lo conocía —responde el gerente—. Me pareció un buen tipo, el típico al que puedes encargarle una tarea delicada sin que haga preguntas. En ningún momento sospeché que...

—¿Una tarea tan delicada como analizar una muestra de ADN obtenida sin permiso?

—Maldita sea, Elia. ¿Qué querías que hiciera? No tengo ni idea de quién eres. Te he investigado, y ¿sabes lo que he encontrado? Nada. Lo único que tengo es un nombre y una vida que se pierde cuando escarbas más de tres años atrás en el pasado. ¿Crees que a mí no me avisaron de que vigilara contigo? ¿Cómo esperas que ponga mi carrera en tus manos sin saber si voy a acabar en la cárcel por colaborar contigo? Salvo con lo de esa muestra, siempre he sido sincero.

—Mientes otra vez —lo reta Elia—. ¿Qué me dices de los cadáveres de esos hermanos?

Dante se queda mudo. Claro, el topo de nuevo. Decidió eliminar aquella investigación para evitar que cayera en manos de alguien que ya la tenía en su poder.

—Y no te ofusques demasiado con Cas. Habría conseguido esa información igualmente. Hay una chica, una marcada que ayudó a León a encontrar el cadáver de su hermana. Me ha contado lo de su sangre. Parece, y esto sí que lo sé por Cas, que aquí los llamáis igual que en los suburbios: los falsos marcados. Pero eran mucho más que eso, ¿verdad? Eran dos Generación Cero. Igual que tú.

«Fase tres: sublimación.»

Un vapor blanquecino rompe el azul del cielo al otro lado de la cúpula transparente. Bego está siendo liberada.

—¿Qué sabes tú sobre la Generación Cero?

—Sé que aquí la tecnología CRISPR no sólo se usa para curar enfermedades. Sé que este Gobierno modifica el ADN de la población desde hace más de cuatro décadas. Y también sé que la división por castas de la sociedad es una completa farsa, puesta en marcha usando como excusa la vacunación masiva de la población para acabar con las secuelas del accidente biológico —suelta Elia, irritada—. ¿Estamentos saludables? Y una mierda. Cada una de las personas que habitan los suburbios, ésas a las que llamáis «marcadas» y a quienes en su día arrebatasteis todos sus derechos, llevan exactamente lo mismo en las venas que los habitantes de los barrios obreros y la mayoría de aquéllos a quienes llamáis «purasangres». Y todo eso se hizo aquí, en las entrañas del BCF, antes incluso de que naciera tu estirpe. Proyecto Púrpura, lo llamaron, en honor a las manchas de ese color que aparecían en la piel de la población seleccionada como Clase Tres. Y me juego el cuello a que conoces al gran experto en recreación genética que fue el artífice de la operación.

—Zigor Mandel —confirma Dante.

Elia no responde. Sabe que no hace falta.

—Pero ¿oyes lo que estás diciendo? ¿Quién en su sano juicio se plantearía anular a un setenta por ciento de la población así, sin más? Es... Es... No es más que la invención de una mente dislocada. Y sobre lo de tu amigo, ese tal Cas, búscalo fuera del BCF. Es imposible que esté aquí. Si yo o cualquier empleado del LARG hubiéramos sospechado que era un espía, como mucho lo habríamos denunciado a las autoridades.

La invención de una mente dislocada, repite Elia en su cabeza. No, su padre no era ningún loco, sino una víctima más de un sistema corrupto. Pero ¿por qué malgastar saliva y energía con alguien que no está preparado para escuchar?

—Mira, hoy ha sido un día muy duro para mí —dice Elia al fin—. Necesito un respiro, y estar aquí hablando contigo sobre este tema... No es buena idea. ¿Quieres saber quién soy? Prometo decírtelo si tú haces algo a cambio. Necesito que te convenzas por ti mismo de que estás en el infierno, cosa de la que aún no te has dado cuenta. Si no eres tú el responsable de su desaparición, empieza por Cas. Intenta localizarlo. Me juego la cabeza a que en vuestro registro de entradas y salidas sólo figura la última vez que accedió a las instalaciones. Yo ya sé que ha muerto, no soy imbécil, pero me gustaría que, si sigue aquí, su cuerpo al menos no acabase recibiendo un trato indigno.

Elia se detiene unos segundos antes de decidirse a continuar. Dentro de dos días ella y el resto de su equipo abandonarán el país. Dos días. Después de tres años de búsqueda. Como Cas dijo, tiene todo lo que necesita para convencer a la comunidad internacional de que es preciso intervenir. Hay que obligar al Estado a detener muchas de sus líneas de investigación y a revertir, en la medida de lo posible, el efecto del marcaje poblacional. Sin embargo, no ha podido conseguir su verdadero objetivo: reivindicar el legado de su padre. Ya lo había aceptado, pero ¿y si todavía está a tiempo? ¿Y si Bego, con su muerte, le ha regalado la última oportunidad?

—También te recomiendo que te des un paseo por los archivos del BCF, no creo que siendo el gerente de este sitio te resulte demasiado complicado dar con el historial del proyecto Púrpura. Dedícale un rato, sólo eso. Si nada de lo que encuentras te impresiona, no hace falta que vuelvas a llamarme.

Elia eleva la vista hacia arriba y vuelca la mirada al otro lado de la cúpula transparente en la que desemboca el sublimador. Ya no queda rastro del gas blanquecino, lo que significa que el cuerpo de Bego ha pasado a formar parte de los átomos y moléculas que conforman la atmósfera.

Se dice a sí misma que se acabó, y por un instante el peso de la libertad amenaza con aplastarla de nuevo. A punto está de volver a caer bajo el yugo de la culpa, pero una repentina fuerza interior se lo impide. ¿Culpa? ¿Por qué? ¿Por haber intentado ayudarla hasta la extenuación? ¿Por haber tratado una y mil veces de devolverle algo a lo que aferrarse? ¿Por haber descubierto a tiempo que si no se apartaba, corría el riesgo de hundirse con ella? ¿Por haber elegido vivir?

La culpa sólo sirve para una cosa: para sentirse culpable.

De pronto, percibiendo ahora el alivio de un modo distinto, Elia vuelve el rostro hacia Dante.

—Bueno. Esto ya está —dice.

Se encamina hacia la salida sin añadir nada más y abandona para siempre el Banco Central de Finados con la sensación de haber aceptado la marcha definitiva, no de uno, sino de dos seres queridos.

—Adiós, Bego. Gracias por todo lo bueno que me diste. Y adiós, Cas. Lo siento, lo siento mucho, amigo.

Una sociedad eugenésica, esto es lo que he ayudado a crear con mi trabajo. Ciudadanos de primera, de segunda y de tercera. Un cruel sistema de castas sustentado sobre una gran mentira. Fronteras interiores, identificaciones por sectores... La segregación social ya ha empezado en la capital y pronto se extenderá al resto de las ciudades de la nación.

Si pudiera, volvería atrás. Borraría ahora mismo toda mi existencia si con ello desaparecieran las huellas de mis actos. Le he destrozado la vida a tanta gente que...

No veré nacer a mi hija. Supongo que esto será una de mis penitencias. Mi mujer viaja ya rumbo a Bruselas, donde me han prometido que la mantendrán a salvo. Antes de reunirme con ellas, si es que lo logro algún día, debo recabar cuanta información me sea posible sobre los proyectos Púrpura y Generación Cero. Es el único modo que se me ocurre de expiar mis pecados. Puede que, con ayuda externa, aún esté a tiempo de revertir lo ocurrido.

Extracto del diario personal del doctor Noé Sabin

Míralo, intentando solucionar algo de lo que no es responsable sin saber, sin sospechar siquiera, que la Parca camina desde hace horas junto a él.

Dante está presenciando la última sublimación a la que asistirá en lo que le resta de vida, y le satisface que sea precisamente ésta, una solitaria y silenciosa, también furtiva, ceremonia colectiva. Al principio no supo por qué lo había hecho. Por qué se había empeñado en conservar los cuerpos de los dos hermanos —en su fuero interno siempre serán hermanos—, aun habiendo tenido la oportunidad de deshacerse de ellos limpiamente en varias ocasiones. Llegado el momento, cuando Renata se acercaba para pedir confirmación o permiso, él siempre se echaba atrás alegando cualquier excusa poco creíble. Ahora comprende que debía ser así. Todo empezó con ellos. Y con ellos ha de terminar.

Cuando Río y León, el rabioso y valiente León, comienzan a teñir la negrura de la noche con su densa humareda blanca, Dante saca el reloj del bolsillo, desliza la yema del pulgar por su superficie como si acariciara la aterciopelada mejilla de Mel, lo abre y mira la hora. Es tarde, pero qué más da. Ya ha hecho casi todo lo que tenía que hacer aquí.

El proceso termina y el gerente del BCF abandona la sala en dirección a su despacho sin molestarse en apagar el sublimador. Todo el mundo se ha ido ya, incluso la incombustible Renata; hasta para ella era demasiado tarde.

Renata... La va a echar de menos. Ella será lo único que añore de aquí.

Al llegar a la zona de recepción le extraña que la puerta de acceso se abra directamente, prescindiendo del reconocimiento biométrico. Aun así, no le presta mayor atención al detalle, puede haber olvidado cerrarla al salir, tenía tantas cosas en la cabeza que... Lo que más le preocupa es que ese paquete llegue a tiempo a su destino. Un repartidor lo recogió en su despacho hace casi tres horas, asegurándole que sería entregado a primera hora de la mañana, siguiendo los máximos controles de seguridad.

Avanza a paso tranquilo con el reloj de Mel en la mano, dejando a su izquierda el puesto de la recepcionista parlanchina, demasiado silencioso sin su pomposa melena pelirroja tras el mostrador, y a su derecha la sala de espera en la que León, harapiento y maloliente, solía aguardarlo. A continuación enfila el largo y amplio pasillo hacia su despacho.

Esta noche, Dante dice adiós al Banco Central de Finados. Mañana se despedirá de su casa y, más tarde, de la ciudad. No tiene ni idea de adónde se dirigirá, y poco le importa eso ahora. En lo único que piensa ahora mismo es en llegar a ese despacho que no ha logrado sentir suyo, redactar su carta de dimisión y largarse de este sitio para siempre.

No advierte que hay luz en el interior hasta que se coloca frente al lector biométrico. Antes de que pueda preguntarse si la apagó o no al salir, las puertas se abren.

Como quien vislumbra el rayo y después oye el trueno, lo primero que distingue Dante es el arma, antes de ser consciente de que ya ha escuchado una detonación. Cuando la bala le atraviesa el entrecejo y le revienta la parte posterior del cráneo permanece unos segundos en pie, con el nombre de su verdugo prendido en los labios y una inconfundible mueca de sorpresa.

Él se iba. Él...

Su último pensamiento es para Mel.

En un acto reflejo aprieta el reloj de bolsillo con fuerza y se derrumba, sin haber llegado a saber, sin sospechar siquiera, que la Parca caminaba junto a él desde hacía horas y que lo ha acogido entre sus brazos al caer.

—El terr... El terr...

—El terro...

—El te-rro-ris-ta. El terrorista a-ba... El terrorista a-batido...

—Muy bien, sigue así —lo anima Elia.

—El terrorista abatido planea... Planeaba volv... Volv... ¡No lo entiendo! ¿Por qué quieres que aprenda a leer si hasta ahora me las he apañado muy bien sin tonterías como ésta? —se queja Piloto.

—Pues porque ya no eres uno de esos críos de los suburbios y tienes que aprender a defenderte al estilo de estas calles. Además, necesito poder comunicarme contigo para saber que estás bien.

Elia está más afectada de lo que quiere admitir. Después de haber conseguido asilo político también para él, Piloto ha decidido quedarse en Nueva Iberia. Y la verdad es que no lo ha encajado demasiado bien. El chico se ha convertido en su familia, y no soporta la idea de dejarlo en un país que a cada hora que pasa se desestabiliza más y más. «El bebé me va a necesitar ahora más que Croqueta y Espiga», fue el argumento de Piloto, fruto de su incombustible espíritu cuidador. ¿Y qué podía alegar Elia en contra? Cuando recogieron a Nepal en el barrio obrero, al principio no notaron nada, salvo que la chica, empapada en sangre, se aferraba el vientre con ansiedad. Más tarde, ya en el refugio, dijo que estaba embarazada de siete meses. Para Piloto, descubrir aquello fue un alivio. Por fin entendía las razones de la joven, por fin comprendía por qué motivo había traicionado a la Yaya y dejado a León a merced de la muerte. Tenía algo por lo que luchar, un motivo para salir del agujero en el que había nacido: que su hijo no acabara en manos de la madre de los suburbios. Y Piloto se ha prometido a sí mismo proteger a la futura madre y a su bebé de la Yaya, y de cualquier peligro que pueda acecharlas, hasta que Nepal se valga por sí misma.

Para evitar seguir dándole vueltas al tema, Elia le da un toque a la tableta transparente que el chico usaba para leer y, tras un segundo, tiene de nuevo la portada del periódico delante. Sus ojos se quedan anclados al titular central: EL TERRORISTA ABATIDO PLANEABA VOLVER A ATENTAR CONTRA UN COLEGIO PÚBLICO EN EL SECTOR OBRERO NORTE. La noticia le da náuseas. Mentiras. ¡Todo mentiras! La prensa ha vuelto a contaminarse con la sarta de falsedades vertidas por el Gobierno. El hombre al que esta madrugada han acribillado a balazos en la puerta de su casa nada tenía que ver con las bombas que han explotado la última semana por toda la ciudad. Él sólo era culpable de haberse contagiado de la fuerza reivindicativa de la gente en las calles. No era más que un manitas de la electrónica al que se le ocurrió que podía ser buena idea seguir insuflando ánimos a la población con un puñado de alentadores hologramas emergentes. Con todo, aunque le duele admitirlo, su muerte ha sido un golpe de suerte para ella y el resto del equipo. Gracias a eso han estado a salvo. El Gobierno ya tiene un cabeza de turco para aplacar la agresividad de la ciudadanía y ahora que los ánimos están más calmados terminará de controlar la situación con una estrategia aún más deleznable.

Hace tres días, el programa Informe Nacional anunció la aparición de un nuevo brote altamente contagioso en los suburbios. Por supuesto, la noticia saltó enseguida al resto de los medios. Lo curioso es que nadie se ha preguntado si ese brote surgió antes o después de que decenas de camiones cisterna del ejército, conducidos por militares provistos de mascarillas, recorrieran las calles de los barrios afectados. Y lo mismo ha ocurrido en las principales ciudades de la nación. El pánico a la enfermedad ha vuelto a lastrar los corazones de todos los habitantes de Nueva Iberia y no desaparecerá hasta que las miles de pantallas y altavoces, rescatados de tiempos pasados, que ahora muestran sin descanso cifras y advertencias en todos los barrios de las ciudades, anuncien que el peligro ha pasado. Pasos fronterizos cerrados, toques de queda y un continuo conteo de muertes cuya veracidad nadie parece cuestionarse. ¿Setenta y seis muertos en la capital? Casi los mismos que ya recogían a diario los carroñeros sin que a nadie le importara y que ahora han pasado a ser tristes hallazgos de las autoridades.

Elia, de nuevo preocupada por el futuro bienestar de Piloto, se pierde en el ajetreo del chico. Está recogiendo lo que tiene que llevarse. Y decidiendo qué puede dejar atrás. Por ahora vivirá junto a Nepal y Piezas en el refugio.

—Te mandaré el tratamiento con las instrucciones en cuanto pueda. Prométeme que vas a seguirlo a rajatabla —le pide.

—Te lo prometo.

—Y prométeme también que en cuanto las marcas hayan desaparecido vais a dejar el refugio para vivir aquí. Lo tengo todo arreglado. El piso estará a nombre de tu nueva identidad.

—Que sí, pesada, ya te lo dije ayer. Y anteayer. Y ¿sabes qué? Creo que también te lo dije... ¿cómo se llama el día de antes de antes de ayer?

—No estoy de broma —lo reprende la periodista—. Prométeme además que no vas a descuidar los estudios.

De esta cuestión Piloto no se muestra tan convencido, pero se le ablanda el corazón al ver la cara con que Elia lo mira.

—Seré un alumno modelo.

—Modélico.

—Lo que sea.

—¿Te ha enseñado Piezas a manejar los sistemas de comunicación y seguridad del refugio para cuando ella no esté?

—¿No crees que estás exagerando un poco?

Prrr, prrr... Prrr, prrr...

—Anda, contesta, a ver si así puedo terminar de recoger mis cosas tranquilo —dice Piloto, fingiendo estar harto de escucharla y disimulando el nudo que tiene en la garganta. Dentro de unas horas tendrá que despedirse de la mujer que les ha salvado la vida a él y a sus hermanos.

—Dime —responde Elia cuando Piezas emerge en un holograma sobre su muñeca.

—¿Cómo vas?

—Terminando de recoger las cosas. Saldremos para allá en veinte minutos como mucho.

Din don...

Alguien llama a la puerta y Piloto indica que él se encarga de abrir.

—¿Cómo van los demás? ¿Les queda mucho aún? —pregunta Elia.

—Alekos anda gruñendo porque los críos le han escondido no sé qué y Agra intenta poner orden sin conseguirlo. O sea, lo normal. Pero no te preocupes, estarán a tiempo.

—Elia, tienes que venir tú —interrumpe Piloto elevando la voz desde la puerta—. Traen un paquete a tu nombre y no me lo dan.

—¡Muestra mi identificación! —exclama Elia.

—¡Negativo! Tienes que ser tú.

La periodista respira hondo para disipar el repentino agobio que se ha apoderado de ella.

—Piezas, te dejo. Voy a ver qué pasa —dice.

Cuando se asoma a la puerta, el joven repartidor se muestra más receptivo.

—¿Elia Melgar? —pregunta.

—Sí, soy yo.

—Voy a necesitar su identificación biológica, por favor.

—Esto me huele mal. ¿Esperas algún paquete? —pregunta Piloto.

El chico no puede evitar que todas las alarmas se le activen. Al fin y al cabo, es normal, lo bueno nunca ha durado demasiado en su vida.

—¿Quién es el remitente? —quiere saber Elia.

—Aquí pone que Melina Littera.

El corazón de Elia bombea con fuerza al oír el nombre de la fallecida esposa de Dante.

—Está bien —acepta al fin.

Se descubre el antebrazo y el repartidor acerca la diminuta máquina a su piel. Primero un leve aguijonazo y a continuación un bip que indica que los datos son correctos. Elia recibe su paquete, un sobre abultado sin instrucción alguna en el exterior, y el repartidor desaparece por las escaleras.

—¿Qué es? ¿Quién es esa Melina Littera? —pregunta Piloto, impaciente, sin apartar los ojos del paquete.

Ambos entran en casa y cierran la puerta.

—Es del gerente del BCF.

Elia abre el sobre y lo primero que encuentra es una nota manuscrita.

Prrr, prrr... Prrr, prrr...

Su móvil suena de nuevo, pero ella no hace caso.

—Es de la agencia. ¿Contesto? —la apremia Piloto.

Mientras Elia lee las líneas de Dante, el chico hace de secretario.

—Aquí el asistente personal de la periodista Elia Melgar —anuncia en un tono burlesco—. Sí, sí está. ¿Qué? —De pronto, el chico se pone serio—. Elia, creo que deberías atender tú la llamada.

La periodista desvía la atención de la hoja manuscrita al chico. Su gesto ha cambiado, así que coge el teléfono de inmediato.

—Dime.

Sonido ininteligible al otro lado.

—¿Cuándo ha sido?

Sonido ininteligible al otro lado.

—Sí, claro, enseguida.

La periodista corta la comunicación y permanece unos segundos en silencio. Le han pedido que acuda a cubrir una noticia y ha dicho que lo hará, pero ha mentido. Desde hoy ya no trabaja para la agencia.

Sin embargo, necesita saber qué es lo que ha pasado, así que dedica unos segundos a bucear en la red para averiguarlo.

Dante Hermo, el gerente del Banco Central de Finados, ha aparecido muerto esta mañana en su despacho. Todo apunta a un suicidio, algo que podría casar con el contenido de la nota que Elia acaba de leer, si no fuera porque el programa *Informe Nacional* ha abierto esta mañana con una rueda de prensa oficial. Gotardo Gasset, el antiguo gerente de la institución, hablaba ante las cámaras lamentándose de no haberlo descubierto a tiempo. Según parece, la versión oficial mantiene que Dante Hermo dirigía y coordinaba desde el Banco la dantesca red criminal de venta de cadáveres a, entre otras muchas, la industria del sexo. Relacionan su nombre con el del fallecido inmaculado Renzo Pecunia y con las peores mafias de la ciudad. Y para dar respaldo a la gran mentira que están empezando a armar, parece que su secretaria y uno de los forenses del BCF acaban de pasar a disposición judicial. Pretenden hacer creer a todo el mundo que Dante se suicidó para evitar ser arrestado. Pretenden convertirlo, al igual que hicieron con el pobre diseñador de hologramas y, años atrás, con Noé Sabin, su propio padre, en el villano de la historia. Y lo peor del caso es que van a conseguirlo.

Elia echa un vistazo al interior del sobre y no puede creer lo que ve. Está todo. Las investigaciones del proyecto Púrpura y las pruebas preliminares en humanos. El historial al completo del proyecto Generación Cero. Y nombres. Muchos nombres. Los de cada una de las personas implicadas. No cabe duda de que se arriesgó demasiado y que, al igual que pasó con Cas, esto terminó costándole la vida. Antes de levantar la vista, vuelve a leer la nota de Dante:

> Tenías razón, estoy en el infierno. Tal y como suponías, tu amigo nunca salió del BCF. Si está muerto, lo siento, no he logrado dar con su cadáver. Por lo demás, no sé qué piensas hacer con esta información, aunque espero que en tus manos sirva para cambiar las cosas. Yo me marcho. Después de lo que he descubierto, no puedo pasar ni un solo segundo más aquí.
>
> DANTE HERMO
>
> P.D. Quédate con tu nombre. Ya no necesito saberlo.

—¿Vas a contarme qué ocurre o no? —dice Piloto, harto de no enterarse de nada.

Elia mira al chico un instante. ¿Qué ocurre? Salvo la muerte de un buen hombre, nada malo ocurre.

—Anda, termina de empaquetar tus cosas. Te lo cuento todo de camino al refugio.

¿Cómo? ¿Aún sigues aquí? Anda, lárgate de una vez. La historia ha terminado. Y no me vengas a estas alturas con que quedan demasiadas preguntas sin responder. ¿Qué ha sido de Elia y los suyos? ¿Qué ha pasado en las calles de Nueva Iberia? ¿Y en el Banco Central de Finados y sus filiales? ¿Pudo demostrar la hija de Noé Sabin que su padre traicionó a su patria por el bien de la humanidad? ¿Desaparecieron al fin las marcas de los marcados, los privilegios de los purasangres, las atrocidades de los sótanos del BCF? ¿Mi-mi-mi-mi-mi-mi-mi-mi-mi-mi-mi-mi...?

¡Jesús! Cuánta inocencia concentrada en tan poco espacio. Quizá, llegados a este punto, será bueno que te recuerde un detalle: cuando todo esto empezó, en ningún momento te prometí una historia con final feliz, así que no te quejes ahora.

Es cierto que la lucha y la muerte del valiente y rabioso León ha servido para hacer que se tambaleen los mismísimos cimientos de esta sociedad y, de paso, poner un poco patas arriba el metódico e inhumano funcionamiento del BCF. Sin embargo, ahí quedará todo. Tampoco el asesinato de Dante servirá de nada. O bueno, sí. Más bien servirá para todo lo contrario, para volver a inclinar la balanza, digamos, del lado de la oscuridad. Su muerte y la de Cas, el joven genetista infiltrado en el Banco cuyo cadáver, para tu información, acabó en la sala de despiece, descuartizado y debidamente etiquetado y preservado en aras de la ciencia, han tenido como única consecuencia fortalecer más, si cabe, el poder de tan ilustre institución. Tras apretar el gatillo del arma que le reventó los sesos al joven gerente y anunciar ante los medios el trágico deceso, Gotardo Gasset regresará a su antiguo despacho. También Tedros Girava y su ego volverán a su anacrónico rincón en los dominios del Neurobanco. Ambos siguen siendo piezas clave en la línea de negocio más rentable del BCF: el diseño a la carta de seres humanos con distintos fines comerciales, una actividad que por su envergadura no cabía en las entrañas del Banco.

En cuanto a la rebelión en las ciudades, unas semanas más de epidemia y de control militar lograrán acallar las reivindicaciones y las exigencias de cambio. Pronto la gente olvidará aquello que la motivó a alzarse y a luchar por sus derechos. Y los suburbios no tardarán demasiado en volver a ser lo que eran: el submundo infecto de hambre, delincuencia y muerte gobernado por una madre que, sin noticias de la ansiada cura para sus marcas, se sentirá traicionada y más que dispuesta a seguir sembrando el caos y el sufrimiento en su fétido reino.

¿Y qué quieres que te cuente de Elia o como quiera que se llame la hija de Noé Sabin? Tampoco para ella serán diferentes las cosas. En unos días expondrá su caso en la sede de Naciones Unidas. Allí encandilará a los presentes con su escabrosa historia de muerte y segregación social. Recibirá decenas de condolencias por el injusto final de su padre años atrás, encontrado muerto en extrañas circunstancias en su celda, así como numerosísimas promesas de solución, tantas y tan aparentemente sinceras que hasta llegará a creerlas. En los dos próximos años expondrá el caso de Nueva Iberia cerca de una decena de veces más frente a distintas comisiones y mandatarios de la Coalición Europea y la Unión Americana. Y tarde o temprano, quizá ya demasiado tarde, cuando no le queden ni ánimos para soportarlo, acabará dándose cuenta de que no importa la gravedad de los hechos que ha podido demostrar. Naciones Unidas, atada de manos y pies por sus propios miembros, nada hará para repararlos. Nueva Iberia seguirá siendo una sociedad eugenésica plagada de marcados sin derechos y humanos probeta por motivos tan escandalosos como comprensibles: intereses comerciales y bélicos. ¿Cómo atacar al país que desde hace casi dos décadas diseña en secreto en sus múltiples granjas de úteros a las élites sociales y el equipo humano militar de las naciones más poderosas del globo terráqueo?

De modo que si tuviéramos que extraer de esta historia una moraleja, estarás de acuerdo conmigo en que la más acertada sería: no te molestes en intentar buscar soluciones porque nada va a cambiar. Y cuanto antes lo aceptéis tú y tus congéneres más fácil será para mí mi trabajo. Eso sí, quizá también más aburrido.

Y ahora lárgate de una vez y déjame tranquila. Por el momento no tengo otras muertes para ti. Ya te llamaré si te necesito. Si no, ten por seguro que estaré aguardándote al final de tu propio camino.

Hace casi una hora que Piloto observa en silencio el inmenso muro que separa el barrio obrero de los suburbios. Su mirada permanece ahí, clavada en la superficie de hormigón, pero sus recuerdos revolotean y se pierden al otro lado. Esta mañana se ha levantado antes, aquejado de una nostalgia que llevaba tiempo sin visitarlo. Echa de menos a Croqueta y a Espiga, tanto que a veces ni siquiera encuentra consuelo sabiendo que se encuentran bien y a salvo.

En las mañanas como ésta se arrepiente de no haber subido a aquel avión, de no haber abandonado para siempre su asqueroso país. Pero luego llega ella, tambaleándose sobre la ternura de sus piernas, lo mira con esos ojitos y le regala una de sus babosas sonrisas y le tiende la mano regordeta y le dice «Ven, ven» y... Y a los quince años, puede que dieciséis, ni siquiera él lo sabe, se siente el hombre más feliz sobre la faz de la tierra. Se siente capaz de sobrevivir a cualquier infierno con tal de seguir a su lado, protegiéndola.

Quizá tras las revueltas nada cambiara para la mayoría de la gente. Él y Nepal no pueden decir lo mismo. Hace tiempo que ellos y la cría dejaron de ser marcados gracias al milagroso tratamiento. Piloto se ha acostumbrado tan rápido a la vida noma que a veces tiene que obligarse a cruzar esta frontera para recordarse que es un ser afortunado. Para no olvidar a esa gente no tan afortunada como él que permanecerá allí recluida, respirando miseria y muerte, a causa de la mayor de las injusticias.

Sueña a menudo con que Elia y los suyos regresan y que con su ayuda consigue al fin despertar las conciencias dormidas y hacerlas luchar de nuevo por sus derechos. Luego el sueño pierde peso. Cada día que pasa es más ligero. Elia no va a volver. No de momento, al menos. Y él, integrado en su nueva vida, dedica con creciente intensidad sus pensamientos y esfuerzo a la que se ha convertido en una indiscutible prioridad: sacar adelante a su familia.

—Pero ¡bueno! ¿Todavía estás así? Si no nos damos prisa vamos a llegar tarde a su primer día de guardería.

Piloto deja sus recuerdos y las calles de los suburbios atrás y se vuelve hacia Nepal.

—Dame un minuto. Salimos enseguida.

Al verlo, la pequeña Río echa a correr hacia él. Tropieza y cae al suelo justo cuando está a sus pies. Al cogerla de los brazos para levantarla, Piloto se fija en su piel, suave y delicada, libre de marcas, y la acaricia con ternura. No puede evitar soltar una carcajada al escuchar los gorgoteos ininteligibles con los que la niña trata de comunicarse con él y siente un nudo en la garganta al recibir esa manita regordeta con la que lo invita a seguirla a alguna parte.

Ya habrá tiempo de luchar, se dice. Ya habrá tiempo de pelear por otros. Ahora lo único que importa es que ella sea feliz.